Sammlung Luchterhand 377

Jean Paul
Das helle Bewußtsein des Ich
Ausgewählte Briefe

Herausgegeben von
Volker Ulrich Müller

Luchterhand

Originalausgabe
Sammlung Luchterhand, Februar 1982

Lektorat: Klaus Siblewski
Umschlaggestaltung: Kalle Giese
Herstellung: Martin Faust
Gesamtherstellung bei der
Druck- und Verlags-Gesellschaft mbH, Darmstadt
ISBN 3-472-61377-7

Inhalt

Eine »ermordete Vergangenheit«
(1780–92)

1. An Rektor Werner in Schwarzenbach.

[Leipzig, 15. Sept. 1781]

(. . .) Ich möchte Ihnen so viel schreiben, als ich iezt im Kopf habe; aber das hätte für viele Bögen nicht Raum genug. Ich wil also kurz sein. Auch noch iezt ist meine Vermutung wegen des exspectari noch nicht widerlegt; sie ist bestärkt worden. Ich habe hier noch keine Informazion, keinen Tisch, keine Bekantschaft mit Studenten, noch gar nichts. Es ist eben nicht ganz leicht, Zutrit bei den Professoren zu erhalten. Dieienigen, die eigentlich berümt sind, und deren Liebe mir nötig genug wäre, sind von einem Haufen Geschäfte umringt, von einer Menge von andern vornemen [?] Personen . . ., von einem Schwarm niederer Schmeichler umlagert, daß ieder den nicht sein Kleid und sein Stand empfielt, nur erst mit Mühe ihr Bekanter wird. Und geradezu [?] mit einem Professor sprechen wollen, der kein Stipendium, oder Tisch etc. zu vergeben hat, hiesse wol sich dem Verdacht der Eitelkeit aussezzen. Bedenk' ich noch die Menge von armen Studenten, die sich [durch den] Hunger auf ihrem Gesicht so leicht [?] verraten, die Menge von schlechten Studenten, die den menschlichen [?] Professor hintergehen, und ihn gegen die bessern hart machen, so kan ich mir das ganze Phänomen erklären. Demun[geachtet] geben Sie Ihre Hofnung nicht auf; ich werd' alle diese Schwierigkeiten überwinden, ich kan [?] sie zum Teil; allein ich brauch' es auch nicht. Hier komm' ich auf das Räthsel, dessen Auflösung Sie so begierig erwarteten, und welches ich meiner M[ama] nur dunkel angegeben. Allein iezt ist's eben so wenig noch aufgelöst; nur soviel [?] kan ich Ihnen sagen, daß es weder ein Stipendium, noch einen Tisch, noch eine Informazion, noch sonst davon etwas betrift. Es betrift etwas, daß [!] Sie gar nicht vermuten, daß [!] ich Ihnen noch nicht sagen kan, bis der Ausgang meiner Erwartung entspricht. Soviel davon. –

Sonst bin ich noch wolauf. Die leipziger Luft behagt mir, die Stad gefält mir auch mer, und die Gegend wird mir angenemer;

besonders seitdem [ich] gewisse Gärten habe kennen lernen. Sie werden Sich es [!] noch erinnern an die Orte, wo das Auge und die Zunge so reizend befriedigt wird. – Aber wissen Sie was mich eigentlich zum Fleis antreibt? – Grade das, was Sie in Ihrem Briefe gesagt – meine Mama. Ich bin ihr's schuldig, einen Teil ihres Lebens zu versüssen, da sie den andern so elend hingebracht hat; und ihr den Verlust, den sie durch den Tod meines Vaters erlitten, durch meine Hülfe [zu] mindern; es ist meine Pflicht, etwas zum Glük meiner Brüder beizutragen – Wäre dies nicht, so würden meine Studien anders sein, ich würde nur das bearbeiten, was mir gefiele, für was ich Kräfte fülte; wäre dies nicht, so würd' ich nie in meinem Leben ein – öffentliches Amt annemen. Das komt Ihnen vielleicht wunderbar vor; allein kenten Sie die ganze [?] Verfassung, in die mich meine Lag' in der Welt, die Beschaffenheit [?] meiner Sele, die sonderbaren Gänge meines Schiksals gesezt haben, so würd' Ihnen das vernünftig vorkommen.

2. An Pfarrer Vogel in Rehau.

[Leipzig, Nov. 1781]

(...)

Um Ihnen Platnern zu malen, müst' ich er selbst, oder noch mer sein. Man mus ihn hören; man mus ihn lesen, um ihn bewundern zu können. Und dieser Man, der soviel tiefe Philosophie mit soviel Annemlichkeit, soviel gesunden Menschenverstand mit so grosser Gelersamkeit, soviel Kentnis der alten Griechen mit der Kentnis der Neuern vereinigt, der als Philosoph, als Arzt, Aestetiker, und Gelerter gleich gros ist, und eben soviel Tugend als Weisheit, eben soviel Empfindsamkeit als Tiefsin [besizt], dieser Man ist nicht nur dem Neide iedes schlechten Kopfs, sondern der Verfolgung mächtiger Dumköpfe und der heimlichen Verläumdung ausgesezt. Er hat schon viel Streitigkeiten gehabt; und noch mer Feinde sich zugezogen. Er wurde einmal vor's Konsistorium zu Dresden gefordert, um sich wegen der Beschuldigung des Materialismus zu verantworten. Wenn man ihm etwas weniger schuld geben kan, so ist's dieses; er ist der erklärteste Feind des Materialismus; man mus seine Aphorismen nicht gelesen, oder nicht verstanden haben, um es nicht zu wissen. Doch es war ein Konsistorium; und dieses hat recht, mit mer Ere dum, und mit mer Heiligkeit boshaft zu sein, als andre Menschen. Er verteidigte [sich]: er siegte über die, mit welchen zu streiten er für Schande hielt. Kaufen Sie sich seine philosophischen [Aphorismen]. Sie treffen in diesen die Leib[nizsche] Philosophie im kernichtsten Auszug, und eine Menge philosophischer und ... Bemerkungen in gedrängter Schreibart an. Weiter unten werd' ich mer von Platner reden. – Die Nachricht, die ich Ihnen von der Heterodoxie [und] Or[todoxie] in Leipzig geben sol, wird ser kurz ausfallen. Fast alle Studenten neigen sich auf die Seite der Heterodoxie. Man sagt's one Scheu öffentlich, daß die Erbsünde, Höllenfart Christi Schimären sind. Wenn es nicht so ganz viele Heterodoxe unter den Studenten giebt, so giebt's desto mer Gleichgültige gegen die Religion, Naturalisten und auch Atheisten: vermutlich deswegen, weil man dieses mit weniger Mühe, mit weniger Kentnis der Sp[rachen?] sein kan als ienes. Die meisten sind nicht mer ortodox; aber wenige sind Sozinianer im eigentlichen Sin des Worts. Ich habe selbst bei einem Magister, der zugleich Prediger ist, gehört, welcher unaufhörlich [auf] das System, auf die mystische Deutungsart der Bibel, auf die Alle[gorie]sucht, auf die Anhäng[lichkeit] an alte und ware Beweise, und auf die Unbekantschaft mit dem Hebräischen bei der Erklärung des N. T. u. s. w. loszog. Allein demungeachtet darf der P[rofessor] nicht frei eine Glaubensl[ere] leugnen; er mus blos von der Schwierigkeit derselben reden, und die Entscheidung über ihren Wert seinen Zuhörern überlassen. Der gröste Feler, den die Freiheit des Denkens in Sachsen findet, ist, daß die Grossen, die A[dligen] noch nicht aufgeklärt sind. In Sachsen wird iedes freie Buch konfiszirt. Morus ist unst[reitig] nicht ortodox. Er hat schon viele Verfolgungen gelitten; und eben dieses macht ihn behutsam, und hindert ihn, seine Meinung frei herauszusagen. Wo er ein Wunder, eine Stelle vom Teufel mit Recht [?] wegerklären [kan], oder eine Allegorie aus dem A. T. zu einer Akkommodazion machen; so tut er's. In seiner Dogmatik, die er treflich liest, trägt er bei streitigen Punkten die Meinungen der entgegengesezten Parteien vor – er überläst den Zuhörern die Entscheidung. Und wer wolte da nicht aus der Stärke seiner Gründe auf der einen Seite herausbringen, welches seine w[are] Meinung sei. –

Erlauben Sie mir, daß ich Ihre Güte, mit welcher Sie Sich nach meiner eignen Beschäftigung erkundigen, durch die Freimütigkeit erwiedern darf, mit welcher ich Ihre Fragen beantworten wil. Aber vergeben Sie iezt den häufigen [?] Egoism, den ich nicht vermeiden kan. Ich habe gehört, und höre exegetische Kollegien über den Johannes bei M[agister] W[eber], und [über] die Apostel[geschichte bei] Morus, über Logik und Metaphysik bei Platner, über Ästetik bei dem[selben], über Moral bei Wieland, über Geometrie [und] Trigonometrie bei Geler, über des Philo's Brief an den Kaius bei Morus, und über die englische Sprache bei [Hempel]. Wenn ich Ihnen sage, was ich eigentlich [?] studire, so werden Sie den Grund finden w[arum] ich gerade [?] diese Kollegien gehört habe. Die Sprachen sind iezt meine liebste Beschäftigung; blos deswegen weil ich für gewisse W[erke?] mer Liebe bekommen habe. Es wird mir schwer Ihnen gewisse Dinge zu sagen, da sie sich one den Schein von Stolz und Pralerei kaum sagen lassen: aber es wird mir leicht sie zu sagen, wenn ich mich erinnere, daß Sie mich zu gut kennen, um da mich stolz zu ver[muten], wo ich's nicht sein kan, oder da zu finden, wo man's blos zu sein scheint. Ich habe mir die Regel in meinen Studien gemacht, nur das zu treiben, was mir am angenemsten ist, für was ich am wenigsten ungeschikt bin, und was ich iezt schon nüzlich finde oder halte. Ich habe mich oft betrogen, wenn ich dieser Regel gefolgt bin: allein ich hab' es nie bereut, in einen Irtum gefallen zu sein, der .... Das studiren, was man nicht liebt, das heist, mit dem Ekkel, mit der Langweile und dem Überdrus kämpfen, um ein Gut zu erhalten, das man nicht begert, das heist, die Kräfte, die sich zu etwas anderm geschaffen fülen, umsonst an eine Sache verschwenden, wo man nicht weit komt, und sie der Sache entziehen, in der man Fortgänge machen würde. »Aber eben dadurch verdienst du dein Brod« [ist] der elendeste Einwurf, der gemacht werden kan. Ich wüste keine Sache in der Welt, durch welche man sich nicht Brod erwerben könte. Ich wil das verschweigen, daß der nie weit komt, der sich in seinen Studien blos die Erwerbung eines notwendigen Bedürfnisses zum Endzwek sezt – »allein in dem einen mer, in dem andern weniger!« Dies zugegeben; so weis ich nicht, ob ich in dem mein Brod erwerben werde, wozu ich keine Kräfte füle, keine Lust empfinde, und in welchem ich also nur wenig [?] Fortgänge mache, oder in dem, in welchem mich mein Vergnügen ansporntmir] meine Kräfte forthelfen ... – Man mus ganz für eine Wissenschaft leben, ihr iede Kraft, iedes Vergnügen, ieden Augenblik aufopfern, und sich mit den andern nur deswegen beschäftigen, insofern sie der unsrigen einen Fortgang verschaffen. Und entgeht mir durch die sond[erbare] Verwiklung von äussern Umständen der unbedeutende Nuzzen, der iedem schlechten Kopf sein Ziel ist, so wird mir das warlich dadurch wieder zehnfach ersezt, daß ich in der Betreibung meiner Wissenschaft die Selenwollust geniesse, die [aus] ieder Beschäftigung mit Warheiten quilt, den Reiz empfinde, den für mich iede Äusserung meiner Kräfte hat, und vielleicht auch die Ere geniesse, die ihm über kurz oder lang zu teil wird. Dies ist meine Verteidigung. Sonst las ich blos philosophische Schriften; iezt noch lieber wizzige, beredte, bilderreiche. Ich trieb sonst die französische Sprache noch [?] nicht; iezt les' ich die französischen Bücher lieber als deutsche Bücher. Der Wiz eines Voltaires, die Beredsamkeit eines Rousseaus, der prächtige Stil eines Helvezius, die feinen Bemerkungen eines Toussaint's – alles dieses treibt mich zum Studium der französischen Sprache. Ich glaube nicht, daß ich lerne; sondern nur, daß ich mich vergnüge; mit den Eindrükken der schönen Sentenzen [?], der wizzigen Einfälle, u. s. w. bleibt auch zugleich die Erinnerung von der Art, wie sie ausgedrukt [!] wurden, zurük. Ich las den Pope; er entzükt mich; eben so der Young. Er ist unf[elbar] in der englischen Sprache noch viel herlicher. Ich lerne sie iezt; und vorz[üglich] um die vortrefliche Wochenschrift den Zuschauer zu lesen, von der wir im Deutschen eine elende Übersezzung haben. Die Beredsamkeit des Rousseau entzükt mich; ich fand sie im Zizero und Seneka – ich liebe diese beiden iezt über alles und gäbe ihre Lektüre um keines der besten deutschen Bücher. Die nach[geamten?] Satiren eines Popes reissen mich hin; ich fand [sie] im Orig[inal], im Horaz noch schöner; seine Kritik der Vernunft ist ein Meister[werk]; Horaz de arte poetica eben so. Jezt lieb' ich die lateinischen Autoren; ich habe das dumme Vorurteil faren gelassen, von welchem ich durch eine ser schlechte Inf[ormazion] von meinem lateinischen Lermeister bin angestekt worden. Lassen Sie mich hier eine kleine Ausschweifung über das Lesen der alten Autoren in den Schulen machen. Was ich sage, kan falsch sein; allein bei mir war es war. Um einen alten Autor nachzuamen, um ihn schön zu finden, um ihn zu lieben und sich mit ihm zu beschäftigen, mus man Geschmak haben.

3. An Frau Richter in Hof.

[Leipzig, 21. Aug. 1782]

Sie liessen mich auf Ihre Antwort lange hoffen, aber was noch [*Lücke*] umsonst gehoft haben. Ihr Brief ist so leer an Trost für mich, w [*Lücke*] Doch ich wil nur Ihren Brief von vorne anfangen zu beantworten. [*Lücke*] Bruder, der so hülflos und krank in der Welt herumirt – was wird [*Lücke*] Wenn er nur sich besser aufführt, wenn er gesund wird; dan möchte es [*Lücke*] weis nicht ob, er sich durch sein ieziges Elend wird bessern lassen. Ich [*Lücke*] ihn zehnfach und wünsch' ihm bald glükliche Veränderung. Aber daß Sie sich [der Nach]richten von ihm wegen, bald in den Tod legen, und abhärmen, und abgrämen, da handeln Sie nicht billig gegen Sich selbst, und noch weniger gegen meine andern Brüder. Diese brauchen doch am meisten Ihre Hülfe – und um diese Hülfe bringen Sie sie, wenn Sie sich durch Gram Ihr Leben abkürzen. Gewöhnen Sie sich doch Geduld an, und erinnern Sie sich alzeit, daß es allemal eine Sünde ist, sich dem Schmerze ohne Ziel und Maas zu überlassen. – 87 fl. für Ihre Bücher ist eben nicht viel. – Mein Rat wegen der Verkaufung Ihres Wohnhauses ist allerdings gut. Die Verdrieslichkeiten in Schwarzenbach, werden nicht gerade auch in Hof sein, und es wird doch Leute geben, bei denen es sich gut zu Miethe wohnen läst. Bedenken Sie die Steuern und Gaben, die Sie ietz geben müssen. Rechnen Sie dazu, daß 800 fl. iärlich 40 fl. Interesse tragen; ferner daß dieses baufällige Haus von Tag zu Tag baufälliger wird, und also immer mehr von seinem Werte verliert, oder wenigstens mit vielen Kosten wiederum reparirt wird. – Was hat denn den Rektor in Schwarzenbach bewogen, Ihnen die par Gulden aufzusagen? – Sie glauben, ich lege Kleidung ab, ia wie wil ich dies können, da ich mir keine neue anschaffen kan – ich habe wol zerrissene Kleidung aber keine abgelegte; zu Ende des Briefs komm' ich wieder darauf. Ich weis nicht, wie Sie glauben können, daß der Gotlieb hier sein Glük machen könne. Erstlich kostet es Ihnen ia mehr, ihn mit Wäsche und Geld zu versehen; ferner fordern hier die Kaufleute für das Auslernen eben soviel wo nicht mehr, als in Hof – und rechnen Sie das sächsische Geld. Er hat übrigens keine Sitten; und diese müste er hier haben. Es wird doch wol um Hof herum, oder in Baireut, oder im ganzen Land ein Kaufman anzutreffen sein, der ihn annimt. Wäre dieses nicht, so müste er freilich zu einer andern Lebensart greifen: denn hohe Zeit ists doch schon, daß er zu einer greife. – Nun komm ich auf mich selbst. Wenn Sie nur wüsten, wie ungern ich daran gehe, Sie mit Geldbitten zu belästigen! Aber könte ich anders! Und doch wil ich gar nicht viel, weil ich Ihren Geldmangel kenne, und weis, wie viele Unterstützung meine Brüder noch brauchen. – Ich wil nicht von Ihnen Geld um meinen Speiswirt zu bezalen, dem ich 24 rtl. schuldig bin, oder meinen Hauswirt, dem ich 10 rtl., oder andre Schulden, die über 6 rtl. ausmachen – zu allen diesen Posten verlang' ich von Ihnen kein Geld; ich wil sie stehen lassen bis zu Michael, wo ich diese Schulden und die noch künftig zu machende, unfehlbar zu bezalen in Stand gesezt sein werde – Also zu dieser grossen Summe verlange ich von Ihnen keine Beihülfe – aber zu folgenden müssen Sie mir Ihre Hülfe nicht abschlagen. Ich mus alle Wochen die Wäscherin bezalen, die nicht borgt, ich mus zu früh Milch trinken; ich mus meine Stiefel vom Schuster besolen lassen, der ebenfals nicht borgt, mus meinen zerissen[en] Biber ausbessern lassen vom Schneider, der gar nicht borgt – mus der Aufwärterin ihren Lohn geben, die natürlich auch nicht borgt – und dies mus ich nur iezt alles bezalen, und bis auf Michael noch weit mehr. Nun sehen Sie, zur Bezalung dieser Sachen werden Sie mir doch wol hülfliche Hand leisten können – ich wüste gar nicht was ich anfangen solte, wenn Sie mich stekken liessen. Glauben Sie denn, daß ich Sie mit Bitten plagen würde, wenn ich es nicht höchst nötig hätte. Ich mag ia auch nicht viel; acht Taler sächsisch Geld sollen mich zufrieden stellen, und gewis werd' ich dan Ihre Hülfe nicht mehr so nötig haben. Denn das dürfen Sie nicht glauben, daß mein Mittel, Geld zu erwerben, nichts tauge; weil es etwan noch nicht angeschlagen hat. O Nein!

durch eben dieses getraue ich mich zu erhalten, und es komt nur auf den Anfang an. Von diesem Mittel mehr zu schreiben verbietet mir der enge Raum meines Briefs; sonst wolte ich Ihnen deutlich zeigen, daß man mit Informazionen hier wenig fortkomt, weil es selten eine giebt, und daß die Versprechungen des H. Rektors in Schwarzenbach davon, nicht viel besser als erdichtet sind. Übrigens verlass' ich mich darauf, daß Sie mich nicht länger in der Not stekken lassen, und mir mit dem nächsten Posttag schreiben. Acht Taler, wie gesagt, verlang' ich blos, und diese werden Sie doch auftreiben können. – Schreiben Sie mir ia bald; ich bin

Ihr geh. Sohn
J. P. F. Richter

P. G. Kaufen Sie ia keinen Ovid; ich brauche meinen nicht; der Örtel hat nur vergessen, ihn mit einzupakken neulich, und auf der Post wolte ich ihn wegen des zu grossen Porto nicht schikken.

4. An Pfarrer Vogel in Rehau.

[Leipzig, 1. Mai 1783]

(...) Den felerhaften Egoismus in meinen Briefen müssen Sie auf die Rechnung Ihrer Fragen schreiben, die nur mich betreffen. Den Plan meines Lebens wollen Sie wissen? das Schiksal wird ihn erst entwerfen; mit meinen Aussichten verträgt sich keiner und ich schwimme auf dem Zufalle one Steuerruder herum, wiewol darum nicht one Segel. Ich bin kein Theolog mer; ich treibe keine einzige Wissenschaft ex professo, und alle nur insofern als sie mich ergözen oder in meine Schriftstellerei einschlagen; und selbst die Philosophie ist mir gleichgültig, seitdem ich an allem zweifle. Aber mein Herz ist mir hier so vol! so vol! daß ich schweige. In künftigen Briefen, auf die ich merere Zeit wenden kan, wil ich Ihnen viel vom Skeptizismus und von meinem Ekel an der tollen Maskerade und Harlekinade, die man Leben nent, schreiben. Ich lache iezt soviel, daß ich zu denken kaum Zeit habe, ich übe mein Zwergfel auf Kosten meines Gehirns und meine Zäne verlernen über das Beissen das Käuen.
(...)

Ich schliesse. Antworten Sie bald; ich möchte Sie noch einmal lesen eh' ich Sie sehe. Leben Sie wol! Ich weis nicht warum ich so wehmütig werde, daß ich weinen möchte. O! man weint nie angenemer, als wenn man nicht weis warum .... Lieben Sie

Ihren
Freund
J. P. F. Richter

5. An Oerthel in Leipzig.

[Hof, 22. Juni 1783]

Lieber Ŏrthel!
Es war einmal ein Nar, der wonte aber in einer Stad, worin nicht wie in andern Städten viele Narren, sondern lauter Narren wonten. Die Honoraziores daselbst trugen eine bestimte Anzal Schellen an ihren Müzen und auf diese Schellen war ein schöner Esel geprägt. Mein Nar muste sich lange Zeit begnügen, nur Rechenpfennige one sonderliches Gepräge an seiner Kappe zu tragen. Endlich war er so glüklich, durch Unterstüzung einiger Mäzenen sich auch Schellen zu kaufen, auf die er für sein Patengeld einen Esel nach dem Leben stechen lies. »Wie werden die Leute gukken, wenn sie mich sehen!« sagte er, als er die Müze zum erstenmale vor dem Spiegel aufsezte. Er gieng darauf den ganzen Tag mit dem neuen Schmuk spazieren und besuchte alle seine Freunde, auch sogar einige Feinde; allein es gukte niemand und er ärgerte sich ser. Hätte er doch nicht vergessen, daß die Narren eine Narheit, die sie selbst haben, an andern weder bewundern noch tadeln, sondern nur billigen! Sie mus neu sein, um bewundert; oder fremd, um getadelt zu werden. Er gieng in eine andre und bessere Stad, wo man das Bild eines Maulesels vorzüglich trug. Diese Stad liegt nicht in Utopien, worin eine Stad liegt, die das Pferd sogar dem Esel vorzieht. Mein Nar war kaum so stolz, da er seinen Esel bekam als iezt da er ihn wieder verwarf und die Stelle desselben dem Maulesel anwies. »Ein herliches Tier! nur schade, daß es sich gleich der Mode, die es adelt, nicht fortpflanzt!« sagte er. Er wolte wiederum anfangen, stolz zu werden; allein er würde bald aufgehört haben, es zu sein, wäre nicht ein neuer Entschlus dazwi-

schengekommen. Seine Mama schrieb ihm: »Komm' auf die Feiertage; aber hör', puz' dich ein wenig heraus und bring mir ia deinen schönen Esel mit.« – Er antwortete: »ich komme; aber ich bring einen Maulesel mit, der mir besonders wol läst.« Er kam also mit dem Maulesel in seiner Vaterstad an. Der Superintend [!] sagte bei seinem Anblik: »der iunge Mensch verachtet die Geistlichen, so ser verachtet er die Esel! Got bessere sein Herz!‹« – »Und vorher seinem Zwölffingerdarm!« sagte der rote Doktor daselbst »der hat mit altem Unrat seinen Kopf verrükt. Wenn Hippokrates nicht Unrecht hat, so wird das Blut eines Esels ihn bald das Bild desselben lieben leren«. – Die Weiber sagten: »der Mensch ist ein affektirter Affe: denn er hat keinen Esel.« Alle Bürger sagten: »wer keinen Esel trägt ist ein Esel: dieser Kerl trägt sogar einen Maulesel, er ist also Got sei bei uns ein Maulesel!« – Der Ergeiz dieses Narren sog sogar aus Tadel Narung; er war so stolz, eine Narheit zu haben, die die Narren tadelten, daß er die ganze Sache seinem Freunde – Örthel schrieb.

Aus dieser Allegorie, die dem Gegenbilde bis auf die kleinste Biegung anpasset, wirst du die Folgen kennen lernen, die mein[e] Tracht mir in dieser Stad zugezogen. Ein Esel bedeutet wie bekant den Dummen, und ein Pferd den Klugen; zwischen beiden steht der Nar, der Maulesel, mitten innen. (. . .)

6. An Pfarrer Vogel in Rehau.

[Hof, 22. Juli 1783]

P. P.

Hochzuvererender Her Pfarrer,

Ihren Brief beantworte ich gern und darum früher als Sie meinen beantwortet: denn seine Gründe, die Ihnen öfter Ihr gutes Herz als Ihr guter Kopf diktirt zu haben scheint, und seine Freimütigkeit, für die ich Ihnen mit nichts als der Erwiederung derselben danken kan, erleichtern mir die Widerlegung d. h. meine Entschuldigung. Jeder Ihrer Kanonen wil ich eine Feindin gegenüber pflanzen – wiewol Sie im Grunde nur mit Einer Kanone feuern, und blos durch die veränderte Richtung ihrer Lavette verschiedne Seiten beschiessen. Sie irren sich ganz, wenn Sie meine Kleidung für eine blosse brittische Mode erklären; sie ist auch eine leipziger d. h. eine deutsche. In Leipzig, wo die Mode ihre Erfindungen nicht wie in kleinen Städten aufdringt, sondern nur anpreist und wo ieder sich eben so frei kleidet als er denkt, trugen sich vor etlichen Jaren die meisten so; iezt hat sie nur den Reiz der Neuheit aber nicht der Gewonheit verloren, und ihre Anhänger unter den Schauspielern und Studenten, und in andern Städten unter den Gelerten, reichen allemal hin, einen, der sie noch trägt, in den Augen derer zu rechtfertigen, die die Beurteilung einer Handlung nicht den eignen Augen, sondern fremden Zungen, nicht *gesunden*, sondern *vielen* Augen anzuvertrauen pflegen und das Schütteln der Vernunft durch das Nikken von hundert Par langen Oren widerlegt glauben. Ja diese Mode ist eine von den seltnen, auf deren Seite die Vernunft getreten. Denn die Verschneidung der Hare erspart Geld, Zeit, Verdrus und befreiet vom Friseur, nach dem sich die Ausgänge vorher haben richten müssen und der sich alle Morgen eine halbstündige Folterung des Kopfes erlaubt. Und die Offenheit des Busens hindert das Schwizen, das gefärliche Unterbinden gewisser Adern des Halses und vergnügt durch das Gefül der bequemen Entiochung. Also trift es mich nicht, wenn Sie sagen, eine Ameise mus sich wie die andre tragen – denn ich trage mich ia, wie andre Ameisen in Leipzig und in Berlin, nur nicht wie die Ameisen in Schwarzenbach an der Sal – Es trift mich nicht, wenn Sie meine eignen Exzerpten mir an den Kopf werfen; die Stelle aus dem Young ist noch überdies nur eine wizige Sentenz, aber kein Beweis: denn es ist noch die Frage, ob die eignen Torheiten oder die fremden besser sind – und wenn Sie in Ihrem Briefe mir mit Young zuruffen »wenn du unmodisch sein wilst, so sei weise« so verfallen Sie und Young in einen Widerspruch mit den vorhergehenden Zeilen. – Die Sprichwörter sind nur Sentenzen, aber keine Beweise; ia sie beweisen obendrein zuviel. Denn wenn ich nicht wider den Strom schwimmen sol, so wird dieser Strom nicht selten auch meine Tugend scheitern machen – denn das Reich des Lasters ist ebenso gros und ausgebreitet als das Reich der Mode; und wenn ich mit den Wölfen *heulen* sol, warum sol ich nicht mit ihnen *rauben*? Die Schlüsse des Seneka treffen noch weniger; sein Wiz leuchtet auf der Zündpfanne und die Entzündung desselben droht mit einer Kugel, womit er die Flinte zu laden vergessen. Sequere vitam meliorem quam wulgus, non contrariam; aber warum denn? und wenn nun vita melior und contraria oft Synonymen wären? Ferner publici mores sind immer den boni mores entgegengesezt; es läst sich also eine Temperattur zwischen beiden nicht so leicht treffen. Non populum in te vitate novitate convertas; tue ich das? und Seneka's non oder ne beweisst ia nicht, daß man es nicht tun dürfe. »Ist die Schale verunstaltet, so leidet auch der Kern« sagen Sie; aber warum denn? Und ferner ist ia noch erst auszumachen, was an der Schale Verunstaltung ist. Sie halten das am Diogenes für eine Verunstaltung, was Rousseau, Wieland und der vortrefliche Verfasser der Antoinette für eine Verschönerung halten. Raubt diese sogenante Verunstaltung diesem grossen Manne seine lebhafte Philosophie, sein gutes Herz, seinen lerenden Wiz, seine Tugenden? Sie raubte ihm nichts; aber sie gab ihm Ruhe, Unabhängigkeit von fremden Meinungen und von quälenden Bedürfnissen und die Unverlezbarkeit, auf deren Bewustsein er die Bestrafung iedes mächtigen Lasterhaften wagen konte. Grosser Man, danke Got, daß du in einem Jarhundert geboren wurdest, wo man deine Weisheit noch bewunderte, stat daß man sie im iezigen bestrafen würde. Ins Tolhaus würden die Tollen den einzigen Klugen füren; aber du würdest das Tolhaus, wie nach Seneka's Ausspruch Sokrates den Kerker, veredeln! –

(. . .)

»Die ware Philosophie wil nie, daß sich andre nach uns richten, sondern daß wir uns nach andern richten« sagen Sie endlich; aber verlang' ich denn, daß sich andre wie ich tragen sollen? Und eben darum müssen auch diese andern nicht verlangen, daß man sich wie sie tragen sol. Bin ich ihnen anstössig, so sind sie mir auch anstössig; das klügste ist also, nur sich, aber nicht dem Nachbar die Schellenkappe zuzuschneiden.

Überhaupt halte ich die beständige Rüksicht, die wir in allen unsern Handlungen auf fremde Urteile nennen, für das Gift unsrer Ruhe, unsrer Vernunft und unsrer Tugend. An dieser Sklavenkette hab' ich lange gefeilt; aber ich hoffe kaum, sie iemals ganz zu zerreissen. So begehe ich z. B. eben darum in Leipzig mit Absicht sonderbare Handlungen, um mich an den

Tadel andrer zu gewönen; und *scheine* ein Nar, um die Narren ertragen zu lernen. Hierin sind Sie andrer Meinung, das weis ich; aber ich wolte Sie durch diesen Brief auch nicht bekeren, sondern mich nur rechtfertigen. Immerhin mögen Sie künftig glauben, daß ich aus *falschen* Gründen handle; wenn Sie nur nicht glauben, daß ich *one* Gründe handle. – Überhaupt scheint mir dieser ganze Brief so lächerlich, daß ich mich vor mir selbst wegen den[!] Inhalt desselben nur durch Ihr Beispiel entschuldigen kan. Durch eben dasselbe werden Sie die Freimütigkeit desselben entschuldigen. Sie erschrekten mich mit einem so lauten »Schach dem König!« daß ich über das Spiel den Spieler vergas und nichts zu verhüten suchte als die Enttronung meines Königs. Da übrigens das Disputiren in sovielen Stükken mit dem Schachspielen übereinkomt: indem man dort Ideen auf Papier, und da hölzerne Figuren auf dem Bret gegeneinander zu Felde stelt; so hoffe ich, daß die beiden Sachen auch darinnen einander änlich bleiben werden, daß sie die Entzweiung der Spieler nicht über die Dauer der Veranlassung verlängern. Die besten Freunde zanken sich bei dem Spiel; allein sobald die Spieler das Schachbret – den campus martius – zur Aufbewarung der versönten Krieger zugeschlossen, so schliessen sie ihre Herzen auf und trinken in freundschaftlicher Gesprächigkeit das bittre Lagerbier mit der Aufmerksamkeit, der sie vorher nur das Spiel gewürdigt. Das Gegenbild zu diesem Gleichnis darf nicht blos Ihren, es wird auch meinen Brief verschönern; und selbst, wenn Sie Ihre Toleranz nur auf heterodoxe Meinungen, nicht auf heterodoxe Kleidungen ausdenten, so würd' ich Sie im ersten zu ser nachamen, als daß ich Sie im andern nachamen und gegen die nicht tolerant sein solte, die es nicht sind.
Dem Präludium Ihres Briefs bin ich auch ein kleines Akkompagnement schuldig. Die Leute, die Sie Mükken nennen, werd' ich nie für Mükken, wenigstens nicht in Beziehung auf mich ansehen. Auch hies ich sie nur Frösche in Rüksicht auf Nachtigallen, aber nicht [in] Rüksicht auf mich, der ich nicht einmal zu einem Hänfling d. h. zu einem Echo der Philomelen tauge. Ich bin mit dem Stolze dieser Personen über das *Dasein* ihrer Verdienste einig; aber ich bin nur nicht mit ihrem Hochmut über die *Anzal* derselben einig; ihr Stolz mus Recht haben: denn sonst würden Sie ihre Geselschaft ganz vermeiden; allein

ihr Hochmut kan doch nicht Recht haben: denn sonst würden Sie sie nicht Mükken schelten.
Sie vergleichen Sich mit dem Kato; in der Grösse des Ernstes, aber nicht in der Anwendung desselben mögen Sie ihm änlichen. Denn eben dieser Man war so wenig der Resonanzboden fremder Mäuler, daß er nach dem Essen (wie Plutarch berichtet) one Unterkleid und barfus auf dem Markt spazieren gieng – und noch überdies als Konsul.
Hier folgen Ihre Bücher, von dem gewönlichen Dank und der gewönlichen Bitte begleitet. (. . .)
Drei lere Seiten sind eine starke Versuchung für mich, allerlei Dummes von mir zu geben; allein mein Kopf ist iezt zu erschöpft, sie auszufüllen, und ich bin des Schreibens müde wie Sie sat des Lesens. So wie der Buchbinder die Zal der volgedrukten Blätter mit einem leren krönet, das vielleicht nicht lerer ist als die vollen: so mag das lezte Blat meines Briefs das Amen der drei andern sein. Vielleicht würde ich noch diese Seite wenigstens bis zum ersten Viertel sich vergrössern lassen; wenn ich dem Zuruffe des Balzak folgte, der mir anrät, an eine spizigere Pointe zu spiesen

Ihren
gehors. Diener
J. P. F. Richter

7. An Oerthel in Leipzig.

[Hof, 1. Feb. 1785]

Mein Örthel,
Ich habe mir vorgenommen, wenn du tod bist und ich nicht, deine Briefe an mich zum Drukke zu befödern; ich dürfte sie sogar, fals ich keinen Verleger dazu fände, auf meine eigne Kosten drukken lassen. Eine kleine Vorrede würd' ich ihnen vorausschikken, die ich lieber iezt ausfertigen wil, eh' du noch tod bist; denn wenn du schon hin wärest ins entfernte Land, so glaub' ich beinahe nicht, daß ich die Vorrede noch machen könte: mein Herz würd' es meinem Kopfe nicht zulassen, und ich gienge dan den ganzen Tag blos mit dem Gefühle des Ausspruchs herum »es ist nicht gut, daß der Mensch *alleine*

sei«. Nur der lebt einsam, der ohne Freund lebt; und am allereinsamsten ist er, wenn er dabei etwan noch gar unter recht vielen Menschen ist. Aber die Vorrede, auf die du mit Recht so begierig bist:

»Ich habe die Ehre, hier dem Leser ein Päkgen Briefe mit einiger Grazie darzureichen, die aber nicht an ihn, sondern an mich geschrieben sind: was meine Antworten darauf anlangt, so sind sie schon gröstentheils gedrukt und ich habe sie stükweise in meine satirischen Aufsäze verschlagen mit einfliessen lassen: nichts gehöret also von diesem Büchelgen mir als etwan die Vorrede. Es ist eine bekante Regel, daß eine Vorrede solche Dinge enthalten mus, die sie nach und nach volmachen; und mich dünkt, der meinigen wird man den Vorwurf der *unfigürlichen* Leerheit wol nicht machen.

Mein Freund starb an der Hypochondrie, die er auffieng, weil er das Studium der Rechts- und Unrechtsgelehrsamkeit mit zuviel Allotrien verband; und vielleicht auch, weil er einem gutgemeinten Rath von mir ein wenig zuviel Gehör gegeben. Ich rieth ihm nämlich, als wir beide uns vor dem Tische, wo Bücher aufgetragen wurden, niedersezten, seine[r] Sele recht viele Speise zu geben, ihr nichts an den *Fastenspeisen* (der Jurisprudenz) abzubrechen und an der Tafel wenigstens bis um 12 Uhr zu Nachts sizen zu bleiben, wie alle Vornehme thun. Zum Unglük für seine Gesundheit wilfahrte er meinem Rathe, den ich seither oft bereuet. Ich selbst habe mich durch diese geistige Schwelgerei zu Grunde gerichtet und ich mus dem Publikum singen, daß ich zwar einer der scharfsinnigsten, aber auch leider einer der kränklichsten Autoren bin.

Aber diese Hypochondrie nahm auch die Kräfte seines Geistes merklich mit und sein Kopf und sein Herz lit viel darunter. Ich beruffe mich auf vorliegende Briefe selbst, worin er beides ausdrüklich versichert; und in der That ist diese Versicherung auch gar nicht überflüssig. Denn der Inhalt der Briefe selbst scheinet sie schlecht zu bestätigen; und sie haben mich oft zu dem Irthume verleitet, daß sie gar *Gesundheitspässe* seiner Sele wären. O! entfernter Freund! wie oft hoben deine Briefe mein Herz, das der Tugend wenig mehr zu geloben im Stande ist als Entschlüsse! Wie oft erwärmte es deine Menschenliebe! Wahrhaftig wenn dein elender Körper eine bewegliche Leiche war, so

war dein Geist eine Begräbnislampe, die das *ewige Feuer* der Griechen enthält! Indessen bleibt demungeachtet das wahr, was er selbst von sich sagt: denn er mus sich selbst wol am besten kennen.
Um nicht in Übertreibungen des Lobes zu fallen, hab' ich den gedachten Briefsteller diese Vorrede selbst vorher wol durchsehen und prüfen lassen. Indessen mus ich sie iezt beschliessen weil die Post abgeht, die sie zu ihrem Verleger fährt, der nicht wol thut, daß er mich sogar [!] sehr treibt. Weimar den 12 Mai 1832.«
(. . .)

8. An Oerthel in Leipzig.

[Hof, 9. Feb. 85]

Örthel!
Eh' ich den neulichen Brief, den du nicht erhalten hast und der noch einen an Archenholz einschlos, aus meinem Gedächtnis wieder palingenesire – denn abgeschrieben hab' ich ihn so wie die übrigen iezigen an dich, leider nicht, und wenn ich dich wieder sehe, werd' ich dich bitten, mir meine Briefe kopiren zu lassen – so sei doch vorher so gut und gehe zu Haugs Witwe, welche die Kommissionen vom H. Kommerzienrath Maier besorgt, dem ich auf sein Anerbieten den gedachten Brief beizuschliessen gegeben hatte. Bekomst du ihn freilich gar nicht wieder: so wil ich ihn noch einmal machen.
Schreibe mir es einige Tage vorher, eh' du deinem H. Vater die Ursache von der Lage, worin du iezt bist, entdekkest, denn ich möchte nicht gern gerade in dem Augenblikke, wo dein Brief ankomt, zugleich auch ankommen. Aber meinetwegen verschiebe deine Eröfnung keinen Augenblik.
Von litterarischen Neuigkeiten lese und höre ich hier sehr wenig. Ich habe zwar erwartet, du würdest ein genaues Tagebuch über alle Neuigkeiten des Parnasses führen: ich glaubte sogar, du würdest es mir hernach gern mittheilen; allein soviel ich sehe hast du Lust, mir besagtes Tagebuch gar vorzuenthalten und ich werde mit der Lesung desselben wol so lange warten müssen bis ich dir es einmal selber stehle.

Deine Antwort auf den meinigen [!] ist so kurz wie ein Kommandowort und ist im Grunde nur eine geschikte Abbreviatur eines Briefes; allein das ist eine Kürze, die man wol so wenig wie die senekaische empfehlen kan. Zizero gab auf die Frage: welche Rede des Demosthenes die schönste wäre; die Antwort: die längste. Aber eben diese Schönheit, die Schönheit der Bogenzahl, die allen andern Schönheiten erst die Krone aufsezt, vermiss' ich an deinen Briefen nur gar zu sehr: träten sie einmal gedrukt ans Licht, so würd' ich sie gewis rezensiren, aber dan vielleicht diesen Fehler nicht sehr freundschaftlich rügen. Ich würde ihn indessen doch entschuldigen, diesen Fehler, wenn ich nur nicht wüste, daß du ihn freiwillig begehest, blos um einige Dreier Papier zu erkargen.
Kant ist in gewissem Betrachte eine Misgeburt. Neulich las ich von einer in Frankreich (glaub' ich) die ein *Herz* hatte, das so gros war wie der *Kopf* selbst; der ähnlicht Kant völlig. Sein Herz giebt seinem Kopfe wenig nach. Ich wil die Ironie verlassen: hast du einen Aufsaz von ihm über eine neue Art von Geschichte in der berlinischen Monatsschrift gelesen? Da find' ich den edlen Geist des Alterthums, durch welchen Herder, Garve pp. entzükken, eine Vaterlandsliebe der ganzen Welt und nur den Epikur nicht, diesen Zizisbeo von der Jungfer Europa. Dasselbe Gepräge trägt auch iene Stelle in seiner »Kritik«, wo er von den Idealen und von Plato's Republik (die ich iezt auch gelesen habe; über die Tugend ist gar noch nichts so geschrieben worden wie diese Rep[ublik]: ich weis, du bist ausser dir, wenn du sie lesen wirst) spricht; oder auch das Ende derselben, wo er den Säzen, deren schwache Stüzen er zerbrochen hatte, bessere unterstellet. Ich weis aber nicht wie Platner ihn mit Hume vergleichen können, da er nichts weniger als ein Skeptiker ist; es müste denn ieder einer sein, der etwas läugnet. In der A. D. Bibliothek stehet eine Rezension der »Kritik« die bescheiden ist und gute Erinnerungen macht, an der aber immer das zu tadeln bleiben wird, daß sie nicht so dik ist wie das Buch, das sie berichtigt und lobt.
Von Kant, von seinen Büchern und von seiner Existenz weis hier zu Lande niemand etwas; indessen würde der Schlus, daß man daher in Hof wol wenig lesen und denken müsse, nicht sehr richtig sein: vielmehr kan man den Kommerzienrath Maier

zum Zeugen aufstellen, daß die »Reisen eines Franzosen« hierum algemein gelesen und von Personen beiderlei Geschlechts glüklich beurtheilet worden sind. Ich bin heute zwar sehr schläfrig und mat; aber eine Anekdote, die wörtlich wahr ist, wil ich dir doch erzählen.
Ein Edelmängen fuhr vor dem Laden Maiers vorbei und, um den iungen Damen, die er unterhielt und denen er den *Himmel* ihrer Kutsche zu einem wahren Himmel (oder auch *Bethimmel*) machte, zu zeigen, daß er und die Litteratur sich einander gar wohl kenten, sprang er aus der Kutsche in den Laden hinein. Er begehrte vom Ladeniungen ein gutes, schönes neues Buch; er nante aber keines. Dieser hinterbrachte es dem Maier, daß drunten ein Herr wäre, der ein schönes gutes pp. Buch verlange. Bei dem wiederholte der Edelman sein Begehren. Die Vorstellungen des Maiers, daß unmöglich der Krämer den Käufern sagen könne, was für Ware sie haben wolten, schlugen endlich wirklich an und der Edelman gebar nach einigem Nachdenken die Worte: »Nun so wolle er sich Lavaters Physiognomie ausgebeten haben«. Auf die leicht zu errathende Antwort des Buchhändlers versezte er: »das wäre schlecht, ein so wichtiges Werk nicht im Laden zu haben; er wolle es sich aber verschreiben lassen, wenn das Buch etwas über ein Paar Gulden machte« pp. Der Edelman kaufte für keinen Dreier ab.
Neulich kauften in meiner Gegenwart zwo Edeldamen (die eine schien iung und unbemant zu sein) ungefähr für 6 Bazen gedrukte Neuiahrswünsche. Da es nicht mehr als 6 Bazen waren: so brachen sie auch nur einige Kreuzer ab. Der Diener schüzte indessen vor: »das gienge nicht wol an: sein Herr hätte sie selber nur in Kommission«. Mich freuete hier die wizige und scherzhafte Wendung, womit die ältere sich aus dieser Klippe ihres Geizes und ihrer Ehre zog. »Ach! lassen Sie es geschehen, wir (beide) haben diesmal nicht mehr mit« (als nämlich 6. Bazen) versezte sie scherzend und lächelnd. – Feine Lebensart und Sitten der grossen Welt sind unter dem hiesigen Adel etwas sehr gemeines, wie denn der ganze weibliche Theil auf der neulichen Retoude mit halb hervorstehenden und unbedekten Brüsten tanzte und weder das Gesicht noch den Busen mit einer Larve belästigte.
Dem Herman sage, daß er seine Furcht, hier in Hof sein Unglük

zu machen, fahren lasse: die hiesigen Doktoren werden das Opfer des ersten besten sein, der sie übertrift. Daß freilich Doppelmaier iezt in Rusland schwizt, daran ist er selber schuld: er hatte hier die ganze Kundschaft von Pazienten; allein er wolte den Arzt nicht spielen ausser etwan auf dem unfigürlichen Theater in Heiners Grün mit Kindern. –

Ich wolte nicht viel schreiben; und siehe! schon 8 Seiten hab' ich angefüllet. Ich erwarte, daß du zwar karg bist; allein nur 4 Seiten auf 8. Seiten antworten, das kanst du doch thun. Fals du den fehlenden Brief von Haugs Witwe nicht herausbrächtest: so schreib' mir es ia gleich.

An den Keyser in Erfurt schikke mein Manuskript etwan mit; er verlegt viele satirische Schriften.

Um dich mit dem Landeshauptman auszusöhnen, meld' ich dir, daß er viel Gutes von dir spricht und auf deine Bekantschaft begierig ist. Wie gut ists, daß der Vorschlag des Momus, an der Brust des Menschen Fenster einzusezen, nicht durchgieng! Könten die Leute hier durch eine *Glasthür* in deine Brust hineinsehen: sie würden alle den Kopf schütteln und zu einander lächelnd sagen: »dem Menschen sein Herz ist doch ein wenig gar zu gros«. Auch dürfte dir, fals du eine hiesige Geselschaft mit feinen Scherzen belustigen woltest, der Kriegsrath Kranz die besten Dienste thun. –

Die Weinertin hat an meine Mutter geschrieben: sie wird ihr bald antworten.

Lebe wohl mein theu[er]er Freund. Richter

Und grüsse mir den lieben Herman, der nichts von sich hören lässet.

Noch einmal frankir' ich meinen Brief nicht, aber warlich ich – *kan* nicht anders.

9. An die Brüder Otto.

[Hof, 26. Dez. 1785]

Vorrede zu meiner Festtagszeitung, in einen vernünftigen Brief an Sie eingekleidet, den Sie sämtlich lesen müssen.

Lieben Freunde!

»Ich wil sezen – sagte ich, als ich heute aus dem Bette fuhr – ich wolte heute etwas Geschiktes an Sie sämtlich ablassen: so würde es mir an Einkleidung und Materie gänzlich fehlen; du lieber Himmel! du hättest mir aber einen geschikten Traum bescheren sollen; den hätte ich für meinen eignen verkauft, stat daß Herr W. seine für himlische ausgiebt, und alles wäre ganz wol gegangen.«

Da sich heute ausser dem Teufel iedes Wesen freuet, wenn es kein Fürst ist: so hab' ich mich wirklich gleichfals freuen wollen und in der That labt mich dieses Geschreibe auch sehr, an dem Sie sämtlich wie ich sehe, sich nicht genug vergnügen können. O ihr Geistlichen alzumal! ihr laufet herum, den Siz des Paradieses aufzufinden; komt doch her zu mir und betrachtet das Narrenhaus, in das ich iezt gegangen, zur Genüge: *hier* sizet das Paradies und, lieben Freunde! es sei daß man närrisch ist oder daß man sich so stellet, welches man Laune nent, so ist man in beiden Fällen ausnehmend glüklich.

Anfangs wolte ich Ihnen von diesem und ienem schreiben – ich wolte auf diesem Papier über erhebliche Gegenstände in der Heraldik mich glüklich herauslassen und den Brükner in einer schlechten Note zitiren und erheben – ich wolte eine sehr gute Predigt an Sie halten und in dem Eingange mich selbst, in iedem Theile aber einen von Ihnen bekehren, so daß hernach wir alle nimmer hätten verdamt werden können – ich wolte Ihnen ein glükseliges neues Jahr, desgleichen daß Sie dieses und noch viele folgende in stetem Wolsein pp. wünschen; aber wie ich sah, so ist das neue Kircheniahr schon vor vier Wochen angegangen – ich wolte Ihnen sehr danken und warlich das hätt' ich thun sollen; aber Sie verkennen mich ia nicht – ich wolte den Galgen verdienen und dem H. D. Joerdens etwas Ausnehmendes über die Bruchbänder ohne Bedenken entwenden – ich wolte endlich eine Höfer Zeitung schreiben. Und das hab' ich auch wirklich gethan; und so volführet, daß ich und andere dabei mich sehr loben können. »Wie, sagt' ich, London hat seine Daily Post, Paris seine Nouvelles à la main und Wien sein Neuigkeitenblat im Manuskript? Mich dünkt, Hof solte etwas ähnliches haben und man findet glüklicher weise an mir den Mann, der sich ganz dazu schikket.«

Und lieben guten Freunde! bedenken Sie noch das ganz unpar-

theiisch, daß ich nicht nur, wie es scheint, ein ausgemachter Atheist bin sondern auch sicher nichts gelernt habe; wie bin ich so im Stande, der Stadt Hof, wenn ich nicht ein anderes Mittel ergreife, wahre Ehre zu machen? Hingegen wenn ich der Zeitungsschreiber dieser alten und vernünftigen Stadt werde: so dürft' ich wol für meinen und für ihren Ruhm aufs beste gesorget haben.
Überdies sind Sie alle wirklich da und sehen umsonst, da die Feiertage den Zeitungsschreibern die Federn nehmen, auf eine politische Zeitung auf; daher bin ich auch da und schreibe eine wohlgerathene Festtagszeitung; daher sind sogar auch Hasen da, auf die ich meine Feder losschiesse und welche mir der H. Landeshauptman in einer Werkeltags- und Intelligenzzeitung nicht zu iagen gestatten kan; so wie die Jäger troz des Jagdverbotes an Festtagen dennoch Hasen erlegen dürfen, die man Festhasen nent. Hier komt aber der Pürschwagen selbst!

Höfer Festtagszeitung.

*

Die Nachricht bestätigt sich leider, daß gestern der Teufel den Amtsburgermeister Barnikel wirklich geholet. Er wolte gerade sich wie ein ehrlicher Man anstellen; als der Teufel hineintrat und ihn dermassen erschrekte, daß er, um sich in die Gunst des bösen Feindes zu sezen, geschwind that als ob er ein ausgemachter Bösewicht wäre. Dieses nahm den Satan für ihn ein und daher hat man es zu erklären, warum, da in der Schuldverschreibung Leib und Seele demselben verpfändet war, der Teufel mit sich handeln lies und so weit von seinem Rechte nachlies, daß er sich wirklich nur mit dem schlechtesten Theile des Pfandes abspeisen lassen, nämlich mit der Seele des Burgermeisters. Diese nahm er sogleich mit fort; in den Körper aber sezte er auf solange bis er verfaulen würde, einen woldenkenden und rechtschaffenen Teufel als einen curator bonorum ein. Heute wird derselbe mit seinem neuen Körper in die Kirche gehen. . . . Jederman beklagt die Verdamten, welche wol schon in der peinlichen Geselschaft der gedachten Seele leben müssen . . . Man kan den bösen Feind in der Vorstadt noch merklich riechen.

*

Vor 4 Monaten starb ein grosser Edelman auf seinem Raubschlosse und gab in Frieden seinen frommen – Körper auf. Einige suchten bei seinem Tode wirklich über ihn zu weinen; allein sie konten nicht, da sie schon bei seinen Lebzeiten genug über diesen guten Man geweinet hatten.

*

Am heiligen Abende kam die Silberflotte alhier endlich an und die hiesige Kaufmanschaft wurde ihres Goldes und Silbers mit merklichem Gewinst gegen gutes Kupfer los. Unaufhörlich schrie man in den ansehnlichern Kaufläden: »für einen Kreuzer Gold! noch für zwei Pfennige Silber!« kurz dieser Metalle waren so viel, daß man damit gar die Äpfel und Nüsse, wie zu Salomons Zeiten die Gassen belegte; und man zweifelt ob man bei diesem unerwarteten Überflusse künftig noch unsere Kreuzer annehmen wird.

*

Das Gerücht, daß vorgestern sich in der Klostergasse drei Gespenster sehen lassen, die einander führten, wird völlig wiederrufen: denn einer, der ihnen mit der Laterne nachschlich, fand, daß es nur drei – Damen waren. Hoffentlich wird aber eine einsichtsvolle Polizei in die Sache sich mischen und die gedachten Damen dahin bescheiden, daß sie sich künftig, um niemand in den 12 h. Nächten mehr furchtsam zu machen, niemals zeigen als nur am Tage.

*

Die Madame X. wurde als schwanger gotloser Weise beim Stadtvogt angegeben; sie hat aber ihre Unschuld glüklich ins Licht gesezt und demselben gezeigt, daß die ganze Sache nur ein ganz neumodischer cu de Paris *von vornen* wäre. Man hat Ursache zu glauben, daß es mit allen unsern Damen, die nach der Mode sich *tragen*, auch nicht anders ist.

*

Wenn die Nachricht wahr wäre, daß der hiesige Rath sich fest entschlossen habe, offenbar vernünftig zu werden; so würde wol der iüngste Tag noch vorher erscheinen und der gedachte Rath würde vernünftig werden, indem er *verwandelt* würde.

*

Verschiedene woldenkende und wolredende Personen alhier werden den H. Christoph Otto, der gar thut als ob er Wein hier anbrächte, schnel abreisen lassen. Die Muthmassung, daß er ganz und gar kein Kaufmann ist, leidet nun wol keinen Zweifel mehr, seitdem es sich immer mehr bewähret, daß er wirklich oft was weggeschenket und daß er überhaupt – welches wol das schlimste ist, was man einem Kaufman vorwerfen kan – den Menschen den Vorzug vor dem Gelde lässet.

*

Von einem gewissen Satiriker alhier, der gewisse hiesige Honorazioren für närrisch ausgab, hat man zum Glükke vernommen, daß er selber närrisch geworden; und man wil wünschen, daß diese frohe Nachricht zu keiner Erdichtung werde.

*

Unter die hiesigen Stadtsoldaten werden von Zeit zu Zeit hart geräucherte Stökke ausgetheilet, damit sie mit diesen ihre Flinten vertheidigen möchten und könten, wenn sie ihnen etwan iemand mit Gewalt nehmen wolte.

*

Der H. Kandidat Richter, der durch seine Amtslosigkeit allerdings hier den Tadel der vernünftigern Personen selbst verschuldet hatte, ist einen bessern und gewis rühmlichern Weg zu seinem Fortkommen eingeschlagen und Höfer Zeitungsmacher geworden. Die erste Probe seiner Zeitung ist so ausgefallen, daß sie ihm zur grösten Ehre gereicht und daß man die Fortsetzung derselben algemein wünschet.

P. S. Da die besten Rechtslehrer zu einem guten Pasquil das Bestreben, es auszusäen und den Namen zu verhehlen, verlangen: so kan mir wol Karl der fünfte wenig anhaben und ich bleibe bei Ehre und beim Leben.
[Adr.] Höfer Festtagszeitung an die Sämtl. Ottoischen.

10. An die Brüder Otto?

[Hof, April 1786]

Stekbrief im Schlafrok und ohne iuristische Dekorazion.
Der bekante Dieb, der den Spiznamen Hasus überal annimt eigentlich aber – man hat es herausgebracht – Richter heisset, ist ... eingebrochen und hat ausser einigen Würsten den Böhmeri

etc. mit fortgetragen – Er ist eine wahre Welt im Kleinen, welches die Römer nur durch Microcosmus auszudrükken wusten; er ist, wenn man ihn durch ein Sonnenmikroskop beschaut, von grosser Statur, hat keine Binde, und wil also – das beweiset sein Diebstahl – lieber gehangen als strangulirt sein – und unterscheidet sich dadurch sehr von allen Menschen, daß er fast gar keinen Verstand hat, wenn er gerade gegessen, welches ein Aufsaz, den er gerade nach dem Frasse der gedachten Würste gemacht, mehr als zu wol beweiset.

11. An Pfarrer Chr. Morus in Töpen.

[Töpen, 3. Sep. 1787]

pp.

Ich hatte bisher bessere Dinge zu thun als daß ich schlechte zu widerlegen Zeit gehabt: blos dies verschob meine Antwort auf Ihre neulichen Beleidigungen auf dem Wege. Auch der Ehre des H. Kammerraths bin ichs schuldig, einen Vorwurf abzuweisen, der ihn am Ende auch antastet: denn bin ich ein Lehrer des Selbstmords und Atheismus, was ist denn ein Vater, der einen solchen Lehrer zum Lehrer seines Kindes macht? Aber ich frage vielmehr, was ist ein Man, der diesen giftigen Vorwurf ohne Beweise einem Nebenmenschen zu machen vermag, der ihn nie beleidigte? Ich weis recht wol, Sie werden Ihre damalige Feld- und Kontroverspredigt gänzlich auf die Wirkung schieben wollen, welche die Sonnenhize gerade auf Ihren Kopf gemacht: allein ich rede hier von Ihrem Herzen, das in eine noch schlimmere Hize gerieth. Ahmten Sie damit den sanften liebevollen Geist des Stifters unserer Religion etwan nach, der nie auf Meinungen sondern auf Thaten drang, der (so wie sein bester Jünger) nicht irgend eine Kernlehre sondern Liebe zum Lebensgeist und zur Wurzel des Christenthumes machte und der nicht die geradern Freigeister in Jerusalem (die Sadduzäer) sondern die heuchelnden Orthodoxen (Pharisäer) verdamte? Und wo hab' ich überhaupt Ihnen mein Glaubensbekentnis abgeleget, daß Sie es so genau zu kennen vermöchten, um die almächtige Rolle eines Grosinquisitors in Töpen spielen zu wollen? Oder schliessen Sie auf meinen Glauben aus meinem Lebenswandel, der auf die guten Werke, die der rechtschaffene Ambtsdorf für Hindernisse der Seeligkeit ansieht, einen zu grossen Werth zu legen scheint? Ja, wenn einer wie Sokrates lebte, dan erst hätten Sie Recht, ihn für keinen Christen sondern für einen Heiden zu erklären. Sie können zwar vorschüzen, »man brauche eine Sache wahrhaftig nicht eben zu verstehen um sie zu beurtheilen und Sie wären recht gut im Stande (und thäten's die Wahrheit zu sagen stets), Voltairen einen Atheisten zu schelten, ungeachtet Sie keinen Buchstaben noch von ihm gesehen und ungeachtet er vielmehr einen Atheisten, den Verf. des Buchs Systeme de la nature vortreflich widerleget«; Sie können ferner sagen, es sei einmal Ihre Art so, widerstreitende Dinge zu gebären und z. B. zu sagen »einer könne doch ein Atheist sein, wenn er auch einen Got glaube«: allein dieses Recht, dieses jus stolae kömt Ihnen nicht auf der Landstrasse zu, sondern kaum auf der Kanzel. Sie führten neulich den Spinoza zum Beweise, daß man einen Got glauben und läugnen könne, geschikterweise an: allein meinten Sie seine Theorie, so kan doch nur eines von beiden wahr sein; meinten Sie seinen Karakter (wovon wir aber gar nicht sprachen, weil Geistliche Sünden, die sie vergeben können, minder hassen als Irlehren, für die sie keine absolvirende Hände anhaben), so ist Ihnen unbekant, daß er ein guter mässiger Man gewesen, der gewis nur den menschlichen Fehler hatte, daß er kein Bier trank. – Freigeister, Philosophen, Heteredox[e], Naturalisten und Atheisten schnüren Sie in Einen Begrif zusammen wie die Türken Engländer, Holländer und ieden Europäer Franken nennen. Daher trauen Sie iedem, dessen Seele nicht in einer totalen Sonnenfinsternis der Wahrheit leben wil, Vertheidigung des Selbstmords zu, obgleich dessen Verwerflichkeit schon Plato ohne Kentnis des Christenthums und Rousseau ohne Gebrauch desselben bewiesen. Ja der Atheist mus, um konsequent zu sein, sich gegen die Selbstentleibung noch weit stärker als der Christ erklären. Dies beweisen die Bauern, die insgesamt als bekante Christen herumgehen und die dennoch den Selbstmord für gestattet halten, wenn man Sallat und Milch zusammenfrisset. Dadurch »schlipt« offenbar (wie Sie auch selber auf der Kanzel in Ermangelung eines hebräischen Ausdruks sagten) die Milch im geplagten Magen (und das um so mehr, da die Milch auch schon ohne Essig im Magen gerönne) und der

Mensch bringt sich damit, er mag noch so starker Natur sein, in 80, 90 Jahren muthwillig ums Leben, wie Sie denn selber oft Bauern begraben haben müssen, die wenn sie bis in ihr spätes Alter geschlipte Milch frassen, endlich daran Todes verfuhren.
Ich bitte Sie, mich wegen dieses Briefes mit einiger Stärke von der Kanzel zu werfen und überhaupt die grösten Freigeister, die in Paris wohnen, hier in Töpen mit [dem] Hammer des Gesezes halb dodt zu schlagen. Den hiesigen Bauern hilft es zwar gar nichts: denn sie lieben nicht sowol das Freidenken als [das] Freileben; ia vor ihren Ohren gegen die Freigeisterei, von der nichts in ihrem Kopfe ist als der Name, lospredigen ist soviel als wenn sich ein Stadtarzt auf die Heilung der Seekrankheit legen wolte, die auf dem Lande noch seltner ist als ein Schif von Pappendekkel. Ich wolte überhaupt, ich wäre irgend wo als Pfarrer ansässig oder hier als Kaplan; ich würde wahrhaftig iene neuerungssüchtigen Geistlichen (dergleichen gewis der rehauer, der schwarzenbacher und ein näherer ist) wenig nachahmen aber wol verkezern, da sie (wie ich in Erfahrung gebracht) immer und ewig Moral predigen als ob man tugendhaft sein müste um seelig zu werden, und da sie wie ich besorge mehr lesen als trinken und keinen andern Durst haben als nach Kentnissen. Ich würde die heilige Stätte zur Freistätte meiner Galle und meines Kopfes machen ((wie in Nürnberg und Paris die verlierende Parthei in der Gerichtsstube eine Viertelstunde schimpfen darf)); ich würde darauf beharren, daß Irthümer und Bier desto besser werden, ie älter sie werden; ich würde dem Mangel an Kinderlehren so gut wie möglich durch Überflus an Privatkommunionen abzuhelfen sorgen; ich würde minder über die Seelen als Mägen meiner Schafe wachen; ich würde mich für klug und die mich dazu machen wolten, für dum ansehen; ich würde meinen Arm so sehr vor mir hinstrekken, bis er halb so lang wäre wie der weltliche. –
Ich muste diese Präservazionskur mit Ihnen auf Kosten meiner Zeit vornehmen, um Ihnen künftighin den Vorwurf des Atheismus abzugewöhnen, auf den ich Sie wie Ihnen ieder Jurist beweisen kan, iniuriarum verklagen kan. Lassen Sie mich meinen Weg fortziehen, auf dem ich die Wahrheit untersuche, liebe und vertheidige nicht weil sie Akzidenzien zuwirft sondern weils Pflicht ist; lassen Sie mich glauben, daß diese Welt mehr

für die *Nachahmung* der Gotheit und Christi und eine künftige erst für ihre genauere *Kentnis* gemacht sei und daß einer, der lieber Christi Gotheit beweiset als seine Lehren volzieht, einem Bauern gleiche, der den ganzen Tag heraldisch untersuchte, ob sein Her wol von ächtem Adel wäre, übrigens aber ihm Liebe und Folgsamkeit völlig abschlüge; und lassen Sie mich endlich versichern, daß ich nur Ihre Intoleranz aber weder Sie noch Ihren Stand hasse, der der verehrungswürdigste und der entehrteste aller Stände ist ((und den bekleiden und beschimpfen selten zweierlei zu sein scheint)).
Ich bin natürlicherweise

Ihr pp.

12. An Hermann in Hof.

[Töpen, 7. Feb. 1788]

Da dein Versprechen ein Dilemma ist – (da ich nicht weis, ob ich meinen Sabbatherweg mache) – Die Juden haben 3 Vorzüge [1)] eine edle Bildung, die Scharfsin weissagt 2) den geweissagten Scharfsin selbst 3) und die Seelenstärke mitten unter dem Geschrei der ganzen Welt Selbstlauter zu sein, nicht Accidenzien an Substanz sondern selbst Substanz zu sein, nicht Echo und Chamäleons pp.
Lieber Herman, wenn man die Wahl hat zwischen Nachahmen und Nachgemachtwerden; was sol man da machen? Ich glaube, einen Juden sowol in als ausser dem Rathhaus. Ich bin ein blosser Christ und dein Freund.

13. In Hermanns Stammbuch.

[Töpen, 20. März 1788]

(...)
»Wirds (sagt der H. Verfasser) mein guter Herman, wol der Mühe werth sein, zwischen Erinnerung und Vergessenheit, zwischen Vergnügen und Schmerz einen Unterschied zu machen und mir die erste und dir das zweite zu wünschen, in einem Traum- und Theaterleben wie diesem mein' ich, in dieser

dunkeln Ekke des Universums, in einer Welt, die der kleinste Zähler einer bessern ist, in einer hypochondrischen, in einer verwitternden, zerstöhrten und zerstöhrenden, in einer wo man im 24 Jahr noch nicht in Weimar sizt, in einer wo du dich weg nach Erlang verlierst, in einer wo dein Kopf vol Avtochthonen Ideen und Systemen auf einem unsystematischen kranken Körper wächst, in einer wo glaub' ich die Stadtpf[arrer] nicht besser sind als die Landpf[arrer], in einer wo alles im Wechsel zerfährt, meine Lustigkeit auf dem Nebenblatte, Oerthel und zur Hälfte einmal

Dein Freund?«

14. An Hermann in Erlangen.

[Töpen, 20. Mai 1788]

Aus übertriebner Liebe für deine Disput[azion] send' ich den Theil vom Athem, den ich so eilig durchflog, daß ich im eigentlichen Sin kaum den meinigen mehr ziehen konte. Die übrigen Theile wirst du hoff' ich unter Jahr und Tag (du müstest denn eher nach Hof zurükkehren) nicht zu sehen bekommen, weil ich dir einige Briefe abzuknikern vorhabe; ich erzürne dich um dich zu lesen, wie man den Affen auf dem Kokosbaum tol macht, damit er mit Kokosnüssen um sich werfe.

Das angenehme und schweinische Sediment in deinem Briefe schreib' ich blos einem Nerven vom 5 Paare zu, der die Lippen und die Geschlechtsglieder zusammenkettet; es ist nicht deine Schuld, wenn die Bewegungen der leztern über die der erstern gebieten und der Datum rechtfertigt soviel, daß ich mich sehr wundern würde, wenn die Worte nicht der Anfang wären, sondern der Beschlus. Die Gelegenheit hat hinten keine Haare: du wirst sie vorn fassen und lieber deine eignen aufopfern.

Ich bin des Teufels, wenn ich nicht einmal deinen ganzen Karakter in einen Roman pflanze: aber bringe mir bei, wie ich dem Leser die Wahrscheinlichkeit deiner Zotenmanie beibringe? Es wird ieder sagen, ich soutenierte den Karakter zu schlecht und zwänge die un[gleich]artigsten Züge zusammen.

Ich wil nicht mehr von sondern wie Weiber reden ... ob du

nach Erlang und nach dem Doktorhut gegangen – Erwäge, was ich für dich aufgeopfert, nämlich die Wahrheit – schlage an dein histerisches Herz und gestehe, daß du meinetwegen zwar auch oft die Wahrheit aufgeopfert aber auch zugleich mich mit: oder vielmehr du hast mirs ia schon selbst gestanden . . . thut die ottoische Frage troz aller Veranlassung nie an mich. Er dankt seinem Got, daß die Bürde deiner Unterstüzung schon auf irgend einer wolthätigen Schulter sizt und seine verschonet hat und er mag gern um den Namen dieser Schulter nichts wissen. Er befürchtet irgend eine auffodernde Schilderung deiner Bedürfnisse. Diese Kleinigkeiten, diese lilliputischen Annalen müssen dich ganz interessiren. Denn dich laben blos entweder die wichtigsten Wahrheiten über die erbärmlichsten Sagen und du bist wie die Lerche entweder singend über den Wolken oder nistend in einem Drekloche auf der Erde. Schreibe mir nicht blos was du erfährst sondern auch was du denkst und was andre Neuestes oder Schlimstes denken. In Rüksicht der Krankheitsgeschichte: so versehe ieden Brief mit einer und ahme mich [nach,] der ich dir iezt erzähle . . . Aber dich interessiren fremde Lagen wenig hinter deiner langen Maske von theilnehmender Höflichkeit. Ich komme täglich zu neuen Gründen deiner Meinung, daß Hypochondrie die Nerven zu Protoplasten und die Eingeweide nur zum Mitleiden habe . . . Vertraue auf die glänzenden und breiten Flügel deines Kopfes und möchten sie dich nur über das todte Meer wegtragen, damit du nicht da geistigtod hineinfällest und als Stadtarzt andre lebendig und dich tod erkurirst. Las dir von deinen Bedürfnissen nie die Elastizität der Seele stehlen; denn wenn du einmal Herman bist, so wirst du dich ärgern, daß du einmal ein Anti- oder Pseudoherman gewesen, wiewol nie gegen deinen Freund. – Verzeihe mir die 4 Hände und ich vergebe dir den 11 Finger und den vorhergehenden Handschuh.

15.

Avertissement. [Hof, etwa 23. Sept. 1789]

Endes Unterschriebener steht nicht an, bekant zu machen, daß da die abgeschnittenen Haare so viele Feinde haben wie die rothen; und da die nämlichen Feinde zugleich es von der Person[sind], worauf sie wachsen; da ferner so eine Tracht in keiner Rüksicht christlich ist, weil sonst Personen, die Christen sind, sie haben würden; und da besonders dem Endes Unterschriebenen seine Haare so viel geschadet wie dem Absalon die seinigen, wiewol aus umgekehrten Gründen; und da ihm unter der Hand berichtet worden, daß man ihn ins Grabe zu bringen suchte, weil da die Haare unter keiner Scheere wüchsen: so macht er bekant, daß er freiwillig so lange nicht passen wil. Es wird daher einem gnädigen hochedelgebornen pp. Publikum gemeldet, daß Endes Unterzeichneter gesonnen ist, am nächsten Sontage in verschiedenen wichtigen Gassen mit einem kurzen falschen Zopfe zu erscheinen und mit diesem Zopfe gleichsam wie mit einem Magnete und Seile der Liebe und Zauberstabe sich in den Besiz der Liebe eines ieden, er heisse wie er wolle, gewaltsam zu sezen.

16. An Wernlein in Hof.

[Schwarzenbach, 27. April 1790]

(...)

Menschen höherer Gattung behalten in ihren Gehirnen so wenig Eindrücke von der Schulbank, worauf sie sassen, als das der Schulbank nächste Glied. Nur der stärkere, höchstens gleiche Geist wirkt und bildet am andern Geist mit Erfolg. Doch wird die Nachahmerkohorte nie einen originalen Styl erhalten, sie mag lesen was sie wil, und nicht Göthe sondern ihre Schwäche ist schuld, so wie er seinen nie verlieren wird, er mag lesen was [er] wil. Ohne diese athletische Unbiegsamkeit einiger knöchernen Seelen wäre ia die Vorsehung nie im Stand, ganzen Jahrhunderten und Völkern andre Stösse zu geben und sie aus ihrer Bahn zu biegen. – Vielleicht ist am Herzen der Boden und seine Früchte zu unterscheiden, 2 Dinge, die oft von ganz entgegen[geseztem] Werth sind. Über iedes Menschen Triebe herscht ein höheres sie alle tingierendes Prinzip, das allein seinen Werth bestimt. Ohne dieses edle Prinzip wird ein Mensch, er sei so tugendhaft als er wolle und kan, nie edel sein – 100 mal hat er wie Thiere Tugenden ohne edel und Laster

ohne unedel zu sein. Man könte das Wesen dieses Prinzips in Losreissung vom Irdischen sezen oder Anpichung an dasselbe ... solche Menschen, die alles auf der Erde für Mittel, nicht für Zwek ansehen, die wie Shakesp[eare] und die meisten Engländer das Gefühl der Eitelkeit aller Dinge in ihrem Busen tragen, die, von der hiesigen irdischen Bestrebung nicht mitfortgerissen, von unsern Menschenfreuden und Leiden unbetäubt, geniessen, leiden und thun nur mit dem besonnenen Blik entweder nach einer andern Welt oder nach dem Grabe – können nur von der Natur gebildet und vom Schiksal nie gemisbildet werden. – Diese Denkungsart wird weder von der Philosophie noch Religion noch Poesie verliehen aber wol gestärkt; und durch Geselschaften, Arbeiten, Aemter – entnervt. –
(...)

17. An Wernlein in Hof.

[Schwarzenbach, 9. Aug. 1790]

– Ich beginne dieses Geschreibe 3 Terzien vor meinem aktiven Examen, nachdem ich eine Maas Bier getrunken um zu visieren, ob die figürlichen Köpfe meiner Seminaristen so vol sind als mein unfigürlicher. – Mein Herz ist noch voller von Ihrem Brief. O wenn Sie mir vor 10 J[ahren] einen solchen geschenkt hätten, wo ich meine Arme um ieden ephemerischen Freund so innig schlug wie ietzt um einen perennierenden – wo ich keinen Menschen kante, nicht einmal den nächsten, mich selbst, alle aber liebte – wo ich noch glaubte, ein Freund wäre so leicht aus der Glüks Zahlenlotterie zu ziehen als eine Geliebte – wo ich aus dem Jugendparadies noch nicht gejagt war, aus dem wir alle müssen und in das das Alter und die Erfahrung mit dem blizenden und schneidenden Schwerte keine Rükkehr verstatten – ach damals, wo ich die Sonnen- und Sommerflecken des weiblichen Herzens und die Phasen des mänlichen nicht kante – wo meine ungetäuschte Seele (ausgenommen von sich selbst) alle Seelen umschlang und ich zugleich war 10 mal dümmer und glüklicher und närrischer und tugendhafter.
(...)
Die Geschichte Ihres Skept[izismus] ist meine. Im Heerrauchs

Jahr wölkte dieser SeelenHeerrauch meine so sehr ein, daß mir keine Wissenschaft mehr schmekte und ein Buch mit scharfs[innigem] Unsin las ich lieber als eines mit schlichtem Menschenverstand, weil ich blos noch las, um meine Seele zu üben, nicht aber zu nähren. Zum Glük wurd' ich damals von der WizManie besessen, die mich, um Gegenstände pp. des Wizes zu haben, durch das neue Interesse zum Licht wandte, das ich durch das WizPrisma aus Stralen in Farben verkehrte. In der Empfindung war ich gläubig; und blos den Schriftstellern, die mich in iene oft versezten, verdank' ich meine Transsubst[anziazion]. Zum Unglük war dieser skeptische graue Staar auch in den Augen meiner 2 todten Freunde und ihrer Freunde.
Ein Hauptgrund meines Skept[izismus] war der: »es giebt für iedes Subjekt keine andre Wahrheit als die gefühlte. Die Säze, bei denen ich das Gefühl ihrer Wahrheit habe, sind meine wahren und es giebt kein andres Kriterium. Da aber dieses nämliche Gefühl auch die Irthümer, die es wiederruft, einmal unterschrieb – da es seine Aussprüche ändert nach Stunde und Alter und Zuständen und Seelen und Ländern und Welttheilen: woher kan ich denn gewis wissen, daß dieses chamäl[eontische] Gefühl morgen oder in 3 Jahren das nicht zurüknehme, was es heute beschwört? Und blieb' es auch beständig: könt' es nicht bei einem Irwahn beständig bleiben? Wer steht mir für die Wahrheit dieses Gefühls als das Gefühl selbst? Denn was [man] Gründe nent, ist nur eine verstekte Appellazion an dieses Gefühl: weil einen Grund vorbringen heist zeigen, daß der zu begründende Saz ein Theil, eine Folge pp. eines schon begründeten ist, und der lezte dieser begründeten Säze mus sich allemal, wenn wir [nicht] ewig vom Grund des Grundes zum Grund des Grundes pp. gewiesen werden sollen, auf blos gefühlte Wahrheit stüzen, weil sonst die ganze Schluskette an nichts hienge.« Daraus folgt aber auch die Ungewisheit, ob ich existiere: denn dieses ExistenzPostulat ist aufs blosse Gefühl gebaut – Ich wil hoffen, daß ich existiere: ich wüste auch nicht, was Sie an mir lobten, wenn ich gar nichts hätte, nicht einmal Dasein. (...)

18. An Friedrich von Oertel

[Hof, 15. Januar 1797]

(...)
Lebe wohl, mein immer mehr Geliebter, ich wolte dir noch viel sagen, z. B. daß ich Hof und meiner Lage nichts zu verdanken hätte als Härte, daß ich hier die ersten 10 Jahre *ganz allein* und verachtet – nur meine Otto's ausgenommen, wovon mich besonders Christ[ian] vor 10 J[ahren] behandelt wie jezt – lebte, daß kein Mädgen mich ansah, daß ich überal Has, zumal im Herold[ischen] Hause fand, daß ich in Leipzig abends nie mehr zu essen hatte als für 6 Pfennige, daß ich in Hof samt meiner Mutter nichts zu essen, immer zu fürchten hatte, und daß wir *(aber sei du die Göttin der Verschwiegenheit)* vom Verkaufe alter Papiere für die Höker zulezt lebten – daß ich doch troz der kalten litterarischen Aufnahme meiner Satiren meinen Plan nicht änderte – daß ich unter Geizhälsen, Kleinstädtern stand, aber mein Herz nie beugen lies – und daß ich doch, du gutes tröstendes Geschik, nie holdere elysischere Tage hatte (obwohl nur in meiner Brust und unter dem blauen Himmel) als damals. Die Augen treten mir über, welche vergebliche nie gekante Liebe damals in meinem jugendlichen Herzen verglühte und erstarb. Lebe wohl, mein Oertel.

19. An Christian Otto

[Weimar, 1. März 1799]

(...)
Ich bin ohnehin den Schwarzenbachern, Höfern, Erlangern pp. herzlich gram. Du sagst, ich sol mein Leben schonen. Oft wolt' ich, ich hätte es nicht mehr. Es wird mir täglich – eben weil alles ausser mir gelingt – abgeschabter; eine Frau wäre noch der einzige Firnis. Zuweilen ergrimm ich über meine von allen meinen Verhältnissen ermordete Vergangenheit, über die bewölkte Jugendwelt, die mir die Spizbuben um mich verdorben und die mir kein Gott wiedergeben kan. Ach welchen Samen zu einem Paradies trug ich in meinem Herz und wie wenig liessen mir die Raubvögel. Oft ärger' ich mich komisch, daß mir allein

das Schiksal kein Präsent macht; hart und kämpfend erober' ich mir meinen Bissen – an einen Glükszufal ist nicht zu denken. (. . .)

Aus der »Erotischen Akademie« –
»Simultan- und Tuttiliebe« in Hof (1790–94)

20. An Renate Wirth in Hof.

[Schwarzenbach, 10. Nov. 1790]

Mademoiselle,

Wenn ich nur das Papier zu einem Briefe an Sie herlege: so wird in mir alles rebellisch und rege. Jeder menschliche Kopf hat nämlich (wie die Anatomiker wissen) 4 Kammern, und das Herz hat 2 Kammern – nun wohnen bei mir in ienen 4 Kammern 4 lebendige Teufel und in diesen 2 Logen 2 prächtige gute Engel. Alle die wollen auf einmal reden und diktieren mir etwas zum Briefe an Sie.

Der Teufel in der ersten Gehirnkammer ... (Ich fahre heute am 17. Nov. erst wieder fort ...) dieser Teufel also bläset mir am 17. Nov. so gut wie am 10. N. ein, daß ich einen langen Brief von Ihnen verlangen sol, weil Sie eben so schön schreiben als tanzen – ich lass' es aber bleiben, weil mit Ihnen nichts anzufangen ist, am wenigsten ein Briefwechsel.

Der Teufel in der 2ten Gehirnkammer von vorne heraus soufliert mir 3000 Glossen (wie sie die Fr. Postmeisterin nent); ich lass' es aber bleiben, weil Glossen so wenig meine Sache iemals sind als Ihre Sache.

Der Satan in dem 3ten Gehirn-Alkove ist der Satan selbst und möchte haben, daß ich Ihnen von H. *Selten* in Sophiens Reise abriethe – ich lass' es aber bleiben, weil Sie es selber bleiben lassen und den H. S. und ienes Buch ohnehin *selten* in die Hände nehmen.

Der Teufel in der 4ten Bude sagt blos, ich solte das schreiben, was mir die 3 andern eingegeben; ich lass' es aber natürlich bleiben.

Denn der herliche Engel in der 1ten Herzenskammer räth mir, Ihnen nie schlimmer zu scheinen als ich bin und in dem Bisgen Zwergleben, mit dem man sobald niedersinket, den armen zerrinnenden Schatten, die man Menschen nent, nichts zu machen als Freude, wie Sie mir sie geben, Sie mögen in der Vorderstube Verse oder in der Hinterstube Prose mit mir reden.

Der 2te Engel, der alle meine Briefe endet, sagt mir, diesen mit der Versicherung zu schliessen, daß ich bin der Fr. Postmeisterin, des H. Postmeisters und Ihres ganzen Hauses und
Ihr oder Deroselben oder (welches am meisten ist)

Ew. HochEdelgeboren
gehors. Diener
Richter

21. An Helene Köhler in Steben.

[Schwarzenbach, 22. Juni 1792]

Ich schreibe diesen kleinen Brief, um mich zu entschuldigen, daß ich gelogen und keinen langen geschrieben. Die Unsterblichkeit oder Ewigkeit des Menschen erschöpft kein Buch, geschweige ein Brief; der Gedanke daran durchkreuzt die ganze Schöpfung, läuft um alle Welten und Jahrhunderte, schliesset alle Augen wieder auf, die von Gottesäckern zugedrükt liegen, und ist so sonnengros mit seinen Stralen, daß es leichter ist, einen Tag als eine Stunde davon zu reden: Gleichwol etc. thu' ichs. Ich wil dieser grossen Materie einen flatternden Schmetterling vorausschicken. – Ich hätt' es schon heute gethan, wenn ich Zeit hätte, Be [!] zu sagen, da ich A gesagt. – Ich habe eine Reisebeschreibung zu machen, die noch eher fertig werden muß als die Reise selbst, damit ich sie [das Reisejournal] Ihnen bei unsrer Ankunft überreichen kan . . .

Tagebuch alles dessen, was auf unserer künftigen Reise vorgefallen.

»»Wir giengen gerade um die Stunde ab, wo von dem Sabbathsfleisch nichts zu haben ist als vorderes und hageres, um 3 Uhr. Ich hatte mich ganz nach dem Modejournal ausmeubliert und hatte namentlich 2 Strümpfe, 1 Ueberrok; unter diesem war ein Seidengillet oder veste verstekt, von der nichts zu sehen war als was ganz war. Wir nahmen aus dem Laden 2 Dinge mit, 1 guten Abend und 1 Brief; ich hätt' es nicht geglaubt, hätt' ich nicht Zeichen und Wunder und Briefe gesehen. – Draussen ruhte ein erhabner Tag mit seinen spielenden Blumen, mit seinen rückenden Schatten und mit allen seinen frohen Kindern auf dem Arm vor uns, die wir selbst dazu gehörten. Der blaue Himmel bog

sich wie ein blauer Sonnenschirm über ein blühendes Mädgen – die Sonne stand lächend wie eine Mutter am Himmel und sah den unendlichen Schmuk an, den sie ihrer Tochter, der Erde, angelegt hatte. Wir vergassen unter dem Sehen das Reden und unter dem Reden das Sehen. Aber das Bier nicht. Der Verf. trat in eine Kneipschenke ein und genoß, während O[tto] die Gegend genoß, das was in ihr gewachsen war, Bier. Der Kneipwirth und seine Frau haben vielleicht, so lange diese Biersakristei einen Bierkegel als Köder heraushengt, keinem Man eingeschenkt, der von Stande war und ein Seidengillet anhatte. Den armen Schelmen bescheerte das Glük einen Biergast, der noch dazu ein Badgast war und sagte, »er reisete heute ins Bad und morgen zurük.« Mich dünkt, Fürsten solten es eben so machen und oft in wahren Hundshütten einkehren, damit nur die armen Wirthsleute Jahrelang davon zu leben und zu reden hätten. Ich schoß den meinigen ein Dreikreuzerstük hin.
Wir eilten so unserm Steeben zu, daß wir hinter dessen Kirchthurm noch die Sonne untergehen sahen. Der Tag tönte jezt wie ein fernes Echo nach – von einem Busch zum andern, von einem Gipfel zum andern reichte die Harmonie, die ganze Natur klang und die an Ost und Westen aufgebreitete Himmelsröthe glich den aufgeschlagenen mit Rosataft bespanten Thüren eines tönenden Flügels. – Um 8½ Uhr liefen die 2 Badgäste in Steeben ein und man bließ sie mit Trompeten und Hörnern wie in Karlsbad, wider ihren Willen an.
Sie standen am Fenster und nach ¼ Stunde, standen wir am nämlichen, wo ich Ihnen diesen Brief gab und den Ihrer Demoiselle Schwester wieß. Um 11¼ Uhr hatten Sie die Güte mir das bewuste Buch aus der Lesegeselschaft auf den Sontag vorzustrecken. – Da sich meine Feder auf diesem Bisgen Papier kaum rühren kan: so wil ich hier anfangen und kurz sagen: daß ich am Sontag in die Natur, aber nicht in die Kirche gieng, sondern vor dem Exordio und nach der Nuzanwendung zu Ihnen – daß mein lieber Otto auf der Empor für mich sang und saß – daß wir alle den weisgebleichten Pfarrer und seine Frau und Bibliothek besuchten – daß wir alle so fröhlich wie Franzosen waren und daß uns nichts fehlte als Zeit – daß ich Ihnen eine Theetasse hinunterstieß und Otto nichts – daß ich der armen Sabel (sie wohnt ganz draussen in Steeben, ihr Zuname ist Schnaubertin,

ich gerieth mit dem guten Thier unter der Predigt in ein tiefes Gespräch und erfuhr, sie würde sich nach der Abendkirche vom Schulmeister ein billet doux an ihren Amanten machen lassen) selber eines verfertigte und also schon Vormittags Werke der Liebe that, die am Sontag nicht verboten sein können pp.«« Verzeihen Sie, daß ich kein ernsthaftes Wort geschrieben: im nächsten Briefe wird mein Ton des Ihrigen würdiger sein. Ich schliesse mit der Versicherung, die ich morgen und übermorgen oft wiederhohlen werde, daß ich mit gröster Hochachtung und Freundschaft bin

Deroselben
gehors. Diener
Fried. Richter

22. An Renate Wirth in Bayreuth.

[Schwarzenbach, 16. Aug. 1792]

Mademoiselle,
Ich befürchte weniger daß Sie auf mich zürnen als daß Sie mich ganz und gar vergessen haben: ich that keines von beiden und schrieb doch – nichts, wegen 1,000,000,000 Hindernissen, die ich Ihnen einmal in eben so viel Abenden mündlich sagen wil.
In den bunten, unter der Sonne blizenden Strudeln von Visitten, die jezt über Sie zusammenschlagen, können Sie wahrhaftig nicht oft an den alten grauen Flausrok denken, der sonst mit Ihnen unter dem Fenster moralisierte. – Die Bayreutherinnen, die unsern Jahrmarkt verschönerten, und vielleicht auch die Wucherin lobten Sie so sehr als wenn jene nicht aus Bayreuth und Sie nicht aus Hof wären.
Von der Wucherin, deren schöne Taille, deren Angesicht, das, ohne Koketterie, von Liebe überfloß und deren einfachen Anzug ich nur im Fluge aus einem Fenster gesehen und die hier sogar von denen Schönen gelobt wurde, die weniger Vorzüge haben – von dieser schreiben Sie mir recht viel schönes und das Schönste, daß Sie ihre Bekante und Freundin sind.
Jezt von der Wucherin zu mir – ich wolt' es wäre kein Spung. Mein Roman wird zu Michaelis mit Kupfern und Chodowiezky in Berlin sehr schön gedrukt: ich bekam dafür 530 fl. rh., thut

100 Dukaten, ungefodert und bekam was noch mehr ist, in Berlin einige Freunde mehr, die es im Manuskript lasen. Liebe Renata, auch Sie müssen von der Seite des Herzens den alten Flausrok erst aus seinem Buche kennen lernen. Jezt bei so vielem Golde und Silber wäre der Flausrok ein Nar, wenn er vernünftig bliebe; aber das thu' ich schon nicht, sondern ich habe über 40 rtl. schon aufgewandt, meinen alten Körper und Adam zu kouvertieren und zu verzinnen, wie ich denn nächstens Ihnen in Bayreuth mich mit Bänderschuhen und dreieckigem Hut und Gesicht präsentieren wil.

Es ist alles mein Ernst und in 14 Tagen erblick ich die Eremitage und die Renata, die vielleicht nicht viel hineinkömt.

Und so leben Sie wol und schweben Sie mit ihren Schmetterlingsflügeln um jede giftlose Blume und kein boshafter Knabenhut falle auf den frohen Sommervogel. – Jezt fället mir die Gefahr, in deren Klauen schon Ihr Leben gewesen ein und ich bin froh daß ich nicht in der Stunde, wo mir Ihre F. Mutter die Räderungsgeschichte erzählte, an Sie schrieb: mein Inneres zitterte und ich war über meine Augen nicht mehr Herr. – Leben Sie noch einmal wol, theuere Freundin, und bleiben Sie diese und empfangen Sie mit einem frohen Angesicht den Besuch Ihres Freundes

Fried. Richter

N. S. Liebe Freundin, schreiben Sie mir innerhalb 8 Tagen nur 3 Worte über Ihr und mein Schweigen.

23. An Amöne Herold.

Am Fastnachtsmorgen. 93. [12. Febr.]

Der Sontags Abend war das stürmende Aequinokzium, das allemal den Uebergang von einer Jahrszeit in die andre macht und auf das jezt der stillere sanfte wolkenlose vom *Julius* und *Januar* gleich weit entfernte *Nachsommer* erfolgt. Meine Vorwürfe und Launen sind jezt geendigt und Ihre Plagen. Ich konte Sie nur misverstehen, weil ich Ihnen Widersprüche zutrauete – und diese kont' ich nur zutrauen und verzeihen, weil ich selber (wenigstens in leidenschaftlichen Stunden) daraus bestehe. Z. B. mein gröster ist, daß allemal in der ersten Nacht nach einem Sontage mein Blut noch höher fortsiedet – und daß es in der zweiten erkaltet. Ich war nie am Montag vernünftig, aber am Dienstag wurd' ichs allemal. Gestern wars noch mein fester Entschlus, Hof lange, und Sie noch weit länger, nicht zu sehen; und heut dank' ich dem Himmel, daß ich noch niemand mein Wort darauf gegeben als blos einem, um den ich mich gar nichts scheere – nämlich mir selbst. Also an dem Fastnachtstage, wo andre Leute ihre Narheit anfangen, beschliess' ich die meinige.

Es wäre aber eine blosse Fortsezung derselben, wenn ich meinem ersten Entschlusse, Sie nicht zu sehen, folgte. Ich würde dan nicht blos viele fremde, und meine eigne Freuden zerrütten, Zusammenkünfte stören und alle schöne Oerter fliehen müssen: sondern dieser Entschlus wäre nichts als eine verstekte Absicht, mich zu rächen und Sie zu quälen – – Das wil ich nie, das kan ich nie, das hat die Person nie verdient, die mir so viele schöne Stunden gegeben und der ich nichts vorzuwerfen habe als – meine Ungenügsamkeit. – –
(Ich ersuche Sie, mir im Konzert dieses Blat zurükzugeben, weil in Ihrem Hause weder schriftliche noch mündliche Geheimnisse eine Freistätte haben.)
Mein zweiter Entschlus war, Sie zugleich zu sehen und zu vergessen, meine Augen und meine Worte in Schnee zu vergraben, in den Stellen des verlornen Paradieses gleichgültig herumzugehen und zu sagen, es war gar keines da – – Ach das kan ich noch weniger als gar nicht kommen: wenn ich nur eine elende Konzert-Anglaise hörte, wenn ich an einem Sommerabend neben Ihnen stände, wenn ich einen Gesang hörte oder wenn nur zufälligerweise in mir der Traum aufstiege »so war es sonst nicht«: dan würde mich die Vergangenheit mit ihren magischen Qualen niederdrücken, ich würde von allen weggezognen Tagen noch einmal mit vollen Augen Abschied nehmen und ich würde zu viel leiden – – Nein! Sondern es bleibe lieber wie es war d. h. ich habe nichts verloren als meine Auslegungen. Die bisherigen Zeichen Ihrer Freundschaft dauern fort und ändern blos die Bedeutung, die ich in sie legte; Sie sind die Henriette gegen mich (Jakobi[s] Sch[ri]ft[en]), die zwar nicht im Werthe aber doch im Verhältnis einen Woldemar an mir findet. – Auch ich brauche mein bisheriges Betragen nicht zu ändern, da Sie

ihm sonst die Auslegung gaben, die ich dem Ihrigen versagte. Und wenn ichs auch brauchte, so könt' ich nicht; und ich hoffe, Sie und das Schiksal werden mich zu keinem neuen Riß und nicht zum ersten Entschlusse verurtheilen.
– – So reichen Sie mir denn noch einmal Ihre gute Hand über das Paradies herüber, dessen Mauer mich von Ihnen trent. Aber es wäre Lüge, zu versichern, daß die Vernunft das mit ihrem Wasser ausgiessen werde, was höchstens die Zeit almählig zertragen und zerbröckeln kan – – Es war blos Unsin der Empfindung, zu versichern, daß ich nur die Wahl hätte zwischen Has und Kälte – Es ist noch jezt Unwahrheit, zu versichern, daß ich eh ich noch alle unsre Gegenden verlasse, mein eignes Herz bezwungen haben werde – Ach wenn ich aus ihnen weiche, so werd' ich noch ein volles und bewegtes für die Person aus ihnen tragen, der ich das ihrige nie hätte quälen sollen – – Warlich, die trauernde Gestalt, die am Sontage, ohne Vermögen zum Abschiede, einem noch bittern zusah, die nicht sagen konte, »lebe wol!« weil sie fühlte, wem es unmöglich sei – diese geliebte Gestalt weicht nie aus meiner Brust – und wenn ich traurig bin, werd' ich sie schweben sehen und zu ihr gebrochen sagen: so bleibe denn auch ewig in meinem Herzen, und ruhe auf seinen Wunden . . . Leben Sie wol; alle meine Wünsche sind für Sie, und meine Handlungen sind es; jede Freude, die ich Ihnen verschaffen kan, ist meine; alle meine Geheimnisse sind die Ihrigen.

Ihr treuer Freund
Richter

N. S. Ich habe diesem zu unordentlichen Briefe den an Wernlein beigelegt, den ich unabgesendet bisher niemand als Otto lesen lassen.
Aschermitwoch.
Mein kälteres Blut widerspricht meinem wärmern nicht und der Aschermitwoch billigt (was in Italien heute selten geschieht) die Fastnacht. Was ich gestern mit verdunkelten Augen gesagt, unterzeichn' ich heute mit abgetrokneten. – Ich habe nur noch die neue Bitte, daß Sie das Paket, das mein Bruder um 3 Uhr bringen wird, mir nicht im Konzert sondern etwan um 4½, oder 5 Uhr durch Ernst wiedergeben möchten. Ich thue diese

Bitte blos, um die Gelegenheit zur neuen zu bekommen, daß Sie mir mit drei Zeilen Ihre Gegenwart im Konzert und Ihre Zufriedenheit mit meiner Aenderung, versichern möchten.

24. An Renate Wirth.

[Hof, 7. Apr. 1793]

Mein Plan darf sich ein wenig mit Ihrem ändern. Meine Bitte ist, daß Sie mir erlauben, Ihnen ein wenig ungehorsam zu sein. Da jezt der Wind am grösten und abends am kleinsten ist; – und da ich mit Otto II gern bis um 3 Uhr spazieren laufen wil – und da wir Zeit haben: so bitt' ich Sie, daß ich Sie mit dem Schlag 3 Uhr in Ihrem neuen Haus erschrecken dürfe. Dan können wir so lange gehen, bis der Mond aufgeht (welches nachts um 2 Uhr ist). –

Beharren Sie aber darauf, daß ich gehorsam bin, so – bin ichs.

Die Heiterkeit werd' ich mitbringen oder nachahmen.

Der tolle kahle hagere fröhlige freundliche liebliche

Jean Paul

25. An Renate Wirth.

[Hof, 9. April 1793?]

Je suis serein – j'arrive – j'écris – je Vous prie de rester chés Vous – je vole chés Vous – j'y demeure trois heures – nous causons – nous regardons – nous achevons – – – Ah la lune du dimanche étoit si belle, si aimable, si bonne – que ne sera pas celle du mardi!

Jean Paul

26. An Amöne Herold?

Am Donnerstag nach der Beschreibung des Elysiums

d. 11. Apr. 93.

Es gab eine Hand, die ich halten wolte bis meine zerstäubte – es gab eine Freundin, der ich zu viel gegeben, die mir zuviel genommen – es gab eine die mich eben so viel Thränen der Freude als des Kummers kostete – es gab eine, zu der ich in einer elysischen Minute sagte: »und wenn ich selber einmal sage und versichere, ich hasse dich, so ist es nicht wahr« –
Ist sie nimmer? hab ich so schon versichert? hab ich mich kalt gestelt? – – Ja sie hat es, und ich hab' es – –
Aber ich allein (und sie nicht) sag in meinem einsamen Zimmer mit flutenden Augen: du liebst sie doch und ewig und ewig und ewig

27. An Renate Wirth.

le 29me Avril [1793?]

Ma cherie et invisible Amie,
Il m'en a couté de ne Vous voir pas. Je n'ai vû hier que Votre tete. J'espere – ou du moins, je demande – que Vous tiendrés aussi bien Votre promesse de me voir demain, que j'ai tenu la mienne de ne Vous voir point. – Mais demain! – Nous nous verrons; – et entourés du soir, du ciel et de la nature – n'etant accompagnés que des oiseaux – n'etant eblouis que du soleil – parlants – jouissant – esperant, alors nous oublierons à ce soir le soir qui ne lui ressemble pas ... Adieu. (En hâte.)

R.

28. An Renate Wirth.

[Neustadt a. d. Aisch, 7. Jul. 1793]

Liebe Freundin,
Ich seze voraus, daß Sie meinen ersten Brief beantworten, und zimmere schon den zweiten. Nur ist die Dinte so gelb wie ich – die Husaren-Parade trabt neben mir – ihr montiertes Orchester trompetet neben mir – ich habe Kopfschmerzen und Zufriedenheit: welche närrische Nachbarschaft für einen Menschen, der nach Hof schreibt! ...

d. 9ten Jul.

Während den Unterbrechungen meines Briefs kam Ihrer. Die Seufzer eines schönen Herzens sind gleichsam der Athem und der Aether für das meinige. Ich athmete Ihre Gedanken ein – aber es sind ihrer so wenige und ... kurz gerade so viel Wärme die meinigen zuviel haben, so viel ziehen Sie den Ihrigen ab. – Ich danke Ihnen noch für die Pünktlichkeit und für Ihre Gefälligkeit gegen meine närrische Bitte.

Um meinen Brief an die Ottoin nicht zu wiederhohlen und um meinen mündlichen Erzählungen etwas übrig zu lassen, flatter' ich über das meiste Historische hinweg.

Am Freitag giengen wir aus Baireuth, assen und sassen unterwegs fünf Stunden und kamen doch abends in Bayersdorf (d. h. nach einem Weg von 14 Stunden) an; und am Sonabend nachmittags in Neustadt – Morgen (Mittwochs) fahren wir Nachts um 10 oder 11 oder 12 Uhr (um den Himmel so gut zu geniessen wie die Erde) nach Erlang – sind am Sonabend und Sontag in Bayreuth und wahrscheinlich am Montage in Hof. – – Mehr erzähl' ich nicht – –

Das Schiksal hat uns so lieb gehabt, daß es fast lauter schöne Gesichter stat der Meilenzeiger in unsern Weg hineingestelt. Durch die Bambergischen Wiesen hätt' ich mit ausgespanten Armen gehen mögen, um sie sogleich an den schönsten Gestalten, die uns auf ihnen begegneten, zuzumachen. Es war gerade abends – alle von der Sonne getränkten Wolken überflossen ein stilles ebenes mehr mit Gärten als Wäldern bekränztes Land – und die Erinnerung und die Hofnung standen wie zwei Sterne schimmernd über dem ganzen Gefilde. Ich fragte jedes sanfte Mädgen, welches der rechte Weg wäre, und verlor darüber einen andern rechten.

Und doch erstiegen wir auf dieser Himmelsleiter noch eine höhere Sprosse, Neustadt nämlich.

Ein solcher Sontag wie der am 7. Jul. stand bisher nur in meinem Kopfe, aber nicht im Kalender. Ich wil die vielen Leute nicht in meinen Brief hereinthun, um die ich herumseze, noch ein schönes Frauenzimmer, die eine ziemlich leserliche Abschrift von der Spangenbergin ist – sondern ich wil den Sontag abends von 7 Uhr bis 11½ beschreiben.

Nein, ich lass' es lieber bleiben. Dieser Zauberabend steht, wie

ein Blumenfeld, dunkel unter dem Wasser der Zeit und der Vergangenheit, und ich kan vor Sehnsucht kaum hinuntersehen zu diesem untergesunknen Blumen-Boden. Ach dieser Boden trug schöne Minuten! Im langen langen Garten eines gewissen Oertels, der unsertwegen alles thäte und der unsertwegen Blasmusik und weibliche Geselschaft bestelte, ist die Wiege und das Grab eines meiner schönsten Abende – ein grosser Teich mit tausend Fröschen, Baum- und Blumenalleeen und (was der gröste Reiz eines Gartens ist) die Nachbarschaft desselben, die im röthlichen Abendhimmel über kleinen Bergerhebungen schwebenden Bäume hülten das Auge mit Blüten zu, damit die sanft verdunkelte Seele schöner in ihre Träume falle – zwei weibliche Schönheiten unter einem Schwalle anderer Personen kamen mit ihren Eltern an – die eine, die schönste, schlug mit ihren Stralen und mit ihren schwarzen Fackel-Augen wie eine Blizwolke in einen Menschen ein, der sich durch Romane erhizt hat (so viel Naivetät, Schönheit, Unschuld und Wolwollen steht selten in einem Garten auf 2 Füsse gestelt) – ich häkelte meinen Arm an sie ein, obgleich ein anderer mänlicher da war, dessen Hand einmal der Ring an ihre löthet, und ich wurde bald vertraut mit ihr und gieng den ganzen Abend mit ihr . . .
Aber ihr schönen Stunden solt einmal an meinen Schreibtisch treten und ich wil euch mit samt der Todtenfarbe der Vergangenheit abzeichnen und aufs Papier – begraben, damit ich nicht ohne Denkmal bin . . .
O liebe Renate! ich dachte oft an Sie in jener Nacht – die Freude des Menschen hienieden ist nichts als eine vergrösserte Sehnsucht – ich sah an jedem Gebüsch die Johanniswürmgen wie Edelsteine glimmend hängen, über dem Teiche stiegen sie wie Funken auf und ich streuete diese lebendigen Sterne in das Haar der schönen Fusgängerin – der Himmel ruhte entfernt über uns und unsern kleinen fliehenden Freuden aus und dekte in seinen Sternen die grössern auf – in mir war ein Streit zwischen dem Ohre und dem Auge, zwischen der Musik und der Schönheit und ich hätte (so sonderbar es scheint) mich in eine finstere Lauben-Ecke werfen mögen, um ungestört allen schönen Phantasien – Tönen – Schimmerwürmgen – Sternen – und Abendlüftgen um mich mein zitterndes Herz zu geben und zu sagen: zerdrükt es zu Einer Freudenthräne!

– Meine liebe Renate! wir wollen uns lieben, eh wir uns trennen – dieser Abend hat meinen Entschlus aus Hof zu gehen, unveränderlich befestigt und beschleunigt – wenn wir uns an keinem Sonabend mehr sehen, werden wir uns sehnen, aber vergeblich – wenn dein Herz kein Echo mehr um sich findet, wird es oft mitten in der Freude sagen: ach der es kante, ist fortgegangen. Wenn es nicht so sagte: so wär' es gar zu unglüklich. – Schreib mir wieder, Freundin! –

d. 10. Jul.

Gestern abends giengen wir alle wieder spazieren – ein ganzes Bataillon – die schöne Christiana und ihre Schwester war wieder dabei und ich lehrte jene die Bayreuther Art zu führen, zwei Stunden lang. Wir waren bei ihren Eltern. Die dritte Schwester ist eben so schön von der Natur ausgearbeitet. – Heute Nachts um 10 Uhr (Mitwoch) fahren wir ab. – Vergeben Sie meiner Eile, die so gros ist wie meine Schreibseligkeit, die Dinten-Maschen, das Ausstreichen und die Wörter, die einander über den Köpfen stehen. – Ich bitte Sie sehr, mir noch einmal zu schreiben und mir den Brief in Bayreuth (unter der Adresse: abzugeben in der Sonne oder bei Mehringer) oder, wärs zu spät, in Hof zukommen zu lassen.

Die Flotowin hielt mich leider für satirisch, wofür ich mich von niemand unlieber als von Mädgen ansehen lasse. Aber was kan man in der ersten Zusammenkunft und unter Müllers Augen anders machen als Satiren? Das weibliche Geschlecht weis sich weder in den Ernst noch in den Scherz des mänlichen zu schicken; es misversteht fast alles, Komplimente ausgenommen; freilich giebt es noch klügere, die um uns nicht zu misverstehen, uns – überhören und taub sind, um nicht blind zu sein.

Wenn Sie jezt wieder (wie allemal) böse werden: so beweisen Sie was ich sage – wenn Sie gut bleiben: so widerlegen Sie es. Ich bin unter der Hofnung der Widerlegung – unter der Erwartung der Antwort – unter der Freude auf unsere erste Wiedererblickung

Ihr
Freund
Richter

29. An Renate Wirth.

[Bayreuth, 3. Sept. 1793]
Dienstag früh um fünf Uhr.

Meine theuerste Freundin,
Es ist närrisch, daß ich gestern ankomme – morgen abgehe – und heute doch schreibe – da ich wol eher nach Schwarzenbach komme als der Brief nach Hof. Mein und Ihr Schwestergen und der Bruder tranken in Gefrees neben einander Kaffee – auf dem ganzen Wege bis an die Hauptwache liefen unsre Kutschen neben einander. *Ein* Zufal! – Da ich abends um 8 den Sohn des schwarzenbacher Pfarrers zum Stiftsamtman Völkel einlogiere: wohnt der gerade über dem Kopfe – Ihrer F[rau] Tante. Zweiter Zufal! Der gute Himmel stekt mir wie es scheint alle Blumen in die Chausseen wo sonst keine gedeihen; mein Himmel nach dem Tode wird in einem steten Reisen durch den Himmel bestehen. –

Das Jämmerlichste ist bei allen dem daß meine Zunge und meine Feder sich herumbeissen, wer Ihnen erzählen sol: – – dasmal wird die Feder Herr.

Es giesset der Himmel jezt, und meine Feder sols auch so machen.

Der ganze Tag steht vor mir hin mit lauter Visitten wie mit Trachten besezt – Es ist nichts schöners als so (wie ichs mache) zur Thüre hineinfahren – die Person zum erstenmal sehen – ihr einen geliebten Brief hingeben – in drei Minuten bekant werden – in fünf Minuten lustig werden – und in achten verliebt – –

Schütten Sie alle liebe Bayreutherinnen zu einem Kornhaufen zusammen – die Bayreuther sind nur Kornwürmer –: so wil ich sie leichter alle kommandieren als die Vorstädterinnen in Hof; denn sie schicken sich eher ins Tolle als Höfer, die eigentlich keine Städter, sondern nur Vorstädter, nur Altstädter sind.

Du liebes Bayreuth, auf einem so schön gearbeiteten, so grün angestrichenen Präsentierteller von Gegend einem dargeboten – man solte sich einbohren in dich, um nimmer heraus zu können – . . .

Ich schreibe so lange als es regnet, damit ich mich um den ganzen Himmel nichts scheere und meine Heiterkeit ohne die seinige behalte. – –

Gestern gieng ich unter Finsternis, Regen und Musik der Vogelschüzen-Armee zum guten guten – – –
Mandel! . . .
(Gerade war eine invitierende Magd bei mir, die allein soviel Freundlichkeit hat, daß damit die ganze Kappens oder Kapuzen Familie auszustatten wäre)
Unser theuerer Mandel hört ohne Hörrohr, wenigstens mein Sprachrohr und braucht die Krüke wie wir den Stok, zu nichts. Er ist kein Jude sondern ein Philosoph – und den [*unleserlich gemachtes Wort*] hätte man in ihrer Jugend so viel Verstand einprügeln sollen als sie ihm [*zwei unleserlich gemachte Wörter*] ausprügelten. Diese schöne Seele solte nichts feil haben als – Wahrheiten; sie ist für einen Juden und Kaufmann zu edel. Erst diesesmal – das erstemal nicht – zog ich die Blätter aus einander, die diese für ein besseres Leben reife Frucht verhüllen. Wir disputierten fast blos – ich konte gar nicht fort – ein alter Jude mit einem Barte so lange wie ein Kometenschwanz kam dazu und sprach dazu und recht gut – Sein erstes Wort klang Renata – Seine edle Wärme für Sie ist so gros daß ich nicht weis, welches schöner ist, diese Wärme zu empfinden wie er oder zu verdienen wie Sie. Wir stritten über die Freundschaft, auf welche der Uebergang von Ihnen nicht schwer ist. Er glaubte an zwei Stufen – an die theilnehmende, liebende, die aber in Proben erliegt – und an die helfende, die in der Noth wie ein Gott die Arme reicht und heraushebt. Ich strit, weil ich noch an eine dritte höhere Stufe glaube:

Um 9 Uhr
an jenen Einklang der Brust, wenn Eine Saite, von einem Herzen zum andern gespant, auf beiden zittert, sobald sie der Ewige mit seiner grossen Welt berührt – an jene Aehnlichkeit, wo die Gedanken schon Worte sind und die Blicke schon Umarmungen – wo äussere Vortheile nicht knüpfen, äussere Nachtheile nicht trennen – wo die zwei Ueberglücklichen wie zwei Kinder neben einander in den zwei Armen des Unendlichen liegen und einander trunken anblicken und sich mit ihren Augen die Liebe gegen den Ewigen, der sie begeistert, sagen – – Diese Freundschaft ist uneigennütziger als die Liebe und seltner und grösser als die Liebe, deren jeder fähig ist . . .

Seit 9 Uhr bin ich so im Feuer: nicht weil ich die Flotowin gesehen, (das geschieht erst abends um 7 Uhr) sondern weil ich draussen war und weil mir Mehringer aus ihrem Tagebuch die von ihm diebisch kopierten Stellen über Hof vorlas. O fesseln und achten Sie diese Karoline! Ihr ganzes Leben und zwanzig Städte legen kein zweites solches schönes Herz an Ihres: dieses warme Herz bleibt Ihnen ewig wenn Sie es nicht abreissen, es ruht an Ihrer Seele schlagend und glühend so lange wie die Tugend.
In diesem Tagebuch sind ihre Eden-Stunden in Hof, am meisten die im Gartenhaus wie ein Abendroth wiedergestralet. Wenn es einen Engel giebt, der Sie beide behütet – und giebts keinen: so ists der unendliche Engel, der uns alle trägt: – o so schlinge, guter Engel, die Arme dieser geliebten Seelen noch oft so in einander wie in jener Nacht – so drücke sie oft an einander, daß sie weinen vor Wonne – und wenn sie sich wieder geschieden haben: so richte ihre Augen gegen deinen hohen Himmel und gieb ihnen den Gedanken: droben unter den Sonnen bleiben wir ungetrent! –
Bis nach Brandenstein ergos sich ihr sanftes Auge vor Liebe, vor Sehnen, vor Schmerz – ich schreib' es noch einmal: Sie haben gefunden was Sie so lange begehrten, ketten Sie sie ewig an sich. Aber ich werde zu enthusiastisch für beide, wenn ich fortschreibe: ich thu' es lieber mündlich.

Um 11 Uhr.
Bei Krausenek war ich gerade – eine Kleine sah ich und die Mutter und den Sohn und den dazukommenden Thoren Boie – aber Marianne nicht.

Mittwoch um 6 Uhr.
Auch diese sah ich – die Flotowin sah ich und hörte sie singen – Sie sehen wie viel ich mündlich zu sagen habe. Aus Zeitmangel brech' ich alles ab. – Nur aber noch dieses Wort: Das liebevolle Betragen Mandels und der Iris gegen mich sezt ein grosses von Ihnen gegen mich voraus und ich sehe überal recht gut Ihre gute Hand mir andre Hände geben. Haben Sie meinen herzlichen Dank dafür, liebe Renata; – ich bin wieder recht sehr Ihr

Freund und ich freue mich wie ein Kind auf unsere ersten Zusammenkünfte und auf unsre Erzählungen. Leben Sie tausendmal wol, Liebe, theuere Freundin

Ihres
Freundes
Richter

30. An Christian Otto in Hof.

[Schwarzenbach, 13. Feb. 1794]

Mein guter Christian,

Mein Brief betrift die Amöne.

Ich schreib ihn *für*, nicht *wider* sie; aber mit einer Niedergeschlagenheit, die mir den Unterschied zwischen den Schilderungen der erdichteten und der wahren Leiden zeigt. Wenn du einige meinen Brief beschliessende Stellen aus ihrem heurigen Tagebuch gelesen hast (sie führt seit einigen Jahren eines): so wird deine Wärme sicher die meinige rechtfertigen. Beim – zweiten Durchlesen meines Briefes bist du mit mir einig. Nims von mir an, mein lieber Christian: du behandelst sie für kleine Symptomen ihres Temperaments zu hart – nicht zu hart nach deinem Rechte, aber nach dem ihrigen. Dich rechtfertigt ganz ihr Schein, aber sie ihr Inneres. *Dieses* hat so wenig mit *jenem* gemein, daß sie z. B. *sonst* (denn *jezt* lieben viele ihrer vorigen Feinde sie von Herzen, Eine Feindin ausgenommen) nur stolz aus einem gekränkten Gefühle war, weil sie sich in jeder Geselschaft verachtet glaubte. Und dieses glaubte sie, weil ihr Vater und ihr Hofmeister ihr so oft sagten, sie wäre »dum und häslich«, daß sie es selber glaubte, bis Wernlein der immer verkanten Seele ihre Rechte gab. In einem solchen sarkastischen Hause, – unter solchen pädagogischen Mishandlungen – unter der Wiederholung derselben in Frankfurt beim Boshaftesten Weibe und bei dessen dumsten Sohne – konte nur das beste Herz nicht zum bittersten werden. Du soltest ihre stille Ergebung in die väterliche Härte, ihre unbegreifliche Geduld mit der brüderlichen Giftmischerei der Anspielungen und Thaten bemerken, ihre häusliche mit der ausserhäuslichen Raschheit kontrastierende Sanf[t]muth gegen die Mägde, die wenn sie fort sind über alle im Hause klagen und sie ausnehmen und ihrentwegen die Stelle wieder suchen. Sie ist aus meiner Bekantschaft die einzige ihres Geschlechtes, der ich jedes Wort heilig glauben darf und die in den mislichsten Lagen zu keiner Wendung Zuflucht nimt als höchstens zum Schweigen. Eben diese stolze Unfähigkeit zur Verstellung (aber kein Has, denn sie ist zu sehr in ihre sanftern Träume eingesenkt, um jemand, nicht einmal die K. zu hassen) giebt nebst ihrem voreiligen Temperament ihrem Betragen gegen Personen, die blos ein höfliches verdienen, einen zu aufrichtigen Anstrich; aber wie wenig Has dabei ist, siehst du, weil sie (z. B. bei dem Vorfal in Neuhof, den mir selber erst deine Schwester entzifferte) niemals weis, wo sie gefehlet hat. Blos gegen eine Person (K) war sie ungerecht; aber wenn ich schon der K *äusserliche* die Büste einnehmende Koketterie kaum mit ihren Briefen, häuslichen Verdiensten und vielfachen Beraubungen wie mit einem Mantel der Liebe zu bedecken weis, wie viel weniger kans *sie*, nähere Rüksichten noch abgerechnet. – Indessen fehlt sie doch in *diesem* Punkt – in welchem aber jede andre mit ähnlichen Verhältnissen auch fehlen müste – und du must sie zu bessern suchen; aber nicht durch die bisherigen Mittel, nicht durch die Kälte, die gerade alle ihre gesellschaftlichen Sünden erzeugte und deren Absicht sie nicht erräth und die ihre Schmerzen und Fehler mit einander anhäuft. Und wenn du noch fortfährst, sie mit diesem Wechsel von kalten und warmen Tagen zu verwunden, der die Menschen wie die Gewächse zerrüttet: so erliegt sie. O warum stellest du ihr nicht gerade zu, mit klaren Worten, mit der Beredsamkeit der Herzlichkeit die kleinen Fehltritte vor, wie du mir es thätest und thust? Sag ihr nicht einmal einen Grund und begehr' es als einen Gefallen: so thut sie es. Es giebt nicht[s] folgsameres – nicht gegen die Kälte der rationes decidendi sondern die Wärme der Freundschaft und Liebe – als dieses Geschlecht: sie ertragen vom unsrigen alle Wahrheiten und bessern sich gern um, wenn nicht Liebe oder Ehrgeiz (worüber sie nicht siegen können) es ihnen erschwert. Ueberhaupt wird mir dieses Geschlecht heiliger, je länger ich es zu kennen suche; es hat eine fassende Seele für alle unsre Vorzüge, aber die wenigsten von uns haben eine für alle seinigen; und wenn es den höhern das Ganze und die Ewigkeit beschauenden und umfassenden philosophischen Geist noch hätte, so wär' es besser als wir.

Glaub' aber nicht, daß ich darum dein Betragen tadele, das ich den ganzen Sommer hindurch als eine neue Seite deiner den Weg durch die *sonderbarsten* Verhältnisse findenden Rechtschaffenheit und Feinheit verehrte; sondern nur den Gegenstand deines Betragens wil ich ändern.
Die Stellen des von ihr erhaltenen Tagebuchs schrieb ich ohne ihr Wissen ab; aber mit ihrem nachfolgenden weiblichen Ja-Nein obwol ohne ihren Auftrag geb ich dir sie und den Brief. Ich habe vor euch beiden wie vor Gott gehandelt und keinem etwas verborgen; und dieser Brief ist meine erste gewis-gute Handlung in diesem Jahr'. Ich habe zu ihr gesagt: »er sprach durch mich an Sie, warum nicht Sie wieder an ihn und Sie können mir nichts erlauben und verbieten, wo mein Gewissen schon eines that.« – Es war eine Zeit (und so oft ich nicht meinen April habe, kömt sie wieder) wo wir einander nichts, gar nichts verhehlten in einer himlischen Aufrichtigkeit ohne Gränzen, die ausgenommen, die Ihr die heiligste und unverlezlichste Weiblichkeit sezte und mir *fremde* Geheimnisse. Ich bin ihr Bruder und bleib' es, wiewol sie mich oft ärgert, als wär' ich kein adoptierter.
Ich weis gar nicht, wie ich über meinen Schwal von Gedanken Herr werden sol. Die Träume, woran sie in ihrem Tagebuche denkt – das, einen so philosophischen und über die Sprache herschenden Geist es auch verrathe, doch als eine Abendarbeit, als ein Abendgebetläuten ihre Briefe nicht erreicht – sind lauter Schreklarven der Geisterstunde: z. B. die im vergangenen Monat, daß sie Gift für sich einzurühren glaubte und sich vor nichts fürchtete als vor dem Zu wenig Nehmen, oder daß sie den Vorwurf der Koketterie von dir hörte und unglüklich und trostlos an mich eilte und sich auf mich berief und nach meiner Verneinung sagte: »nun bin ich gerechtfertigt und verloren.« – Du gute Seele, auch ausser der Rolle in deinem Traum würd' ich »Nein« sagen und beweisen, daß die Koketterie mit allem besteht, nur nicht mit leidenschaftlicher blos von Vorzügen gerechtfertigter Liebe.
Les jezt das Tagebuch und du wirst dich wundern, daß einer wie ich, der sein Inneres immer mehr mit seiner romantischen Feder abschäälet, bisher so ordentlich fortgeschrieben:

1 Januar.

»Wie es Menschen geben kan, die von einem Jahr zum andern

fortleben, ohne nur einmal daran zu denken, daß mit ihm auch ein Theil von dem Ganzen unsers Lebens dahin ist, fält mir heute mehr auf als je. Ohne die geringste Anwandlung von Rührung oder Nachdenken über ihre Handlungen im verflossenen Jahre schmeissen sie es hinter sich wie ein abgetragnes Kleid und fahren dafür ins Neue. Die Wünsche von andern dünken ihnen schon wie erfülte und sie glauben, die Zukunft sei so glänzend wie ihre Versprechungen. – Meine heutigen Wünsche sind sehr verschieden von den Eurigen. Mögt ich bei der Trennung von Dir entweder nicht mehr oder ganz einig mit mir sein, mögten alle Vorsäze zu Grundsäzen werden, daß ich mit mehr Beruhigung auf dich als auf deinen Vorfahren zurükblikke. Las nie Zweifel mehr in mir entstehen, die mein Herz bisher quälten, gieb ihm lieber stat wiederholter Kränkungen eine gänzliche Zerspaltung. Unwilkührlicher Schauer ergreift meinen Körper bei dem Gedanken an das Verhältnis, daß gerade vorm Jahr um diese Zeit mich um Seelen und Körper Ruhe, um Wünsche und Ansprüche auf die Zukunft brachte.« pp.

d. 4. Jenn. »So wie alzulebhafte und schrekhafte Träume von unruhigem Schlaf zeigen, so sind die fürchterlichen Bilder unserer Fantasie eine Folge unsers zerrütteten Gemüthszustandes. Etwas müssen wir haben, an daß [!] wir uns halten; sind unsere Hofnungen fehlgeschlagen, so kömt uns die Einbildungskraft zu Hülfe und diese bleibt äusserst selten in Schranken, sie übertreibt das Gute und Schlimme.

Je weniger das Herz Gelegenheit hat, sich zu ergiessen, desto leerer wird es. So lang dem Drang, den jeder gute Mensch hat, sich an ein theilnehmendes Wesen zu schliessen, nicht Genugtuung geschieht, so lang bleibt jedes Gefühl einseitig, jedes Verlangen nach Mittheilung bleibt unerfült, jeder gute Gedanke wird in sich selbst erstikt, der sehnliche Wunsch wird zum minder sehnlichen, bis auch die reichhaltigste Quelle des Guten und Schönen sich zum Ausflus verschliesset und nach und nach eintroknet.« – pp.

d. 16 Jenn. »Die Thränen der Vergangenheit mischen sich mit denen der Gegenwart. So angenehm die Dämmerung an Sommerabenden ist, so unangenehm ist eine in der Seele. Nur so lang ein Räthsel nicht gelöset ist, so lang ists unverständlich, daß aber ich in einem fort kan misverstanden und falsch beurtheilt werden, greift mich im innersten an. Alles nur nicht meine Grundsäze würd ich aufopfern, um die Wünsche anderer zu erfüllen, ich würde allem entsagen, um völlige Genugthuung zu leisten und mir nur ungestörte Seelenruhe ausbedingen. Schreklich und garstig gestaltet faltet sich mir die Vergangenheit auf. Warum bekam ich ein Herz daß [!] zu weich für alle Einwirkungen ist, warum, o! zerspringen mögt' es, wie viel litt ich heute wieder unter der Maske der Lustigkeit. Ich unterliege noch während der Aufklärung. Nichts wie Nacht wünsch' ich mir in einem fort, weil sie am ersten meinen Gedanken die Vorhand lässet und ich von andern nicht bemerket werde. In jedem Blik, in jedem Lachen glaub ich eine bittere Anmerkung für mich zu finden. Nichts macht argwöhnischer als Unglük, nichts ungeselliger als fehlgeschlagene Erwartungen.« pp.

d. 24 Jenn. »Ich erstaune und werde immer unzufriedener mit mir. Wieder alle Vorsäze über den Haufen geschmissen und kaum sind ein Paar Tage von dem Jahr daß [!] ich mit unerschütterlich standhaftem Muth antrat, wo ich so gewis war, daß mich meine Leidenschaften nicht mehr betäuben noch weniger alle Arten von Tortur aushalten liessen. Durch sie gekrümt wie ein Wurm, das Grab jedes guten Gedanken, anstat ich mich ohne sie Gott näher schwingen könte. Nichts als meine zu grosse Empfindlichkeit, meine öfters überspanten Erwartungen und die Lebhaftigkeit in meinen Aeusserungen sind die Quellen meiner Unruhe.« pp.

31 Jenn. »Das Monat ist geendigt, aber meine Quaal noch nicht. So lange Zeit hielten sie beinah niemals an. Die fürchterlichen Träume der Nacht, deren ich bisher so viele hatte, sind die Kinder meiner Gedanken bei Tag. – Undurchsichtiger Nebel umhült meine Seele und alle Gedanken für eignes und fremdes Wohl werden von ihm verzehrt.« pp.

Ende des Tagebuchs.

31. An Karoline Herold.

[Hof, 1. Dez. 1794]

Liebe Freundin

Ob ich gleich heute in allen meinen Nerven kränkle: so zucken Sie doch bei Ihrem Briefe wie bei einem glühenden Eisen wieder auf. Er giebt Ihnen alles wieder – die Wärme ausgenommen –, was Ihnen meine Misdeutungen abgesprochen haben. Das feine Gefühl der zurükgezognen Weiblichkeit, das mich bisher an Ihre Seele kettete und was hier nur eine noch in dem Grade hat (die Ottoin), das sich aber oft von der Kälte ernährt, vereinigt sich in Ihrem Bilde noch mit dem schönsten Zuge, mit der Freimüthigkeit. O Sie sind grausam, da Sie gerade in dem Augenblicke mir Ihr ganzes schönes Herz enthüllen, da Sie es auf immer verschliessen. – Aber was ich jezt schreibe, kan nur Ihre Gründe, nicht Ihre Gesinnungen bestreiten wollen. Denn sind diese einmal so wie Sie *glauben* oder *behaupten*: so kan ich nur schweigen und ich wolte lieber meine Gefühle und das, worin sie schlagen, zerknirschen als Mitleiden erregen wollen, welches Wort Sie in Ihren Brief nicht hätten aufnehmen sollen. Ihr einziger Grund, der Ihnen Ihre Verwandlung in eine Freundin gebietet, ist das Wort: »ich sehe schon es wird mir bei Ihnen gehen wie es etc.« Bei Gott! welchen andern Sin, den Ihr Gefühl nicht detaillieren wil – und doch sol meines hart genug gewesen sein, ihn gebraucht zu haben? – konte jener Ausdruk haben als den: »ich werde mir am Ideale das ich mir von Ihnen gemacht, eben so gut einen schönen Zug nach dem andern auslöschen wie ichs bei ** thun muste«. Kont' ich denn im höchsten Zorn etwas sagen, das in dem Sinne, den Sie mich errathen lassen, drei Personen auf einmal, und mich am meisten heruntersezte? Wenn ich den Schleier, der mein Verhältnis mit * zu meinem Nachtheil ewig bedekt, wegziehen dürfte: so würden Sie noch eine andere Ursache sehen, warum jener rohe Sin unmöglich der meinige sein konte. Und sind Ihre Launen, die Sie zur *Wirkung* jenes Wortes machen wollen, nicht der *Anlas* desselben gewesen? Das Meiste womit Sie mein Inneres drükten, war lange vor jenem Worte dagewesen. Ich gesteh' es, weder Ihr meistens kalter Absagebrief noch eine solche Wirkung eines Wortes, das Sie durch lauter Qualen abgepresset haben, sind mir erklärlich. O das heilige Feuer der Liebe, das an allen Fibern des Herzens glimmend frisset, dieses löschet von dem Tropfen eines Wortes nicht aus, nichts erdrükt es als moralische grosse Fehler! Wo es also so leicht untergeht: da ist es der kurze fliegende Funke Eines Tages gewesen und mehr nicht, der zu seiner Verlöschung nichts brauchte als blos – Zeit.

Theuerste Freundin! nehmen Sie alles was ich sage, eher sanfter als strenge: ich ehre Sie jezt unaussprechlich, ich habe jezt kein anderes Recht als das, Ihren Tagen alle Wolken zu nehmen, aber nicht zu geben. Und glauben Sie mir, ich habe immer mehr gehoft als gewust; o wenn ich Ihre Worte: »ich fühlte zwar einst Liebe für Sie« je klar in Ihrer Seele gelesen hätte: so hätt' ich Ihnen alles vergeben, alles alles wie jezt. – Was Sie fodern, das giebt Ihnen mein ganzes Herz rein, heilig, vol und heis, eine Freundschaft ohne Launen, ohne Trennung, ohne Vorwürfe. Aber lostrennen werd' ich mich durch eine stufenweise Absonderung von Ihrem Hause (wo mich ohnehin eines ums andere beleidigt), wie am Ende von Hof. Diese blutige Losreissung befehl' ich mir, nicht um kalt zu werden sondern um warm zu bleiben. Sie wissen nicht, in welchem Grade ich Herr über alle meine kochenden Gefühle werde, wenn es sein mus; um mich abzukühlen, komm ich täglich, spreche täglich gleichgültige Dinge, stelle mich gleichgültig und eh' ichs weis, bin ichs. Aber unsere Liebe sol sich nicht so mörderisch endigen: ich wil das milde Bild einer kurzen vorübergeflogenen Liebe heilig in meiner Brust befestigen und nicht blos Ihr Freund sein, sondern Ihr treuester, heissester Freund. Und so ziehe denn hin, beste [Karoline], und verlasse den, den du nicht gekant hast – der Frühling, auf den ich mich so freuete, blühet wieder auf, aber unsere Liebe bleibt entblättert liegen und alle schönen Abende dar[in] – du findest das Herz nicht mehr, das meinem gleicht – ich will ein Engel sein, wenn meine Geliebte es ist – O es wird dir wehe thun, es wird dein Auge und dein Herz auseinanderdrücken, wenn du einmal zu Ostern in meinem Buche meine Seele wiederfinden wirst, die du so kalt von deinem Herzen wegdrükst – Hier steh ich an der Gränze zwischen Freundschaft und Liebe und habe mir nichts vorzuwerfen und habe rechtschaffen gehandelt und reiche noch einmal meiner [Karoline] die alte Hand, die sie nicht mehr drücken wil und sage: lebe wol, sei unaussprechlich glüklich, aber du hast mich nicht gekant. Dein

ewiger Freund
Richter

Aus der Zeit der »Unsichtbaren Loge« und des »Hesperus«
(1792–96)

32. An Christian Otto.

[Schwarzenbach, 25. Feb. 1792]

Lieber Otto!

Endlich ist nach einem Jahr die konvulsivische Geburtszeit meines Romans vorüber. Ich wolt dir tausend Dinge sagen; folglich kan ich gar keines. – Wo fang' ich an? – In der künftigen Woche, wo ich nichts zu thun habe, wil ich über meinen und alle Romane reden. – Apropos: auf dem Titel des meinigen steht mit »romantische Biographie«.

Ich kont' es nimmer erwarten, ihn dir zu geben – also bekömst du ihn mit allen Lücken, mit allen Mängeln, die ich selber sehe und aus Minuten-Armuth stehen lassen muß und mit leeren Seiten und ohne satirische oder philosophasterische Digressionen. Ich wil es doch noch einmal sagen: daß ich ihn noch nicht korrigiert habe und daß die lezten $^2/_3$ der erste Ausbruch aus meiner Konzept-Feder sind.

Wie ein Vieh hab ich diese Woche geschrieben – der Appetit ist längst fort – je näher man dem Ende kömt, desto krampfhafter schreibt man und ich, der ich sonst alle 2 Tage schrieb, brütet täglich 2 mal daran.

In acht Tagen sei so gut (ich kans nicht erwarten) und schreibe mir ein algemeines Urtheil darüber? das entwickelte kanst du eine Woche später fällen. –

Montags.

Dieses Pak ist die Ursache warum dein Buch oder ich gestern nicht kam. – Und doch hatt' ich gestern nicht so viel Zeit, nur die Kapitel zu numerieren: ich habe deswegen unten mit Bleistift die Hefte numeriert; leg es aber doch nicht so sehr aus einander, sonst kanst du dich in den Wirwar nimmer finden. – Halt es nur bis zum 21 Sektor aus: dan läuft das Interesse schon mehr zusammen. – Uebrigens kanst du vorn keine einzige Szene herauszuziehen, ohne daß hinten alles zusammenfält, weils Werk ist wie meine Hosen, wo eine Masche alle hält.

– Es versteht sich, daß unser Alter es auch lesen kan, wenn er wil. – Bis Sonabend hast du es hoffentlich wenigstens durchgeflogen – und mir wenigstens ein Paar Zeilen darüber geschrieben. – Ich wolt noch 1000 Dinge sagen – meine unvortheilhafte Lage für einen Romanschreiber – daß ich ferner keinen einzigen lebendigen Karakter brauchen können, kaum etwas vom alten Oerthel ausgenommen – daß ich leider die *obersten* Stände, die ich selber nicht gesehen, zu schildern mich erfrecht, (worüber ich die 2 Entschuldigungen habe, daß meine meisten Leser auch nicht da waren und daß andre Autores es auch so gemacht und daß doch aus allen gedrukten Kopien des Hofs eine einzige werde zu machen sein –) und daß ich alle Szenen, sie mögen immer meine Kräfte überstiegen haben, doch geschildert, anstat daß andre darüber wegspringen. Denn es giebt eine Menge Mittel, den Leser um die Schilderung mislicher Szenen zu bringen. – Übrigens ist dieses Pak ein corpus vile, an dem ich das Romanenmachen lernte: ich habe jezt etwas bessers im Kopfe! – Ist an den auf andres Papier geschriebnen Szenen nichts – dem Eintrit aus der Erde in die Erde – an der Szene auf einem Berg in einem Park während eine Orgel geht – an denen mit der Residentin, die mich die meiste Mühe gekostet und noch grössere kosten werden – an der Badzeit, an dem Tage auf der Molucke Teidor – so ist der ganze Bettel nichts werth. – Blos die zwei Hauptkarakt[ere] hatt ich darin zu entwickeln Zeit.
Behandele mich mit Strenge, aber doch nur mit so vieler als der Werth des Buchs aushält: hält er gar keine aus, so must du mich loben. – Wenn nur die 8 Tage weg wären! Ich versich[ere] dich, ich werde zu Hause ordentlich erröthen wenn ich mir denke, jezt ist er da, jezt da! Richter

33. An Karl Philipp Moritz in Berlin.

[Schwarzenbach, 7. Juni 1792]

Ich wolte Sie hätten diese Seite schon hinuntergelesen, damit ich nicht erröthete über Ihr Erstaunen bei Anblik des Volumens. Das schwarze Wachstuch umwickelt wie das Leben eines Menschen Karakter, Freude, Schmerz, einen halbabgebrochnen

Plan, kurz einen Roman, ich hätte beinahe geschrieben, einen Menschen. »Warum schikst du (muß ich mich fragen) einen deutschen Roman – da diese durch generatio aequivoca erzeugte Gattung von litterarischen Leseleichen einen Man von Geschmak anekelt – einem Manne, den du so liebst, der dich so oft traurig gemacht, wenn er dir zeigte, was das Leben ist und der Mensch, der sich darin zerblättert, was der dünne spize Augenblik ist, auf dem wir stehen, und wie zwischen unserm kurzen Schlafe und Traum ein[?]Erdbal und zwischen den länger Schlafenden und Träumenden ein wenig Erde liegt?« Eben darum, sag' ich. – – Man wird traurig, wenn man ein Buch endigt, weil man an alles denkt, was man noch endigen werde – ich bin jezt nicht heiter genug, um deutlich zu sein. Da ich Ihnen das Buch schicke: so würd' ich die Meinung vergeblich zu verhehlen trachten, die ich von demselben habe und die mir nicht erlaubt, es wie einen amputierten Ldor auf der BuchhändlerBörse zirkulieren zu lassen und es dem gefühllosen Tasten von geistigen Sklavenhändlern anzubieten, die ich nicht kenne. Es ist mir süsser, wenn ich weiß, ich schicke es zu einem Herzen, das, seine Superiorität abgerechnet, dem ähnlich ist, unter dem es getragen und genährt worden. Fanden Sie es nach dem Lesen desselben werth, von den wenigen gelesen zu werden, die Ihnen ähnlich: so bitt' ich Sie ihm durch Ihr Urtheil oder einige Blätter oder das Ganze eine merkantilische Hand zuzuwenden, die es aus der geschriebnen Welt in die gedrukte führe. – Um Ihnen das Lesen des Ganzen zu ersparen oder zu erleichtern, wolt' ich Ihnen ein Inventarium der erträglichsten Stellen schicken; aber diese würden nichts taugen, wenn sie isoliert etwas taugten, und im Roman kan wie am Himmel nicht ein Luftsegment sondern [nur] die Lufthalbkugel die Täuschung des blauen Himmels geben. – Diese Schriften, die einem Publikum nicht gefallen können, dem Kranz[ische] gefielen und das eben so viel Geschmak als Gelehrsamkeit besizt und nicht einmal die Mythologie (ausgenommen seit *einigen* Jahren) versteht, die jede Pariser Dame so gut auswendig kan wie die irdische Mythologie, den almanac royal. Nimt diesen Fötus einer an: pp. Da ich nicht weiß, ob Sie oder das Schiksal mir die Erlaubnis an Sie zu schreiben – die ich mir mit zuviel Zudringlichkeit selbst genommen – jemals wieder geben werden: so trenn' ich mich von

Ihnen, geliebter Freund – dessen Gange der Ideen ich soviel verdanke wie seinen Ideen und dessen Geschichte soviel wie sein Denken lehrt – mit allen den Wünschen, die in einem Leben, das eine Fortschreitung durch Semitonien ist, die einzige erleichternde Sprache des so oft hintergangnen liebenden Herzens sind – die Wolke des Lebens ziehe langsam und schimmernd und mit sanften Thränen über Ihr Haupt und entblösse spät den Himmel, der auf der zweiten Welt liegt, die so weit zurükliegt und die kaum die Parallaxe einer Terzie hat. – Indem Sie auf dem steinigenden und blizenden Aetna des Lebens stehen, sei es Ihr Trost und meiner auch, daß wir dafür die Sonne schöner kommen sehen.

34. An Karl Philipp Moritz in Berlin.

[Schwarzenbach, 29. Juni 1792]

Ihre 2 Blätgen, die ich durch meine Abwesenheit mit einander bekam, überfülten mein zitterndes Herz mit Freude und Blut ... Meine Phantasie that seitdem nichts als Sie empfangen, Sie durch unsre Thäler führen, in alle metaphysische Schachte mit Ihnen fahren, und vor alle ästhetische Perspektiven mit Ihnen treten – Ich verbiet' es ihr sonst, Freuden, die gewis sind, im voraus zu kredenzen, aber in solchen, die so ungewis pp., darf sie schwelgen. O Th[euerster], welche Freude macht mir Ihr Beifal und die Aehnlichkeit, die meine Seele vielleicht mit Ihrer hat! Sie solten den thonigten bäotischen [!] Boden kennen, in den mich das Schiksal gepflanzt und gedrükt, die algemeine Kälte um mich her, gegen alles was den Menschen über den Bürger hebt – denn hier versteht man unter dem Herzen, was der Prosektor darunter meinet, den diksten Muskel – und von den wenigen Freunden, in denen es höhere Bewegungen als physische hatte, stehen blos die Gräber neben mir ... Wenn Sie mein Land kenten: so könten Sie [verstehen], wie einem Einwohner desselben 2 glühende Blätgen thaten. – Ich weiß recht gut, wieviel der Funke, der eine volle Mine berührt, sich vom Feuerglobus anzumassen hat, den er aufjagt. Die mit allen Saiten der höhern Melodie bespante Seele tönt nicht blos gleichen Seelen sondern auch dissonierendem Geräusche nach.

Kuhglocken wirkten oft so viel auf mich als Harmonikaglokken; aber es kam nicht von dem, was ich dabei hörte, sondern was ich dabei dachte. – Ich [bin] jener dem vornehmen incognito abgelernten disciplina arcani und Plombierung des Namens feind; ein solches Sekretsinsiegel auf dem unbedeutenden Namen ist blos eine unnüze Beleidigung. Ihre Fragen kommen nach meiner Antwort. »Was ich bin?« Nichts, sag' ich sonst; aber blos ein Zähler von Nichts bin ich. Bei meinem unbezwinglichen Hasse gegen alle Brodstudien trieb ich die 3 Fakultätsbrodstudien, aber als Unterabtheilungen der Philosophie und des Spasses, dem ich verdanke, daß ich über den Sturmmonat des Gefühls unversehrt hinüberkam. Meine Anstrengungen zerfielen in Arbeiten für pp. den Teufel, und in einsiedlerisches Lesen. Ich blieb und bleibe bei meinem Verzichtthun auf alle Aemter, das ausgenommen, daß ich 8 Kinder als Mentor unterhalte, deren 3 Eltern in den feurigen Ofen geworfen zu werden verdienen, weil sie eben so gut sind. – Ich wüste nicht, daß ich arm wäre, wenn ich nicht eine betagte Mutter hätte, die es nicht wissen solte. Die Menschen- und AnverwandtenLiebe ist noch das einzige, was uns auf das zerstossende Rad Fortunas flechten kan, indeß die grossen Auen der Wissenschaft mit Bäumen d[es] Erkent[nisses] samt ihren Früchten und Schatten und Blumen mit [?] irrenden Düften vor uns liegen – ach in einem Leben, das sobald durchflogen ist, ist jeder ein Nar, der mehr Mittel als Zwecke hat oder dem nicht jedes Mittel Endzwek ist. – Miniaturgehenk von Chod[owiezkys] Medaillons – wo ich Sie mit festern Armen als denen des Traums umfasse. Wir sehen einander bald entweder in Hof oder Berlin. An Ihr[em] Herz[en] schlage ein eben so schönes, die Erinnerung hülle Ihr Sehnen in einen transparenten umwölkten Himmel ein und du – Genius andrer Erden – gieb ihm, was ihm diese versagt.

35. An Karl Philipp Moritz in Berlin.

[Schwarzenbach, 9. Aug. 1792]

Nicht nur meine Hofnungen, sogar meine Wünsche haben Sie alle erfült. . . . um Ihnen mein dankendes Herz aufzuschliessen – ach wie wenig kan ein Mensch für den andern thun, die Worte

der Liebe sind wie die Umarmung der Liebe: Körperschatten fliessen in einander, aber die inkrustierte Seele schlingt mit vergeblichem Sehnen den Arm um einen – Gedanken. – daß Chod[owiezky] unter meinen biographischen Lak seine Zeichnungen legen möge. Die Szene, wo die Gesichter und das Schachspiel zerstört waren – Ich sehne mich nach Ihnen, Theu[erster]: ich würde über diese Sehnsucht so gut wie über die seit vielen Jahren herumgetragne, Herder zu sehen, Herr geworden [sein], hätten Sie ihr nicht das Ziel so nahe und die Flügel so gros gemacht. Ich habe Stunden, nicht Tage, wo Ottom[arische] Ideen mich niederfällen; und in dieser Verfinsterung hab' ich kein Licht als das Angesicht eines Menschen, das zweite Ich hebt meines und das fremde Leben wächst in meines; aber [?] wenn ich erst in das Antliz schaue, wo einmal der Wiederschein der Schöpfung Hartknopfs war. Hier fället mir Sophia [ein]; und verwandelt meine eigennüzigen Wünsche in uneigennüzige. Wenn Anton Reiser einmal glüklich ist, so ist ers mehr als ein andrer, weil die Phantasien, die einmal so kräftig wider den Strom der äussern Lage schwammen, desto schneller mit ihm fliessen müssen. Und du glükliche weibliche Seele, die du ein Herz, das ganz Deutschland lieb geworden, zu deinem Eigenthum bekamest und eine Brust [vol] Liebe, von der wir nur kurze Ergiessungen erhalten, allein an dich drükst: du verdienst dein Glük, denn sonst hättest du es nicht; der Himmel sinke nicht blos mit seinen Freuden sondern auch mit seiner Ewigkeit in deine Arme und deine zarte, beglükte, beglückende, weinende Liebe belohne ein Herz, das die Menschen so oft zerrissen haben. Ewig Ihr Freund.
N. S. Hört denn unser Briefwechsel mit seinem Anlas auf?

36. An Christian Otto

[Hof, 22. Jul. 1794]

Lieber Christian,
Die beste Antwort, die ich dir auf dein Schreiben hätte geben können, wäre gewesen, daß du michs hättest lesen sehen. Bis diese Minute dauert es mich, daß ich mit der Rührung, die sich aus der Freude über dich, über mich und über das Schiksal

zusammensezte, ins heroldische Haus gegangen bin und nicht ins Freie, wo der blaue Himmel eine verwandtere Nachbarschaft einer wehmüthigen Freude gewesen wäre. – Ich weis recht gut, welchen heimlichen Antheil an deiner Kritik nicht nur deine Freundschaft sondern auch die ähnliche Gesinnung nimt, die du mit mir über unser Stängelgen der Erde und über den ganzen Bauer des Universums hast und die es auch machte, daß Moriz mich zu gelinde beurtheilte. – Und doch ist der Mangel dieser Gesinnung durch nichts in der Welt zu erstatten, man mag rezensieren oder loben. – Dieser dein Gesichtspunkt, die Welt anzuschauen – die wirkliche, die historische und die poetische – und dein Enthusiasmus durfte mir ja wol vor Freude die Augen nasmachen.

Ich bin jezt, nach dem Hervortreiben der hier beiliegenden Szenen, ein wenig ausgeleert, nim also die Ermüdung nicht übel. – Meine Kritik über die deinige erräthst du aus meinem Gehorsam dagegen: blos einzelne Worte, nie ganze getadelte Szenen deck' ich gegen dich. Mich wunderte oft dein Blik in ein Räderwerk, das doch nicht ex professo auf deine Drechselbank gehört; und es ist schade, daß gerade die zum Rezensieren tüchtig sind, die zu gut dazu sind. – Ich werfe (es ist schon 4¼ Uhr) alles untereinander. – Lege nur deine tolle Angst wegen deiner Dunkelheit ab. – Ich kan dir für deine Mühe um mein Werk mit nichts danken als mit der Versicherung, daß meine um deines nicht kleiner sein sol, obgleich nur die Form, nicht die Materie davon meine Erwiederungen zulassen kan. – Ueber einiges können wir mündlich und peripathetisch, nicht pathetisch, auf unsern Reisen sprechen. – Übrigens machen meine Ideale und dein Lob (des Menschen, nicht Autors) einen Kontrast mit den Schwächen des armen Paulus, der ihn hoff' ich nicht blos beschämen sondern auch reformieren und arrondieren wird. Ach ich war sonst (in der Stille, in meiner Einsamkeit, in meiner körperlichen Dürftigkeit) anders und besser und sanfter; aber die Anspannungen der Phantasie geben allen Leidenschaften zuviel Milchsaft und Heftigkeit. Meine ernsteste Bitte ist: daß du mich ohne Schonen tadelst – Folg' ich dir auch nicht sogleich: so thu' ichs doch später. Rüge nicht schweigend, Lieber: nach deinem übertriebnen Lobe müst' ich dir sogar übertriebenen Tadel vergeben, geschweige gerechten. –

»Es fiel mir bei einigen Stellen schwer aufs Herz, daß ich dir noch eine Erklärung über eine Begebenheit schuldig bin, bei der mich nur deine alzuschonende Beurtheilung gegen den Verdacht des Eigennuzes (ausser meiner eignen Voreiligkeit und einem Misverständnis) schüzen kan . . . traue mir jede Aenderung zu, die von mir abhängt und auch eine Aufopferung« – – schreibst du. – Lieber Otto! keine einzige Stelle in meinem Buche konte bei deiner und meiner Denkungsart dich mehr als die Stelle irgend eines fremden Buches zu jener Bemerkung veranlassen. Die Probe der Aufopferung hast du längst abgelegt und der Gegenstand davon macht keinen Unterschied als den zu deiner Ehre. Nach jenem Abende thatest du keinen Schrit, wofür dich nicht mein besseres Innere ehrte; und übrigens weist du ja, wie flatternd – sobald keine Pflichten fixieren – und froh und phantastisch dein Freund ist. Lebe recht wol, mein Lieber Guter und glaube mir, daß ich, wenn ich einmal Hof verlassen mus, krank und bleich und sterbend sein werde eh ich mich von deinem treuen Herzen gerissen. Richter

37. An Wernlein in Neustadt a. d. Aisch

[Hof, 19. Aug. 1794]

Dein Brief legte sich mit seinem herbstlichen Anstrich eben darum desto milder um meine Seele, weswegen die Landschaftsmaler den Herbst, der wie eine Fürstin mit seinen weissen Düften stil um alle Blüten trauert, unter den 4 grossen Spielen der Jahrszeiten am liebsten sehen. Ich sehne mich nicht mehr nach Satiren sondern nach Elegien und mein Inneres ist oft so jämmerlich weich als läg' es in der Brust eines Mädgens von $17\frac{1}{2}$ Jahren. Ich bin von nicht[s] so gerührt worden als von H. *Jean Paul* – der hat sich hingesezt und durch seine Bücher mich verdorben und zerlassen. Jezt [?] bin ich ein Selbstzünder und brauche keine Geliebte um warm, keine Tragödie um weich zu werden. – je mehr Menschen mit ihrem BlütenBehang vor deinen Füssen in die Erde einsinken wie fallende Nebel – je mehr sich deine abblühende Stelle ausleert und du wie eine vergessene Herbstblume allein über Grummetstoppeln wankest, je mehr es immer stiller und öder um dich, immer lauter und voller in dir wird: desto weiter dringet jedes Sargseil schneidend in dein Herz; ein Band des mit Aether gefülten Geistes wird nach dem andern zerhauen und unser besseres Selbst immer mehr von seinem Zug gegen die Erde erlöset – der Trauernde wird zulezt ein Träumer – der Trauerflor giebt der Nachbarschaft eine dämmernde ferne vergangne Gestalt und dan in dieser Ueberhüllung des Innern entstehe nie die Frage im Bekümmerten: wenn nun der lezte beste Freund gar stirbt – (...)

38. An Emanuel.

[Hof, 23. April 1795]

Allerdings haben Sie Recht, daß der Talmudist sich in den *äußersten* Gränzen seiner Bestimmungen gefalle; auch darin haben Sie Recht, womit Sie ihn rechtfertigen, daß einer nämlich, der über ein kleines Gesez wegschreitet, endlich auch das grosse überspringe. Aber damit ist der Talmudist wenig gerettet. Zwar wird man tugendhaft auf *einmal*, d. h. durch einen plözlichen ewigen Entschlus, durch sogenante Bekehrung, die aber noch keine Tugendfertigkeit ist, und lasterhaft wird man *almählig*, jeden Tag sezet eine trübe Welle neuen Schlam ab – und ich sage in meinem Hundsposttagen: »die Tugend zieht nur durch *Portale* in uns ein, aber der Teufel durchs Fenster und durch *Sphinkter* und alle Poren.« Allein ich behaupte, der Talmud entkräftet durch Zeremonien* die Tugend. Man kan nach dem Münzfus aller Zeremonien leben, ohne eine einzige Neigung – was gerade schwer ist – unter den Prägstok der Moral zu bringen. Es ist dem eiteln Menschen leichter, die Lumpen der Mönche anzulegen als ein simples Kleid. Man solte denken, wenn man lieset, daß so viele Braminen 50 Jahre lange aus Religion in die Sonne oder auf die Nase sehen, auf Einem Beine stehen, Schlaf entrathen und die höchsten Martern an sich fortsezen – oder daß so viele unserer Mönche und Heiligen sich

* Unter Zeremonien mein' ich das ganze Betragen gegen Gott und andere, das mir nicht mein Gewissen, sondern eine Offenbarung diktieret und das daher alle Verschiedenheiten der Offenbarungen theilt. Unter Tugend aber mein' ich den Gehorsam gegen das erhabene Gesez, das von einer Zone zur andern in jedem Busen, im braunrothen und im negerschwarzen mit gestirnten Zügen brent.

todt geiseln, todt beten, todt hungern, – – man solte denken, sag' ich, solche Aufopferungen müsten die kleinern, die die Tugend fodert, voraussezen und es müste eben so viele Tugendhafte als Heilige und Märtyrer geben . . . Und es ist doch nicht so: die Ursache ist, alle jene Büssungen, jene Zeremonien vertragen sich leicht mit der grösten Wildnis des Herzens und es ist viel leichter, die ganze Thora des Talmuds als ein einziges Reglement aus der Thora des Gewissens zu befolgen. Dazu macht der talmudische Sachsenspiegel den Menschen *kleinlich* und eng: die edle Seele steigt über *religiöse* Zeremonien so gut auf als über *bürgerliche* und dringt in den reinen grossen Himmel. Noch in der andern Welt werden wir auf unsere Tugenden, Aufopferungen und Thränen in dieser ohne Verachtung niederblicken; aber vergängliche Dinge, solche wie Enthaltung von Todten-Berühren, wo eben so gut das Gegentheil geboten sein könte, müssen uns dort winzig erscheinen wie die warme Erdenkruste des Körpers, an den sie gebunden sind. Ueberhaupt hängt Ihrer sonst scharfsinnigen Nazion – deren Physiognomie durchgängig die scharfe mit vordringenden festen Gesichttheilen schneidende des Scharfsins ist (ich habe noch an keinem Juden die wie eine Wanze zerdrükte Kalmükennase bemerkt) – etwas mikrologisches an, was ich gern zum *Sohne* des Talmuds und der Masora (. . .) machen möchte, wenn es nicht der *Vater* beider wäre. – In der Kaballa ist mehr Philosophie, (in Dichtkunst vererzt,) als in jenen beiden.
Alles was wir körperlich oder äusserlich vor dem Unendlichen-'thun, kurz was nicht *Gedanke* ist, also alles *laute* Beten, Knien, Händefalten, ist Zeremonie, nicht Tugend (obwol Aeusserung der Tugend) und alles das könte eben so gut im Gegentheil bestehen: es wäre eben so from, wenn ich beim Beten *aufstände* als *niederfiele*, den Kopf *bedekte* (wie die Römer) als *entblöste*. Also folgt daraus gegen alle Zeremonien – nicht das Geringste. Wir armen vom Fleisch-Panzer umklammerten Menschen, wir öden in die scharfen Ketten des Körpers geworfnen Seelen, wir müssen, wenn unser edles Ich seine Flügel aufschlägt, diese innere Bewegung durch eine äussere unsers Gehäuses offenbaren. Wie? ist denn z. B. die geringste Aehnlichkeit, das geringste Verhältnis zwischen dem Druk der Hand oder der Lippe und zwischen dem liebenden heissen Gefühle, das mit jenem Druk

schmerzhaft-süs aus seinem Kerker an den andern Leibes-Kerker der geliebten Seele klopft? Wenn ich vol Liebe meine Arme um die geliebte Gestalt herumlege: ist denn da zwischen diesem Zeichen und der bezeichneten Sache die mindeste Aehnlichkeit, da oft der Grol eben so gut umfasset, um zu erwürgen? – Könte das Schütteln des Kopfes, das bei allen Völkern *Nein* bedeutet, nicht eben so gut ein *Ja* anzeigen? Also da unsere beklommene Seele keine Zunge und keine Farbe für ihre Bilder hat: so verschmähe niemand die Farben, die sie im Drange der Empfindung ergreift. O der arme Mensch! kan, wenn er auch den ganzen Tag darüber philosophiert hat, dieser kan wenn er draussen vor der untersinkenden Sonne steht, die milde und gros zur anderen Halbkugel hinunterzieht und die unsrigen an den Blüten und Bergen die Gesundheitsröthe eines sanft erwärmten Tages nachlässet, und wenn er als ein Wunder unter Wundern steht, als ein Glüklicher unter Glüklichen, als ein ewiger Geist unter den ewigen Körpern um ihn her, dieser Mensch kan abends, wenn er endlich in den Himmel, aus dem die Sonne gesunken ist, aufblikt zum grossen glimmenden Blau, in dem entflogne Funken des Thrones eines Ewigen schillern, dieser mus, von der Allgewalt der Schöpfung niedergedrükt, auf die schwachen Menschenkniee stürzen und beten: »du Unendlicher, dein Geschöpf sinket zusammen, wenn du erscheinest, auch ich werfe gerne dieses Angesicht aus Erde, dieses Herz aus Erde auf deine Erde nieder, denn ich wil dir nicht danken, sondern nur zertrümmert und brennend und verstummend reden.« – O jedes Zeichen der Andacht ist ehrwürdig, unter jedem Volk – wir haben alle dasselbe Herz und denselben Gott, und unsere kleinen Verschiedenheiten sind gewislich diesem ewigen Geiste nur – Aehnlichkeiten.

– Ich habe mich in Flammen geschrieben über Dinge, wo ich stat Zeilen Bogen brauchte, wie über mehrere Dinge Ihres lieblichen Briefes. Leben Sie wol, liebe tugendhafte Seele! – Ich werde jezt zu unserer sanften Freundin R[enate] gehen und sie fragen: »sol ich denn keinen Grus von Ihnen an unsern Liebling mitschreiben« und sie wird mit froh-schimmernden Augen sagen: »Richter, alle meine Grüsse sind schon in Ihrem Herzen und schicken Sie sie nur alle hinaus.« Und da sind sie! –

Richter

39. An Christian Otto

[Hof, 22. Mai 1795]

Mein lieber Otto,
Du bezahlest unter allen Lesern meine Novitäten am theuersten – mit deiner Zeit und deiner Kraft, da du mir fast eben so viel zurükschreibst als ich hin und da du jezt eben so sehr von Arbeiten angefallen bist als ich. Dafür solst du das Recht haben – welches ich mir auch nehme und nehmen werde – daß du deine Werke an mich, zu jeder Stunde *auf eine Stunde*, zum Gebrauche fordern darfst. Ich hab es unterstrichen, weil ich leider merke, daß du mir bisher so unter [der] Hand fast alles dein Eigenthum – stiehlst; aber sei so gut und schicke mir wieder: 1. das über die Weiber – 2. das alte über Fälbel – 3. das Alte über den Hesperus – 4. das *neuere* über Fixle[i]n – und 5. das neueste hier, das ich schon morgen haben mus bei meinem Umarbeiten.

Ich bekomme allemal, das weis ich voraus, durch deine Urtheile über meine ernsthaften Skripturen eine sonderbare bittersüsse wehmüthige Stimmung, die aus der Freude über dich und deinen steigenden Werth, aus der Liebe zu deiner Liebe und gegen deine Moralität und aus der Freude über mich, aber auch aus dem Gefühle wie wenig noch meine Seele ist wie sie sein solte zusammenklingt. Ich bin dan unaussprechlich gerührt und vol Vorwürfe gegen mich und vol guter Entschlüsse. Hätt ich gestern geschrieben, so hättest du ein Freudelisches Klaglibel gegen den bösen Dämon in mir erhalten. Mein Hesperus würde mich, wenn ich ihn läse, bessern; aber ihn zu machen, ist etwas anders: wie der Poet durch das Darstellen das ganze Welttheater immer mehr von sich wegrükt, wie er sich selber immer mehr absondert vom Schattengewühl seiner guten und schlimmen Personagen: so hat also die Tugend, die er darstelt, Antheil an diesem Schiksal der Abtrennung; seine Gefühle wachsen mit seiner Besonnenheit und Er ist immer auf eine zweideutige Art getrent von oder erhaben über seine Zustände. Dazu kömt noch: die moralische Kraft in uns drängt sich wie eine schwellende Laubknospe, eben so gut nach Entfaltung, nach Ausbruch als alle übrigen: entweder durch Thaten oder durch das üppige Aufschiessen in Schriften. So würden wir, wenn wir politische Freiheit genössen, nicht die geringste Freude haben, über sie zu schreiben.

Gegen diese gerade dem höchsten Enthusiasmus benachbarte Erschlaffung giebts zwei Stärkungsmittel, ein kleineres – das ist das Lesen fremder Werke, die uns dan desto mehr überwältigen und die wieder die Szenen in uns verlegen, die wir schreibend in fremde Karaktere verlegten – und ein grosses; das ist fremdes *Beispiel*: dieses zieht almächtig in die Höhe und gerade einer, der sich durch Phantasieren verdorben hat, müste unter Engeln einer werden. Und dieses Beispiel giebst du mir, mein Freund, und dafür habe dein so vielen Aufopferungen blosgegebnes Herz Dank. Es presset mir Thränen in die Augen, wenn ich mir dich einmal ganz glüklich denke mit allen deinen Wünschen und mit denen, die du schon aufgegeben – ich habe mich oft mit den ausgemalten Träumen von der höchsten reinsten Glükseligkeit meiner Freunde (wie ichs jezt mit Herman thue) erquikt und verwundet, aber ich bin trübe aufgewacht.
(. . .)

40. An Christian Otto.

[Bayreuth, 20. Juni 1795]

Lieber Otto
Wenn man an den andern aus einem Haus ins andre hinüberschreibt: so mus man schon wenn nicht gute, doch einige Gedanken haben und bringen. Schreibt man aber über eine Chaussee hinüber wie ich: so brauchts das gar nicht – man nimt seine Historie und erzählt sie.
Kurz Bayreuth ist mein Maienthal jezt, nur mangelts mir in diesem englischen Garten an einer gescheuten himlischen Pygmalions – Statue.
Las mich, Otto, springen wie ich wil – ich springe jezt auf den Buchhändler Lübek. 200 fl. zieh ich für den römischen Verkauf meines Fötus; und da ichs noch öfter als ein römischer Vater verkaufen darf, so bekomm ich bei der 2ten Auflage 160, dritten 180 und so fort bis zur 180ten Auflage selber. Die 20 fl. die er den 180 beigelegt, subtrahiert er der 2ten Auflage. Er hat ein abgeplattetes, unten zusammengedrehtes, lächelndes, verschmiztes, schwaches Pasten Gesicht. Schäfer giebt mir Gold stat des Silbers, damit ich meinen Ehrensold leichter transportiere.

Ich mus dich jezt ins Parterre der Pariser Oper stellen, damit du die grosse Wolke, die an durchsichtigen luftfärbigen Stricken ins Theater hereinhängt, ansehen kanst. Denn es stekt eine Göttin im Gewölk, die es den Augenblik spalten und daraus auf die Bühne niederhüpfen wird.
Da ist sie – es ist die Fürstin Lunovsky ... Nein, nein, ich wil mässiger erzählen und ich und du wollen die Göttin vom Theater weg in ein Ankleidezimmer führen und ihr da (jezt seh ich erst, was ich für Papier verschwende) nur soviel Kleider lassen als sie zu einer Frau braucht. Sie ist täglich bei Schäfer. Da ihr mein Hesperus recht ist (sie lieset blos Engländer, weil sie einmal einen heirathen wolte; und es ist schade, daß sie die deutsche Lektüre nicht aus demselben Grunde sucht): so wolte sie, als eine Gönnerin der Gelehrsamkeit, den Gelehrten vor sich hinhaben, der den Hesperus in den Himmel gesezt. Es that dem Gelehrten Schaden, daß die Gasse der Präsentierteller war, auf dem er ihr hingehalten wurde. Ich und Schäfer begegneten ihr. Was thats? Ich sezte mich den andern Morgen hin und verbrachte ihn himlisch mit ihr, indem ich nichts geringers zeugte als ein poetisches – zehn Seiten langes punctum saliens, das ihr nachmittags zum ewigen Gebrauch Schäfer überreichte. Die Bescheidenheit verbeut mir, dir die Art zu sagen, wie die hohe Person das punctum aufnahm. Nachmittags erschien der salirende Punkt-Macher selber und war bis abends mit diesem hohen Haupte und mit seinem kahlen unter Einer Stubendecke. Gestern gieng sie und Schäfer und die 2 Kinder und die Niece (sie trägt noch ihre schönen Augen, aber ich mus sie auch etwan zu sehr vorgelobet haben) 2 Stunden spazieren und Paul wandelte mit.
Das sind dürre historische Aarons Reiser, aus denen jezt einiges Laub getrieben werden mus. Sie hat eine volkommen schöne Taille, grosse Augen, proporzionierte Züge und solche feste Theile: man schwebt bei ihr zwischen den logischen Urtheilen, sie war und sie ist schön, mitten innen und es käme blos auf sie an, daß man eines ergriffe und festhielte. Sie drükt sich genau, bestimt, leicht und kurz und fein aus; aber das Fein-Fein-Fein (wie der beste Zucker heisset), worauf ich immer passe, ist eher bei Leuten beiderlei Geschlechts in unsern Ständen zu finden. Da ichs noch ausserdem bei Schäfer, bei der Spangenbergin und

in Mémoires gefunden: so kans mir nicht verübelt werden, wenn ich aus so vielen Erfahrungen endlich das Axiom extrahiere: Leute von Welt reden gleich sehr bestimt und ungesucht. – Die oft erörterte Sie kan sogar Latein und Zeichnen und andere Sprachen dazu (sogar die deutsche ohne Dialekt) und Klavier und – Stricken, war wie Archenholz in Italien und England und hat mehr Zurükhaltung und weniger Stolz als manche Bürgerliche. – Der Nuzen, mit einer Fürstin umzugehen ist der, man fasset doch den Muth, mit ihren Kammerjungfern umzugehen. Ein Elend ists, daß ich nicht das Herz habe, ihr einige der besten ausgearbeiteten astronomischen Anspielungen ins Gesicht zu sagen: z. B. vom Durchgang der *Venus* durch die *Sonne*; vom Hesperus, der die Venus ist u. s. w.
Der D. Elrodt, bei dem ich eine Bouteille Wein getrunken und der sogar meinen Fixlein gelesen, dessen Korrektur er übernimt – denn der Buchhändler hatte mit andern Leuten die Bedingungen des Druks früher als mit mir die des Verlages ausgemacht – jener also besizt 3 Bände vom tridentinischen Konzilium, die das beste Werk hierüber sein sollen. 10 Bücher liegen hier vor dem feinen Briefpapier.
Mir ist immerfort als wenn das Schiksal von diesem Labewein, wovon ich eine Bouteille um die andre aufsiegle, zulezt einigen nehmen und einen scharfen Weinessig für mich ansezen werde – mögest du so froh wie ich jezt leben und möge das Schiksal mir nicht in dem deinigen jenen Essig reichen! – Nur zuweilen abends drükt mich der Inkube und Alp der melancholischen Sehnsucht nach Hof und nach allem und nach nichts.
Vor Mitwochs Vormittag retournier' ich nicht. Ich werde Wizlebens zudringlicher Begleitung mit den feinsten Maasregeln begegnen und ausweichen: der Herweg mit ihm war zwar vol Unterhaltung und Lust – nur daß es einen beim Genusse eines erhabenen Berges fast mehr stöhrt als erhebt, den Andern bemerken zu hören, wie gut von einem solchen Berge die ganze Wiese nicht sowol mit At[a]lantens Füssen zu bestreichen sei als mit Kartätschen –; aber den unaussprechlich schönen Abend und Morgen der Herreise must' ich ohne volständige Berauschung durch den dichten Schleier einer Offiziers Montur ansehen.
Theile Aequator-warme Grüsse (oder den Reim darauf) unter

deine Schwester, Amöne, und Karoline aus und stell' ihnen vor, wie einem erst wäre, wenn dieses h. Drei oder nur zwei, oder eine hier mitliefe; – ein welker Wunsch des Trinitariers, Dualisten und Unitariers.
Ach ich habe Lips grossen Kupferstich von Göthe gesehen und ich hätte mit den lebendigen Lippen auf die himlischen – gestochenen fallen mögen. – Schillers Portrait oder vielmehr sein Nase daran schlug wie ein Bliz in mich ein: es stellet einen Cherubim mit dem Keime des Abfals vor und er scheint sich über alles zu erheben, über die Menschen, über das Unglük und über die – Moral. Ich konte das erhabene Angesicht, dem es einerlei zu sein schien, welches Blut fliesse, fremdes oder eignes, gar nicht sat bekommen.
Dennoch ist mir dieses erhabene und erhebende, verachtende und hochgeachtete Gesicht so lieb – wenn nicht lieber – als das wie ein lang gerupfter verwelkter Zaunkönig eingefahrne Gesicht des D. Kölle jun., den noch dazu jezt das kalte Fieber schwenkt und der bei Elrod, seinem künftigen Schwager, war. Er kömt nach Hof.
Leb recht wol und nim diese eilende Briefstellerei nicht übel. Albrechts Brief hab ich besorgt; besorg', auch meinen Grus an ihn.

Richter

41. An Emanuel.

[Hof, 17. Nov. 1795]

Mein theuerer Freund,
Dieser Brief ist keiner, sondern nur ein Vorreiter und Anzeiger, daß Sie in der nächsten Woche gewis einen langen auf Ihr schönes Brief-Triumvirat und frisches grünendes Kleeblat erhalten werden.
(. . .)
Sie haben mich einigemale bisher misverstanden, in meinem Aufsaze und noch mehr im begleitenden Briefe. Meine Schwermuth, an der Sie einen so tugendhaften rührenden Antheil nehmen, bezieht sich nicht auf Glüksgüter – diese würden sie nur erhöhen und ich lebte ganz sorglos von jeher in das Leben

hinein, das ich nicht sehr achte – sie bezieht sich auch nicht auf meine Laune: ich bin den ganzen Tag heiter, zufrieden mit jedem Loos, mit allen Menschen, verhärtet gegen die Wespenstiche der Feinde und gegen manche Schläge des Schiksals, immer lustig durch meine Satiren, beglükt durch Bücher, entzükt durch die grosse Natur aussen und durch die grössere innen, die der Ewige in die Brust edler Menschen legt . . . Und doch erdrükt mich oft eine unbezwingliche Schwermuth, die Sie oft in meinen Büchern finden, nämlich die über die Eitelkeit (Leerheit) im *Ganzen* des Lebens und aller unserer Weisheit und unserer Tugend. In uns brent ein ewiger Durst nach einem höhern Glük, nach einer höhern Liebe, nach einer höhern Tugend, für den dieses Leben nicht einmal Tropfen zu reichen hat. Kurz ohne ein 2tes Leben könt' ich gerade in den *Minuten der Entzückung*, worin mir das Gespenst der Schwermuth aus 1000 Gräbern aufsteigt, nicht das erste ertragen. Ich brauch' ein Buch, um hier meine Gefühle zu sagen. – Ich liebe Sie unbeschreiblich, Lieber; aber in der 2ten Welt weis ich erst, was das heisset, zu lieben.

Richter

42. An Emanuel.

[Hof, 18. Nov. 1795]

Mein Theuerer,
Ihren Brief über meinen Aufsaz kan ich nicht eher beantworten bis dieser aus der Presse ist, d. h. in 4 Wochen: ich mus mich überal beziehen. Aber meine Sanitätsanstalt ist nicht gegen den gewöhnlichen Has ungebesserter Menschen sondern gegen die feindseligen Regungen, die gerade die edelste weichste Brust am ersten beim Anblicke des Lasters erhizen. Mein Mittel ist unfehlbar: das weis ich an mir. Die Moral kan mir wol die Besiegung, aber nicht die Erschaffung einer Neigung in der Minute gebieten. Sie kan uns befehlen, dem Feinde Gutes zu thun; aber sie kan nicht befehlen, etwas anders gegen ihn zu fühlen als wir fühlen. Sie kan nicht sagen: fühle, empfinde. Aber durch meine klinische Anstalt bring' ich mich dahin, mein Gefühl zu ändern, indem ich meinen Standpunkt ändere. Kurz

im künftigen Frühling, in dem ganze Gärten von Blumen für mich liegen, wil ich zwischen Ihnen und dem Buche sizend, und Ihren Brief in der einen Hand und den Verfasser in der andern haltend über alles weiter reden und fechten. – Der Erziehung schreib' ich viel weniger zu als Sie. Die besten Menschen kamen nicht aus den Händen der besten Hofmeister und Eltern, sondern gerade aus denen der Natur. 8 Kinder kommen aus 1 Philanthropin oder auch Elternhause; die Hälfte als Rekruten der Hölle, die andere, des Himmels. Wie, sollen die pedantischen Lehren der Lehrer auf das ungebildete Kind mehr wirken als die schönsten geliebtesten in den Büchern auf den gebildeten Menschen? Und doch wie selten bekehret ein Buch. Zweitens die grösten Umwälzungen im Menschen fallen nach der pädagogischen Epoche: wer ersezt denn hier den Erzieher? – Die besten Völker hatten die schlechtesten Schulen – die Griechen, Römer und Engländer – und wir werden mit allen unsern bessern Schulen wol *gelehrter*, aber nicht *besser*. Kurz damit der Mensch gut werde, braucht er ein lebenslanges Pädagogium, nämlich einen – *Staat*. So lange unsere *Regierungsform* sich nicht so ändert, daß aus Sklaven Menschen, aus Egoisten Freunde des Vaterlandes werden – so lange uns nicht der Staat und der Ruhm darin ein Motiv wird, gros zu handeln – so lange der Reichthum geachtet wird, (und das mus so lange dauern als die Sklaverei die Mittel erschweret, nicht zu verhungern): so lange bleibt die Menschheit ein elender niedriger ängstlicher Schwarm, aus dem nur einzelne moralische Halbgötter vorragen und den alles Predigen und Erziehen nur veränderlich, aber nicht gut macht. – Ich müste hier so viel Papier als im Hesperus ist, vor mir haben um alles zu beweisen. – Die 2 Briefe und 2 Exemplare geben Sie gütigst an die Behörden; und nehmen das 3te selber. – Wolten Sie mir nicht einmal ein Epigram von einem gewissen H. v. Rosenthal oder wie er heisset schicken? – Leben Sie ewig wol, Sie, der Sie wie ich der Erziehung gewis nicht alles zu danken haben was Sie sind.

Ihr Freund
Richter

43. An Friedrich von Oertel in Leipzig.

[Hof, 31. Dez. 1795]

Nichts ist süsser als einen Brief aufzureissen, der erst eine Reihe von Briefen anfängt. Ich bin begieriger nach Briefen als nach Büchern, diese müsten denn noch Handschriften sein, und ich wünschte die ganze Welt sezte sich nieder und schriebe nach Hof: ich wolt' ihr antworten. Der Ihrige hängt wie ein junger Kranz an den lezten Tagen dieses in jämmerlichen Nebel zerrinnenden Jahrs und meine Dezembertage tragen mit dem hellebor[us] nig[er] flore roseo zugleich Blüten.

(. . .)

Ich wil Ihnen es noch einmal sagen, daß Ihr vom Geist der Humanität inspirierter Brief den meinigen sanft bewegt habe. Ob spanische Wände von Wäldern und Meilen oder nur von Fleischfasern 2 verwandte Ichs mit Sprachgittern trennen – der Unterschied ist klein, zwischen Geistern giebts keine Abwesenheit als den Has und den Irthum – ich und Sie sind und bleiben also beisammen. – Wie existiert die idealische – gleichsam die 2te Welt über der ersten – darum weniger, weil sie nur im Ich und nicht zum 2ten mal existiert? – Ist nicht ein Gedanke eine Existenz, die höher ist als jeder Körper und die wir durch die Täuschung der Personifikazion jedem Körper unterschieben müssen? Umgekehrt die idealische Welt ist die einzig wahre und die sinliche ist [die] optische – und sogar diese optische kan nicht genossen, nicht einmal empfunden werden ohne den Reflexionsspiegel der innern idealischen. Blos die hanseatische, statistische, kanzleimässige Seele, in der nichts ist als der schmuzige Abdruk der sinlichen Nachbarschaft, blos diese idealisiert im schlimmen Sin diese Welt, die nach dem Ideal des höchsten Genius zusammengesezt ist und die der engste nach seinem verrenkt. Jeder Traum, jede Phantasie, jeder Wunsch existiert so gut *in* und *über* uns als der Regenbogen und das Morgenroth, die beide niemand betasten kan und wir werden nur durch unsern geistigen Hunger irre, der jede innere Schönheit, noch einmal ausserhalb der zarten innern Wolke, auf dem kothigen Boden beleibt und verdoppelt erblicken wil. Selber für Gott mus es eine idealische Welt geben, weil jede geschafne endliche tief unter seiner vorgeschafnen unendlichen stehen mus. So viel ist wahr, die Menschen sind Gaukler, die mit dem Kopf auf d[er] Erde auftretend so in unbequemer Stellung den berauschenden Nektartrank der höhern Phantasie hinauftrinken. Mein Brief wird mit andern Schneeflocken im neuen Jahr vor Sie flattern. Er hat mit ihnen nur die Vergänglichkeit, nicht die Kälte gemein.

44. An Friedrich von Oertel in Leipzig.

[Hof, 9. Jan. 1796]

Ihr Brief brachte mir ein verjüngtes Rosenthal von Leipzig mit 20 Lustgängen für die Phantasie nach Hof. Nach einem solchen Brief solte man sich umwenden und den V[erfasser], der hinter dem Rücken steht und über die Achsel zusieht, umarmen und recht von Herzen an das Herz drücken können. Wir sind alle in so alternierenden Stimmungen beisammen – der eine ist heute warm, der andre morgen und der dritte übermorgen gegen Abend und selten begegnen sich die besten Menschen gerade in gleicher Wärme und in gleicher Kälte – und das Uebel ist so gros, daß ich oft das als ein gutes Mittel dagegen gehalten habe, wenn die Leute kaum zu einander sprächen sondern nur schrieben und wenn sich eine Geselschaft guter Freunde an einen Tisch zusammensezte und so mit einander bei so schneller Post Briefe wechselte von den äussersten Enden des Tisches. Ihr Brief vol wärmenden Lichts und vol leuchtender Wärme beweiset mir, daß Sie in der ellyptischen Kometenbahn der langen menschlichen Bildung das Aphelium schon zurükgelegt und nun im Perihelium sich sanft erwärmen, das sich bei dem Menschen mit dem schönen Fal in die Sonne selbst beschliesset. – Die Liebe mus etwas Körperliches haben wie einen Zweig, auf den sie herunterfliegt. Schicken Sie mir den Zweig, Ihre Silhouette. Meine wil ich Ihnen auf meinem eignen Halse getragen bringen. – Über die Weiber heg' ich nicht blos eine sondern 2 recht vernünftige Meinungen, die ich aber, weil sie sich widersprechen, in verschiednen Zeiten annehme – bald sez' ich litteras laureatas für sie auf, bald Klaglibelle. Sie haben andre Tugenden als wir und in der Liebe leihen wir ihnen unsre dazu: das ist der Fehler. Ich glaube, [daß] jeder Man von Phantasie beinah jedes Mädgen – nur das dumme nicht – heirathen könne

ohne Schaden: das mänliche Feuer zerschmilzt diese schön gewundne Wachsmasse und dan kan er daraus formen was er wil, sogar einen Engel. Der fremden Phantasie widersteht keine Frau; und ein Halbgot von Man kan, wenn er nur reden kan, eine Halbgöttin erschaffen. Aber den Former mus selbst geformt sein: die edelsten Menschen schieben oft ihr moralisches Arondissement auf ihre Ehe auf; aber sie solten umgekehrt diese auf jenes verschieben. Wenn der Man sich nicht ganz in Richtig-[keit] gebracht: so zerstört er den zarten Werth der besten Gattin am ersten. –
(. . .)

45. An Friedrich von Oertel in Leipzig.

[Hof, 3. April 1796]

Ihre Briefe sind der beste Exorzismus gegen den Teufel der Stumheit – sie sind eine fixe Besoldung für jedes Wort, das man frankiert; man weis doch gewis, in 8 Tagen kömt der Wechselbrief. Ich muste mir Ihre Briefe wie kleinere Freuden abbrechen, um den ganzen Tag nichts in der Hand zu haben als stat Ihrer sanften warmen den Kiel. – Ich ruhe nicht unter sondern auf dem Grabesmarmor aus. Wenn ich meinem Geist und Körper [Ferien] von 3 Tagen geben wil: am zweiten drängt mich eine unbezwingliche Bruthize wieder über mein Nest vol Eier oder Kreide. Der arme Paul wirds so forttreiben [bis] die gequälte fieberhafte Brust von der lezten Erdscholle gekühlt [ist]. Unser Leben ist eine Kette von Mitteln – dem lezten und neuesten trauen wir alles zu, alle Heilungskräfte für den ewigen Fieberdurst – und unser Geniessen des Lebens ist nur ein sanfteres Vergessen desselben – Alle Sachen des Vergnügens müssen wie Einfälle und der Fund des 4blätterigen Klees dem platten Zufalle überlassen bleiben. – Er [Otto?] ist ein redlicher Teutone und kein wie ein Schül[er] gebükter Lehrer sondern gerade wie ein deutsches Komma, unähnlich dem krummen französischen. Sie umfässet ein unsichtbarer Arm. Es ist unmöglich, allein ohne meine Freunde, ohne meine Freundinnen Ihr Freund zu sein – ich meine wir lieben Sie alle. – Wir beide halten den Freiheitsbaum für den Brod- und Erkentnisbaum des

Lebens, also giebt es für [uns] weder aktive noch passive gêne. Es ist sonderbar, daß die Franzosen nur das Wort und die Deutschen nur die Sache haben. – Fränklin räth an, man sol jede Nacht die Betten wechseln. Warlich man solte – Menschen ausgenommen – alles wechseln (und abdanken nichts), zuerst ausser den Hemden Stuben, Spaziergänge, besonders Städte, ich meine man solte in 2 Städten wohnen und zwischen ihnen hin und herziehen. Der jüdische lange Tag unsers Lebens würde uns durch sein ewiges Idem abmatten und ekeln, wenn nicht die sanfte Natur zwischen jede 12 Stunden und Akte den Schlaf als die Folie des Wachens eingeschoben hätte. Daher kan – oder die ganze Menschennatur wird gefelgt und umgestürzt – die 2te Welt kein grünes Sumpfwasser einer fixen Ewigkeit sein sondern ein unabsehlicher Wechsel, d. h. ein unabsehlicher Flug, d. h. ein ewiger Tod. O ich habe oft kindisch zu mir gesagt: ich bin nur froh, daß ich existiere und sterbe, der blossen Wunder und Neuigkeiten wegen, die ich zu erleben hoffe. Jezt fühl' ichs und bemerk' es als etwas Sonderbares, daß wir uns wundern, daß wir existieren – wir fühlen uns zufällig, nicht ewig, wir fassen kein ewiges Ich in der Vergangenheit, kein sterbliches in der Zukunft. Ich höre sanft und glüklich auf und alles, was ich sage, steht ja schon zusammengefasset im ersten Wort der folgenden Seite.

d. 4. April

Geliebter

Wenn auch das Widerspiel von der Menge gälte: so zieh' ich mich doch mit einem jeden Schmerz, den mir das Verhängnis zuwirft, trozig und in mich zurük gedrükt in die engste Ecke meines Ichs hinein. Bin ich aber glüklich – das heist auf der Erde bin ichs halb, 3/4, 4/5, 5/6, 6/7 – so sehnt und erweitert sich mein Herz nach einem Menschen, an den ich mich mit sanftem Dank an den verdekten Algeber mit süssem Anspannen und Zerrinnen legen darf. Mein Oertel, ich bin jezt an Ihrem Herzen. Wie viel 100mal besser wäre der gute Mensch, wenn [er] der glükliche wäre. Ein zu bitteres Geschik nimt uns zu oft die Nachbarschaft der Engel, unter denen man so leicht selbst einer würde, und den Wiederschein eines dürstenden Ichs.

46. An Emanuel.

[Hof, 21. Apr. 1796]

(. . .)

N. S. Den Tag und die Dauer meiner Reise kan ich des Wetters wegen und meiner Narheit wegen nicht bestimmen. Ich erwarte alle Vergnügungen vom Zufal. Wenn ich geniessen mus: so entbehr' ich. Wenn ich mein *Ehren-* und nicht mein *Pseudo-Wort* gegeben habe, zum Essen zu kommen: so möcht' ich lieber fasten. Unsere moralischen Handlungen stehen unter der Gewissens Subordinazion: warum sollen uns nicht einmal die *Vergnügungen* frei bleiben? Und doch haben die wahnsinnigen Menschen ihre Freuden, Gastmäler, Lustfarthen pp. in Frohndienste verkehrt. Adieu!

2. Pstpt. Streichen Sie in Ihren Briefen aus was Sie wollen; auch das gehört zum Freiheitsbaum der Seele, den leider alle Teufel entblättert, beschneidet und köpft.

Die »große Welt« – Weimar, Jena, Berlin und Zeitgenossen
(1796–1800/02)

47. An Christian Otto.

[Weimar, 12. Jun. 1796]
Sontags um 7 Uhr Morgens.

Lieber Bruder,
Gott sah gestern doch einen überglüklichen Sterblichen auf der Erde und der war ich – ach ich war es so sehr, daß ich wieder an die Nemesis denken muste, und daß mich Herder mit dem deus averruncus tröstete. – Ich kan mit meinem Schreiben nicht so lange warten, bis [ich] dir einen Brief schicke: ich wil nur etwas sagen. Gestern gieng ich um elf Uhr – weil ihr Einladungsbillet mich zweimal verfehlte – zur Ostheim (es ist die Schwester der Bayreutherin und ich glaube, fast meine auch) Ich hatte mir im Billet eine *einsame Minute* zur ersten ausbedungen, ein coeur-à-coeur (tête-à-tête). Sie hat zwei grosse Dinge, grosse Augen wie ich noch keine sah, und eine grosse Seele. Sie spricht geradeso wie Herder in den Briefen der Humanität schreibt. Sie ist stark, vol, auch das Gesicht – ich wil dir sie schon schildern. ¾ der Zeit brachte sie mit Lachen hin – dessen Hälfte aber nur Nervenschwäche ist – und ¼ mit Ernst, wobei sie die grossen fast ganz zugesunknen Augenlieder himlisch in die Höhe hebt, wie wenn Wolken den Mond wechselsweise verhüllen und entblössen. (Ich scheere mich um keine Richtigkeit des Ausdruks aus Mangel der Zeit, ich wil dir blos viel schreiben) »Sie sind ein sonderbarer Mensch« das sagte sie mir dreissigmal. Ach hier sind Weiber! Auch habe ich sie alle zum Freunde, der ganze Hof bis zum Herzog lieset mich. – Ich as aus Ursachen nicht bei ihr; sie schrieb meine Ankunft dem Knebel (Kammerherrn bei der Herzogin) Um 3 Uhr kam ich wieder, und der auch. Er ist ein Hofman im Aeussern, aber soviel Wärme und Kentnisse, so einfach. Alle meine mänlichen Bekantschaften hier – ich wolte, diese nicht allein – fiengen sich mit den wärmsten Umarmungen an. Du findest hier nichts vom jämmerlichen Gezierten in Hof, von der jämmerlichen Sorge für die Mode – ich wolt, ich hätte

den grünen Talar behalten, oder blos den blauen Stuzrok noch einmal wenden lassen. Er wolte mich zu Herder, und heute mittags zum Essen zu Göthe führen; aber ich blieb bei dem Vorsaz des coeur-à-coeur (wenn ich nämlich jemand zum erstenmal sehe). – (Heute Mittags ess' ich allein bei der Ostheim.) Gegen 5 Uhr giengen wir 3 in Knebels Garten: unterwegs fuhr uns Einsiedel entgegen, der mich geradezu bei dem Kopf nahm und der nur 3 Worte sagen konte, weil er die Herzogin in die Komödie begleiten mußte, nachher aber sogleich wieder kam. Nach einigen Minuten sagte Knebel: »wie sich das alles himlisch fügt, dort kömt Herder und seine Frau mit den 2 Kindern« – Und wir giengen ihm entgegen und unter dem freien Himmel lag ich endlich an seinem Mund und an seiner Brust und ich konte vor erstickender Freude kaum sprechen, und nur weinen und Herder konte mich nicht sat umarmen. Und als ich mich umsah, waren die Augen Knebels auch nas ... Mit Herder bin [ich] jezt so bekant wie mit dir. Er wolte schon längst an mich schreiben; und als er und seine Frau, die mich herzlich liebt – sie ist eine nur anders modifizierte Ostheim* – durch Hof reiseten, wolten sie mich besuchen. Ich wolt' ich könte so unverschämt sein, daß ich dir alles sagen könte. Er lobte fast alles an meinen Werken – sogar die grönländischen Prozesse – Er sieht nicht so edel aus als ich mir ihn dachte; spricht aber so wie er in den Humanitätsbriefen schreibt. Er sagte, so oft er den Hesperus gelesen, so wär' er 2 Tage zu Geschäften untauglich gewesen. An der Abhandlung über die Phantasie gefält ihm alles. Er drükte mir immerfort die Hand. Und ich sagte immer, da wir alle neben einander sassen, »wenn nur mein Otto da wäre und es hörte.« (Knebel und Herder wollen mir die berühmtesten Bücher zum Lesen, z. B. den Moniteur mit merkantilischer Gelegenheit schiken) Herder liebt die Satire unendlich und hat sie, zumal die Ironie, mehr im Munde als den Ernst. Er fragte mich bei den meisten Stellen meiner Bücher, um die Veranlassung dazu: er gab mir ein erdrückendes Lob, das Sprechen von deinem Paul mag etwan, obwol in Intervallen, 5 Stunden den ganzen Abend gedauert haben. »Ich bekäme Sündenbezahlung, sagten alle, da der Meister und die Horen, zu 4, 5 Ldor den

* Von solchen Weibern wie die Ostheim und Herder hat man ohne Umgang gar keinen Begriff, so sprechen und so fühlen sie.

Bogen, abgehen.« »Ich würde jezt in Deutschland am meisten gelesen; in Leipzig hätten alle Buchhändler Kommissionen auf mich.« Wieland hat mich dreimal gelesen, sie bedauerten alle, daß er aus dem Zirkel fehlte. Herder erzählte, daß der alte Gleim den ganzen Tag und die ganze Nacht fortgelesen. Er wil mich heute Briefe von Haman an sich lesen lassen. – Er spricht von Kants System im höchsten Grade – verächtlich. – Von seinen eignen Werken sprach Herder mit einer solchen Geringschäzung, die einem das Herz durchschnit, daß man kaum das Herz hatte, sie zu loben: er wil nicht einmal die »Ideen« fortsezen. »Das Beste ist, was ich austreiche« sagt er, weil er nämlich nicht frei schreiben darf, denn er denkt von der christlichen Religion was ich und du. – Abends assen wir *alle* bei der Ostheim und tranken 2erlei Wein und Nigges (ein milderer Bischof) Sie sind alle die eifrigsten Republikaner. Denke dir den unter Wein, Ernst, Spot, Wiz und Laune verschwelgten Abend und die Vormitternacht; ich machte so viel Satiren auf die Fürsten wie bei Herold, kurz ich war so lustig wie bei euch. Heute isset die ganze XXger Union bei Herder. Die Franzosen schicken einen Theil der italienischen Armee an den Rhein und bedecken so mit vier freundschaftlichen Flügeln von Armeen die österr[eichische] Straussenbrut. – Beim Himmel! jezt hab' ich Muth – ich getraue mir, mit dem 44ten Hern zu sprechen und noch mehr mit dem Bürgermeister Oertel, Köhler und deren Sipschaft. – Ich habe dir noch nicht $1/3$ erzählt. – Aber ein *bitterster Tropfen* schwimt in meinem Heidelberger Freudenbecher: was *Jean Paul* gewan, das *verliert* die Menschheit in seinen Augen: ach meine Ideale von grösseren Menschen! – Ich wil dirs schon erklären. – Aber alle meine Bekantschaften thun beinahe nichts als den Werth meines geliebten Bruders O. vergrössern, und bleib' ich ewig der deine

Richter

48. An Christian Otto.

[Weimar, 17. Jun. 1796]

Lieber Bruder,

Du hast hoffentlich einen Brief aus Jena, und einen aus Weimar vom Sonabend. Das späte Datum des dritten sage dir mein freudetrunknes Leben an; mich schnellet gleichsam ein Blütengipfel in den andern hinein. Ich habe in Weimar zwanzig Jahre in wenigen Tagen verlebt – meine Menschenkentnis ist wie ein Pilz Manshoch in die Höhe geschossen. Ich werde dir von Meerwundern, *von ganz unbegreiflichen, unerhörten* Dingen (keinen unangenehmen) zu erzählen haben, aber nur dir allein. Ich sehe keine Möglichkeit, dir nur eine Duodezerzählung von meiner Universalhistorie zu schenken. Ich brauche fast so viele Tage als sonst Seiten, um dir nicht diesen Weg, sondern diese Flur meines Lebens zu malen. Ich bin *ganz* glüklich, Otto, *ganz*, nicht blos über alle Erwartung, auch über alle Beschreibung und nichts fehlet mir mehr in der weiten Welt als Du, aber auch nur du. – Heute ess' ich bei Göthe – Gestern früh war ich mit der Ostheim zur Herzogin-Mutter nach Tiefurth geladen, und ich werde nächstens bei ihr essen Die Herzogin ist Wielands, und ihr sanftes Tiefurth – ein Lautenzug unter den sonst schreienden englischen Anlagen – beider würdig. Was ich mit ihr gesprochen habe, davon mündlich!

Bei Herder hab ich 2 Abende gegessen und verlebt und war fast alle Tage an seiner Seite. Ostheim steht fast mit allen grossen Deutschen im Briefwechsel und mit allen Weimarern in Verbindung und ich könte alles bei ihr sehen, wenn ich wolte, daß sie es invitierte. Aber wir beide bleiben jeden Abend ganz allein beisammen. Sie ist ein Weib wie keines, mit einem almächtigen Herzen, mit einem Felsen-Ich, eine Woldemarin, – ihre Fehler kommen nur auf meine Zunge, nicht auf mein Papier. – Ich lege dir ihren heutigen (inostensibeln) Brief* an mich bei, da sie nach Jena gieng, um die Krebs-Amputazion einer Freundin durch ihre Nähe zu lindern. Er ist ein Räthsel, das ich dir mündlich löse.

d. 18. Jun. Sonabends.

Schon am zweiten Tage warf ich hier mein dummes Vorurtheil für grosse Autores ab als wärens andere Leute; hier weis jeder, daß sie wie die Erde sind, die von weitem im Himmel als ein leuchtender Mond dahinzieht, und die, wenn man die Ferse auf

* Ich schicke dir ihre Briefe nach der Chronologie zusammengelegt, lies sie so.

ihr hat, aus boue de Paris besteht und einigem Grün ohne Juwelennimbus. Ein Urtheil, das ein Herder, Wieland, Göthe pp. fält, wird so bestritten wie jedes andere, das noch abgerechnet daß die 3 Thurmspizen unserer Litteratur einander – meiden. Kurz ich bin nicht mehr dum. Auch werd' ich mich jezt vor keinem grossen Man mehr ängstlich bücken, blos vor dem Tugendhaftesten. Gleichwol kam ich mit Scheu zu Göthe. Die Ostheim und jeder malte ihn ganz kalt für alle Menschen und Sachen auf der Erde – Ostheim sagte, er bewundert nichts mehr, nicht einmal sich – jedes Wort sei Eis, zumal gegen Fremde, die er selten vorlasse – er habe etwas steifes reichstädtisches Stolzes – blos Kunstsachen wärmen noch seine Herznerven an (daher ich Knebel bat, mich vorher durch einen Mineralbrunnen zu petrifizieren und zu inkrustieren, damit ich mich ihm etwan im vortheilhaften Lichte einer Statue zeigen könte – (Ostheim räth mir überal Kälte und Selbstbewustsein an). Ich gieng, ohne Wärme, blos aus Neugierde. Sein Haus (Pallast) frappiert, es ist das einzige in Weimar in italienischem Geschmak, mit solchen Treppen, ein Pantheon vol Bilder und Statuen, eine Kühle der Angst presset die Brust – endlich trit der Gott her, kalt, einsylbig, ohne Akzent. Sagt Knebel z. B., die Franzosen ziehen in Rom ein. »Hm!« sagt der Gott. Seine Gestalt ist markig und feurig, sein Auge ein Licht (aber ohne eine angenehme Farbe) Aber endlich schürete ihn nicht blos der Champagner sondern die Gespräche über die Kunst, Publikum pp. sofort an, und – man war bei Göthe. Er spricht nicht so blühend und strömend wie Herder, aber scharf bestimt und ruhig. Zulezt las er uns – d. h. spielte er uns* – ein ungedruktes herliches Gedicht vor, wodurch sein Herz durch die Eiskruste die Flammen trieb, so daß er dem enthusiastischen Jean Paul (mein Gesicht war es, aber meine Zunge nicht, wie ich denn nur von weitem auf einzelne Werke anspielte, mehr der Unterredung und des Beleges wegen,) die Hand drükte. Beim Abschied that ers wieder und hies mich wiederkommen. Er hält seine dichterische Laufbahn für beschlossen. Beim Himmel wir wollen uns doch lieben. Ostheim sagt, er giebt nie ein Zeichen der Liebe. 1 000 000 pp. Sachen hab' ich dir von ihm zu sagen.

* Sein Vorlesen ist nichts als ein tieferes Donnern vermischt mit dem leisen Regengelispel: es giebt nichts ähnliches.

Ach frisset er entsezlich. Er ist mit dem feinsten Geschmak gekleidet. – –
Ich kan hier wenn ich wil an allen Tafeln essen. Ich kam noch zu keinem Menschen ohne geladen zu sein. Als ich ankam am Thore, wurd' es ordentlich der Herzogin gemeldet und am andern Tage wust es jeder. – Ich lebe fast blos von Wein und englischem Bier. – Die Karaktere, »Joachime, Matthieu (der besonders) und Agnola« werden hier für wahre gehalten und gefielen gerade am meisten. Im Klub strit man ob Flachsenfingen ein Abris von Wien oder Manheim wäre wegen des Lokalen – Wieland war des höhnischen Dafürhaltens, Flachsenfingen liege in Deutschland sehr zerstreuet. –
Ich schike dir diese Zeichnungen des Heiligenscheins, den sie hier um meinen kahlen Scheitel führen, darum ohne alle Scham nach Hof, erstlich damit du es weiter erzählest (denn ich werde alles zusammen nur dir erzählen, der du mich nie verkant, und blos zu sehr geachtet hast, aber, (auch aus Ekel an der langen Geschichte,) keinem weiter in Hof, wo mir so oft Unrecht wiederfuhr, daß ich, wenn du nicht da wärst, geradezu hier sizen bliebe). Ich schreibe eilig und ohne Ordnung, vergieb es, Bruder. Weibliche Bekantschaften hab ich wenig gemacht, wenn ich die Kanzelerin Koppenfels in Rohrbach – ein Landgut, auf das ich mit der Ostheim fuhr – ausnehme, die Jeschausen (Hofdame) die Fräulein Imhof (und die Mutter) die Frau von Stein, von Werther, 2 Fräulein von Seebach, von Beust, die Schauspielerin Schröder. Hier sind alle Mädgen schön.

Sontags. 19 Jun.

Ich wolt', ich ässe nicht beim Oberkonsistorialrath Bötticher,* dessen Schreibfinger und Briefe durch das ganze gelehrte Deutschland langen und der alle französische und englische Journale um sich liegen hat, um die Auszüge für die L[itteratur] Zeitung daraus zu machen. Auch fertigt er die Übersicht über die Ernte der Litteratur. Wenn man diesen gelehrten Wenzel (denn gelehrt ist er bis zum Übermasse) in den Händen hat, so kan man den halben Spielteller vol Bibliotheken erbeuten. Ich könte z. B. durch ihn wie durch die Ostheim ganze Kästen Bücher aus der Gött[inger] Bibliothek bekommen. Er schliesset

* abends bin ich bei Herder. Bertuch hat eine prächtige Tochter. Gotter hab ich im Schauspiel gesehen.

einen Brief von mir an Wieland bei, der ein Kompliment an mich durch seinen Sekretair gestern im Lear abgeben lies. – Bötticher drängt sich mit Kletten-Häkgen an jeden Fremden aus Eitelkeit. – Meine gute Ostheim hat 6 Bout. Wein und englisches Bier für mich zum Frühstück zu Oertel geschikt – ach, du weist ja kein Wort, daß ich bei diesem logiere, prächtiger als in meinem Leben. Am Dienstag zog ich in sein von Bäumen bewachtes und dem götlichen Parke nahes Haus (er lebt nicht bei seiner Mutter und Schwester). 2 Zimmer, besser meubliert als eines im Modejournal, füllet mein Ich an und seines stösset an sie. Sogar fertige Couverts aus dem Industrie Comptoir – 100 zu 10 gr. – wovon hier eines zur Probe umgeschlossen ist, liegen vor mir. In jedem Zimmer ein Licht – einen kehrenden, wichsenden, klopfenden Bedienten (an der Stelle meines frere servant) – alles, alles, sogar der Nachtstuhl am Bette, bis auf die kleinste Aufmerksamkeit ist erschöpft und ich und er leben wie Brüder, er lacht sich über mich und ich [mich] über ihn todt. – Gestern mittags as ich bei seiner Mutter und Schwester, die den 2 Ohren 2 Himmel giebt, den des Spiels und des Gesangs, vorgestern war ich nachmittags bei ihnen zum erstenmal, im bunten Dunstkreise fast lauter schöner Mädgen. – Sogar in Paris sol nicht so viel Freiheit von gêne sein als hier: du führst niemand, du küssest keine Hand (du müstest denn dabei nicht aufhören wollen) du machst blos eine stumme Verbeugung, du sagst vor und nach dem Essen nichts. Das ist der Ton des Adels, der des Bürgers sol wie meine Halsbinden oft gesteift und gestärkt sein. – Apropos Mazdorf hat mich den 4ten Jun. zu Gevatter gebeten: ich führe also an jeder Hand eine Paulline.

Worüber man hier klagt, ist geschminkter Egoismus und ungeschminkter Unglaube – darum thut ihnen eine Seele, die beides nicht hat, so wol wie ein warmer Tag.

Binde Fantaisie und Eremitage in Einen Park zusammen: du hast keine Vorstellung von dem majestätischen einfachen hiesigen. Er ist ein Händelsches Alexanders(Ariadne)fest, und Tiefurth ein Adagio. –

Oertel in Leipzig kömt nach Hof, besonders um einen Freund mehr zu gewinnen, dich. O seine Bücher und seine Schiksale sind die Insignien und Meritorden der edelsten festesten Seele! –

Aus unserm Begegnen in Schleiz wird wol nichts, weil ich dir unmöglich wegen der verdamten langen Post auf so lange Zeit vorausschreiben kan – weil ich jezt 2 Tage nach Jena reise und zurükkehre und nachher wieder mit dem Überrok durchreise, ohne zu wissen, wie lange ich mich da verweile.
Der Teufel sizt in mir – ich kan gar nicht weg – ich zähle keine Tage mehr, ich lebe auf dem fixen unbeweglichen Punkt (Pol) der beweglichen Kugel – es wird mir bange, wenn ich ans beschliessen denke. Ach ich bin so glüklich, daß nur du verdienen kontest, es so zu sein.
Meine Grüsse an alle.
Es ist nicht schön, daß du mir *nicht geschrieben* hast. Künftig werd ich mich nur zu einem epistolarischen Tauschhandel verstehen.
Ich denke denn doch daß ich, wenn der lange Tag und der Frühling vorüber ist, auch meinen schönsten beschliessen werde und kurz hinter dem 1ten Sommertag nach Hof kommen werde.

Dein, dein, dein Bruder
Richter

49. An Christian Otto

[Weimar, 30. Aug. 1798]

(. . .)
Sonabends solt ich Mittags wieder bei dem Paare essen, gieng aber zu Wieland nach Osmanstädt. Aus dem Gasthofe schrieb ich ihm ein Billet, seines liegt bei. W. ist ein schlanker aufgerichteter mit einer rothen Schärpe und einem Kopftuch umbundner, sich und andere mässigender Nestor, viel von sich sprechend aber nicht stolz – ein wenig aristippisch und nachsichtig gegen sich wie gegen andere – vol Vater- und Gattenliebe – aber von den Musen betäubt, daß ihm einmal seine Frau den Tod eines Kindes 10 Tage sol verborgen haben – inzwischen nicht genialisch über diese Reichsstadt-Welt erhoben, nicht tief eingreifend wie etwan Herder – vortreflich im Urtheil über die bürgerlichen, und weniger im Urtheilen über die menschlichen Verhältnisse.
Mir gab er Palmen, um mehrere Zol länger, als seine, besonders

über meine Träume und Naturblätter – und mehrte meinen äussern Stolz (den innern nie), der ohnehin schon wächst, um vieles – und unterordnete sich zu sehr und war zu begierig nach meinem Lobe seiner Sachen – Warlich mein Otto, wenn diese Erde so lumpig und so unter allen meinen Erwartungen ist, daß ich eine erfülle und etwas bin: so kan mich über den Verlust der angebornen gehoften erschmachteten Ideale nichts trösten als die Gewisheit, daß diese Leute mehr sind als das was sie loben, weil sie für Natur halten – da es ihre ist – was nur (wenigstens zur Hälfte) Mechanik und Fleis geboren hat. Ach man hat nur die Wahl der Scham, entweder über die menschliche Natur oder über die eigne.

»Aber fort!«

Weimar 2. Sept.

Die 2 lezten Wort[e] kan ich hier gar nicht zu mir sagen – ich wolte heute – dan morgen – jezt erst übermorgen.

Ich wil wieder in die obige Chronologie zurück. Bei Wieland must' ich wegen meines weitgegitterten Sommerornats in der häslichen Kälte seinen Rok anziehen – den mir beim 2ten Dortsein der gute Patriarch sogleich selber brachte, heute fuhr ich mit ihm zurük – und seine rothe Nabelgurt umschnüren und gieng wie der Alte im Haus herum. Gott schenke jedem Dichter eine so anstellige, weich-auffassende, feste, nachsehende und nachlaufende, biedere, klare Frau. Da im Reichsanzeiger über die Ruhr von Erkältung gelesen wurde: brachte sie mir warme Strümpfe aus Angst. Wieland stürbe an ihrem, wie sie an seinem Tode. Er hat mir seine Liebesgeschichten erzählt und also auch die lezte. Ach was hätt ich nicht alles vor dein Ohr und Herz zu bringen? In seinen Cölibats- und Witwen-Töchtern liegen schöne Herzen, aber mit den Gesichtern wils nicht fort. Und doch – Aber anders: nämlich sie sagte ihm Mittags den Vorschlag (und er behauptete ihn schon am Morgen gedacht zu haben) daß ich im entgegengesezten Hause wohnen (von Leipzig wegziehen) und bei ihnen essen solte (für Geld) – er sagte, er bekomme neues Leben durch mich – und alle liebten mich; – natürlich weil ich sie immer lachen mache und weil man die ganze Familie lieben mus. Ich verhies, in Weimar nachzusinnen. Allein das geht nicht, weil zwei Dichter nicht ewig zusammenpassen – weil ich keine Kette, und wäre sie aus Duft an der blassen Mondsgluth geschmiedet, anhaben wil – und weil ich gewis weis, daß ich in der Einsamkeit und in der Geselschaft darauf am Ende eine von seinen Töchtern heirathen würde, welches gegen meinen Plan ist. –

Ich wolte nach Gotha reisen, es wurde mir von mir und andern ausgeredet.

Ich durfte Sonabends nicht fort, war schon auf den Sontag beredet, als Merkel kam und mich im Wagen mitnahm. Bei Herder Sontags abends sah ich Falk – lang, schlank, mit wenig gebogner Nase, festsprechend, mehr mit den Personalien der Erde befangen, und angenehm – und Professor Meier, den tiefen Maler und Kunstkenner, aussen- und als Mensch unbedeutend. – Am Sontage der Abwesenheit solt' ich bei der Herzogin und bei der Wohlzogen essen. – Montags Mittags diner bei Lichtenberg – abends bei Herder – Dienstags Mittags hoff ich hier. – Aber jezt lasset meine Memorie nach; kurz ich as nur 2mal im Gasthof und jeden Abend bei Herder, 2 ausgenommen, den am Donnerstag bei der Wohlzogen, wo es einen Puntsch ohne Gleichen gab, weil Rum stat Arrak seine Seele war und wo die Herren bei jeder Bowle sich zu einer neuen entschlossen. –

– – Ich komme eben wieder vom diner bei Herder und sas mehrere Stunden mit ihm allein in einer Laube. O lieber Otto, wie sol ich dir diesen grossen Geist an der rechten Anhöhe zeigen, vor dem mein kleiner sich spanisch und linkisch beugt – diesen durchgötterten Menschen, der den Fus auf dieser Welt, und Kopf und Brust in der andern hat – sein Wiegen der Arme, wenn ihn Gesang und Musik auflösen, und sein trunknes schwimmendes Auge – sein Erfassen aller Zweige des Baumes der Erkentnis – wiewohl er nur Massen, nicht Theile ergreift und stat des Baumes den Boden schüttelt, worauf dieser steht. Ich habe schon oft abends mit Thränen Abschied genommen: und er liebt mich gewis. – Er schreibt nächstens eine Metakritik Kants, der sich, wie er sagt, vor Haman tief gebogen haben sol.

Apropos ich war auch bei Goethe, der mich mit ganz stärkerer Verbindlichkeit und Freundlichkeit aufnahm als das erstemal: ich war dafür freier, kühner und weniger vol Liebe und darum

in mich gegründeter. Er fragte mich nach der Art meiner Arbeiten, weil es völlig seinen Kreis überschreite, – wie mir Fichte gefallen. Auf lezteres: »es ist der gröste neue Scholastiker – zum Poeten wird man geboren, aber zum Philosophen kan man sich machen, wenn man irgend eine Idee zur transzendenten fixen macht – die Neuern machen das Licht zum Gegenstand, den es doch nur zeigen sol« – Er wird nach 4 Monaten den Faust volenden; er sagt, »er könne 6 Monate seine Arbeit voraussagen, weil er sich zu einer solchen Stimmung der Stimmung durch geistliche und leibliche Diätetik vorbereite«. – Schiller säuft 6 Loth Kaffee auf 1 Tasse und braucht Malaga und alles – nicht jeder ist in Kaffee so mässig als ich.
(...)

50. An Friedrich Heinrich Jacobi in Eutin.

[Leipzig, 13. Oct. 1798]

Verehrtester Lehrer meines Innersten! – So oft dieses in der Philosophie einen Feind antrift, so denk' ich an Sie als an den königlichen Beschüzer seines Glaubens und wil mein Schreiben nicht länger verschieben. Und jezt thu' ichs genöthigt, da ich in der neuesten Äusserung des Fichteschen Spinozismus drei Harmonien ohne einen supramundanen Harmonisten finde, die der Sinnenwelt, die der moralischen und eine dritte prästabilierte zwischen beiden, nach Art der 3 Tonleitern, der diatonischen, enharmonischen und chromatischen. –
Sie können aus meinen Werken nur wenig errathen, wie viel mein Herz und mein innerer Tag den Ihrigen schuldig ist. Und wie mich die jezige fuga pleni, der transzendente Fohismus, der gern jeden Welten- und Kometenkern in einen Nebel zertreiben wil, traurig und beklommen macht: so erhebt mich wieder jedes aufgespürte Gerücht irgend eines Werks, das Sie der Asthenie des Jahrhunderts entgegensezen.
Jezt in diesem Wolfsmonat der Litteratur, wo eine ästhetische (Schlegelsche) Erhebung über die Erhebung alles Positive unter Termen-Schnee vergräbt, und wo man an der moralischen Welt wie am Monde nur die verglasete Seite sieht, indes die abgekehrte – nach Kant aber nur beim Monde – Luft und Auen hat, da ist

Ihre Dichtkunst und Ihre Philosophie, – gleichsam Circenses et panis, – uns unentbehrlich, nämlich Ihre Fortsezung derselben. Da ich jezt nach Weimar ziehe: so dacht' ich oft an den Plan und Wunsch einer Monatsschrift gegen das jezige philosophische Laternisieren alles (innern) Lebendigen – und zwar müste diese Anbetung des Götlichen durch 3 Weisen aus *Morgenland* geschehen, durch Sie, und Herder – dem ich noch nichts davon gesagt – und – da immer ein Mohr dabei ist – durch mich.
O Verehrtester! schon dieses Schreiben erfrischt mich; wie würde mich Ihr Anblick erquicken, da doch der Traum des Vorbilderns erblasset vor dem Wachen der Gegenwart! –
Verzeihen Sie mir den Ton, der von der Vertraulichkeit meines Herzens mit Ihren Schriften die seinige entlehnt! Ich wolte meinen Aufenthalt in Leipzig, gleichsam wie die Jahrszeit, mit einem magischen Nachsommer beschliessen.
Vergönnen Sie meinen innigsten Wünschen eine Antwort: so bitt' ich Sie daher, Sie an Herder abgeben zu lassen, weil ich nach Weimar ziehe und wär' es nur eben dieses alseitigen Geistes wegen, für welchen der Aether das sensorium commune aller Wahrheiten und Wissenschaften ist. –
Wenn je meine Seele am Schlusse eines Briefes die herzlichsten Wünsche für ein fremdes Glük und Leben that: so ist es an diesem!

J. P. F. Richter

51. An Christian Otto.

[Weimar, 3. Nov. 1798]

Lieber Otto! Gestern vor [8] Tagen um 9 Uhr früh fuhr ich durch die Pforten meines neuen Jerusalems. Denn lezteres hab' ich *wirklich*. Kein Stiefgenius beschied mir zur Aufwartung die Hausfrau selber, meine Stubenthürnachbarin, die für mich wie eine Mutter sorgt – die in meiner Abwesenheit eine zweite Thür in mein Zimmer hat und alles herlich legt und aufträgt – für mich handelt – mich um 6 Uhr zur warmen und erleuchteten Stube und Kaffekanne aufklopft – und der ich stets 1 Laubtl. g[ebe] wovon sie ohne Rechnung auszahlt [bis] sie einen neuen braucht – und der ich oft ein Glas Wein verehre. Ich bin H[err

und] Maire meiner ganzen Brust – der schönste Friede ist darin beschworen – und alle Grundsäze sind auf den Beinen. Warlich ich bin glüklich.
Wolt ich das Äussere rechnen: so könt ich die Liebe anführen, die ich hier immer wärmer gewinne. Gleich auf den andern Tag lud mich am ersten Amalie in der Retoude [!] zum Diner; auch die andere Herzogin, mit deren 2ter Hofdame ich darin lange sprach, pries wie diese mich sehr am Tisch, wie mir Herder sagte. Es ist eine fatale Einrichtung, daß es eitel scheint [und] sogar ist, wenn ich alles [hier an]führe z. B. Wielands Wort, als ich mit Böttiger bei ihm war, daß ihm zum Unglük gerade seine schönen Töchter gestorben seien und daß die eine, die zu zart fürs Leben gewesen wäre, ich hätte nehmen müssen, weil ich u. s. w. Sogar mit Bertuch und Kraus quick' ich mich an und ersterer bot mir in der Retoude seine Maske und Saloppe an zum Hinabgehen in den Maskensaal.
Gegen das neue Theater sind die andern deutschen nur Kulissen. – Der Musikdirektor, ein Jünger Haidens, giebt eine Musik wie der vorige Musikdirektor Herschel eine Astronomie. Ich bin mit genug Komödianten [bekant?] einer zeigte mir am er[sten] Tage alles. – Die Sä[ngerin] unter meinem Tisch, Madischek, besuch ich abends zuweilen nach dem Essen; sie ist eine geradbrechte Version von Philine, und ohne Schönheit. Indes ists für mich eine Gymnastik des Wizes. Sie lacht und singt mehr als sie spricht und mit Recht. Sie erzählte mir, daß sie Göthen gefragt, wie sie mich zu empfangen habe und sie wolle mir trillernd entgegentanzen. »Kind, mach's wie bei mir und sei natürlich« sagt er. –
Herder (aber sage nichts davon) hat 1 Alphabeth seiner Metakritik fertig, das er mir zum Durchsehen und Anmerken geben wil. Ich sagte aber, ich würde und wolte nichts darin lesen als das Ausgestrichne, um es zu wissen oder zu retten. –
Von Leipzig schied [ich] mit *ganzem* und fast *kühlem* Herzen; und die Stadt wird durch die Ferne noch kleiner. Für Dorothea wurd' ich kein Herman. – Eine andere heissere Verwickelung, die immer sinlicher wurde, löste sich gerade durch den Abschied, ohne es zu sehr geworden zu sein. Der Teufel zieht mir die verdamtesten Wolfsgruben über den Lebensweg – besonders dadurch, daß entweder nur die andere Person liebt, oder

nur ich; jenes ist für das Gewissen gefährlich, dieses für das Glük.
Nichts häuft Korrespondenzen mehr als Städte-Tausch; jezt hab ich noch eine leipz[iger] zu verwalten. –
Schreibt alle blos meinen Namen auf die Briefe und weiter nichts. – Bitte meine Korrespondentinnen um Nachsicht; du siehst aus diesem die Kargheit meiner Zeit. Und doch verzettle ich sie wenig in Besuchen. – Suche »Sternbalds Wanderungen« [von] Thiek zu bekommen; sie sind gut.
(...)

52. An Fr. H. Jacobi in Eutin.

[Weimar, 3. Dez. 1798]

Geliebtester Jacobi! Ihre Antwort brachte mir unter meine hiesige Himmel den dritten mit. Sie hat mein ganzes Herz erquikt und erwärmt. Ich sagte schon seit mehreren Jahren überal: ich mag keinen Autor mehr sehen, ausgenommen Einen, Sie. Ich mus es, aber möge Ihr zweites Ararat ein näheres sein als Eutin.
Ich wil erst Ihren Brief nach der Seiten-Topik, beantworten.
Baggesen ist, wenn ich lesend rathen darf, eine blühende fruchttragende heisse Welt, aber mit einem moralischen Schwerpunkt ausserhalb des Mittelpunkts – Der vortrefliche, humoristische, ächt wizig und frei zusammenfassende Baggesen kan nie Ruhe finden, nie wissen was und ob er liebe und kaum Eigennuz und Opfer trennen. –
Mein Titan ist und wird gegen die algemeine *Zuchtlosigkeit* des Säkulums gewafnet, gegen dieses irrende Umherbilden ohne ein punctum saliens – gegen jede genialische Plethora, d. i. Parzialität – gegen die ästhetische (artistische) und philosophische Trennung des Ichs von der Beschauung, als müsse nicht diese auf jenes wirken, es voraussezen, nur durch dasselbe gelten und darin *früher* und später wohnen als in der Abstrakzion.* Beinahe jede Superfötazion und jedes hors d'œuvre der menschlichen

* Dieser mislungene Ausdruk wil sagen, daß sowohl der Genus als das Prinzip der dargestelten (ästhetischen oder philosophischen) Gestalt ja nicht wieder in der Darstellung liegen könne.

Natur sol im Titan Spielraum für die eignen Fehler finden; obwohl diese Moral nur in jeder Freiheit darin lenkt und predigt, womit die poetische Gerechtigkeit der Moral sich in der Wirklichkeit hinter das tausendfache Räderwerk der Welt-Maschine verbirgt. Der *gewöhnliche* Leser mus im ästhetischen Werke wie im kosmischen um uns überal nur Physik und nirgends Endabsichten antreffen. – Eigentlich ist doch im Weltal jede Physik Metaphysik und Teleologie, und jedes Gesez der Natur wird nicht von Endabsichten begleitet, sondern sogar gemacht, und diese thun entweder nichts oder alles, wie ja der volendet-moralische Mensch schon keine Adiaphora und in der elendesten Handlung einen moralischen Willen haben müste.

Verehrtester Freund! Ich sage alles dieses nur mir und lassen Sie mir dieses epistolarische Soliloquium zu!

Ihre vortrefliche Antizipazion aus Ihrer Schrift ratifiziert zu meiner grösten Freude das was ich Göthen auf seine Frage über Fichte antwortete: »er ist der gröste Scholastiker; aber die ganze Sekte hält das *Licht* (oder das Auge) für das *Objekt.*« Ich sezte noch dazu: zum blossen scharfsinnigen Philosophen kan man sich machen durch Fleis, indes dem tiefern ausser dem Auge auch die Gegenstände mitgegeben sind. Ich finde in Fichtes System eine moderne Luftleerheit (kenn' es aber nur aus dem Niethammerschen Journal und aus seiner *hinten* treflichen Moral) und halte das Prinzip, das das Bewustsein erklären sol, nämlich das Zurükwirken auf sich, aus einem häslichen Anthropomorphism hergeholt, da Wirkung auf sich nichts heisset als die Verwechslung der Wirkung auf das Vexier-Ich (den Leib) mit der aufs avthentische. – Seine Erklärung ist eine viel kühnere und dunklere Voraussetzung als das zu erklärende.

O guter Jacobi! wie leicht rettete ich mich durch alle kritische und fichtische Strudel blos mit Ihrem Ruder. Schon die einzige VII. Beilage in Ihrem ewigen Spinoza ist die Rechtfertigung, der Inbegrif, die Auflösung und das Gegengift der ganzen Kantischen Vernunftkritik.

d. 5 Dec.

Es that mir weh, guter Jacobi, daß der Dolch der Krankheit immer an Einem Haare über Ihnen hängt. Man sagte mir einmal von Ihrer Migraine. Ich war früher durch Wassertrinken in demselben Fal; behandelte mich aber als asthenisch, obwohl ohne Brown und half mir durch Bier und *Bitterklee*. Mein Selbst-Emanzipieren von allen Doktorhüten hat meinen Kopf und die suffixa konservieret; und ich vertrage 12 Stunden Arbeiten und 12 Stunden Marschieren. – Schreiben Sie mir etwas Bestimtes über Ihr Kranksein und über das Gegentheil, d. h. alles. Adam Smith sagte, es wär' ihm lieb zu wissen, daß Milton Riemen stat der Schnallen in den Schuhen getragen: wahrhaftig ich weis über Ihre chaussure noch wenig, und es sol mir lieb sein, hinter die Sache zu kommen.

Weimar kan so wenig als eine Ponaeropolis auf mich wirken, wie meine vorigen Städte als Moropoles. Erstlich sind die Städte mehr zu loben.* Zweitens schrieb ich in einem Marktflecken unter dem Krumschliessen der Verhältnisse und entgegengesezter Geselschaft die Mumien und den Hesperus, und in Hof und Leipzig den Rest ohne andere Aenderung als die des – Kopfes. Die Wirkung des Kontrasts lass' ich weg. Und dan, was sind alle meine vorigen Stunden gegen eine bei Herder, diese *klingende* Säule in der dumpfen feuchten Baumanshöle der Welt, diesen nicht blos mit der Feder, sondern mit dem Herzen, mit dem Leben, mit dem Denken dichtenden Geist, dessen körperliche Stimme schon in mein innerstes Herz wie ein Harmonien-Echo geht. Und wir lieben uns recht; o guter edler Jacobi, wie glüklich und wie heis und wie liebend würd' ich an Ihrem so lange geliebten Herzen liegen und wohnen! –

Haman wäre der andere Mensch, den ich sehen möchte, wenn nicht der Tod zum Präsentieren nöthig wäre, eine von der Studierstube durchs Empyräum reichende Gestalt, für welche nichts klein und nichts gros war, sondern alles verknüpft wie Orthographie mit Heterodoxie. Sie sind diesem Geiste eine Kollegial-Unsterblichkeit schuldig durch Aufnahme seiner Juwelen-Kolibri-Werkgen in Ihre, mit 10,000 Noten ad usum delphinorum.

Was die beiden lieben Novem- und Dezembrisierer und ästhetischen enfans perdus, die Schlegel, anlangt: so ist nichts dabei zu machen als ein Spas; – und dieser kaum. Ich hätte längst einen

* Für eine Seele wie die Ihrige ist es begreiflich und nicht kleinlich, daß ich ein Stük häuslicher Glükseligkeit durch meine Miethsherschaft antizipiere, deren kindliches Wohl- und Recht-Wollen in ein früheres Jahrhundert zu gehören scheint.

kleinen mit diesem Zwillingsgestirn, wodurch niemals Phöbus gieng, exemplarisch getrieben – wär' ich von dessen unmoralischen Absichten überzeugt gewesen. Da ich aber das nicht bin – vielmehr das Gegentheil erfahre, so tief sie mir auch ihre Saugestacheln in die poetische Ader sezen – so kan ich nie *sie* bekriegen, sondern nur ihre Prinzipien; und hier sind, wie im Leben, widersprechende Beispiele besser als widersprechende Annotazionen. Ich kan meiner toleranten Vernunft und meinem weichen Herzen keine Personalsatire mehr abgewinnen, so viel leichter und reizender sie auch wäre als die perennierende. Wer Sie verstand, hasset Schlegels bulla in coena domini und ihn selber – ob er sie gleich, wie mir ein Freund von ihm sagte, ohne andere Teleologie als *angeborne* geschrieben haben sol –; zumal da Ihr Werk gerade gegen jenen genialischen Sonnenflecken die Seifenkugel bringt, den er zugleich vorwirft und selber trägt. – – Bei mir war, wie bei den Deutschen, Philosophie früher als Dichtkunst; Planeten sieht man abends früher als Sonnen, wiewohl hier wie *überal im Universum* (Gott ausgenommen) nur die *Stufe* unterscheidet, und nicht die Art. Seit 10 Jahren aber geh' ich in allen konzentrischen Ringen des Pindus leichter herum als im untersten kritischen.

Ach ars (et artes) longa (et longae) et vita brevis und die Kantischen Perioden sind so lang und wie jede Weitschweifigkeit so dunkel. Kurz ich habe, meine Jugend ausgenommen, in allen Wissenschaften leichter herumgelesen als in der Philosophie, – wenige Kantische und Ihre Werke ausgenommen. Und eben darum, unendlich theuerer Geist! – fals Sie in diesem Winter nichts öffentlich geben – eben darum versagen Sie Ihrem treuesten und innigsten Schüler nicht alles! Noch keine Philosophie – ausser der der Alten – hat mich so tief angefasset und das Licht in den düstersten Schacht so reinigend gesenkt als Ihre, und keine studiert' ich wiederholter, da darin die breitesten Fenster *blos* durch die um sie aufgehäuften Schäze zuweilen zugedekt und verfinstert werden. Jeder Mensch wird zu irgend einer Philosophie wie zu irgend einer Dichtungsart geboren. Und darum sollen Sie, wenn Sie zu Ostern nichts geben, mir zuweilen einige Bogen über was es sei vorstrecken. N. B. sub conditione *disciplinae arcani.*

d. 6 Dec.

Ich besuche Sie hier auf dem Papierschnee jeden Abend, wenn ich aus meinem Dämmerungs-Hesperien zurükkomme. Dieses besteht darin blos, daß ich im Finstern auf und ab laufe und singe und träume und denke und fast zu glüklich werde. Beim Himmel ich wars und bins überhaupt zu sehr, (auch in meinem Siebenkäsischen Streite mit Armuth, Verhältnissen und Publikum) und es fehlet meinem Paradies nichts als eine – Heva, die ich noch dazu wie Miltons Adam schon oft genug *vor* dem – Aufwachen gesehen.

d. 8. Dec.

Ich wil heute nicht eher in die Oper gehen als bis ich meine briefliche geschlossen. – Vor allen Dingen und Bitten thu' ich die fünfte an Sie, mir – und meiner *Zeit-Armuth* – nicht nur den Brief und so viele Gedanken darin zu vergeben, sondern auch die unhöfliche Kako-graphie. Zweitens das Gegentheil der 5ten, mir über meine Bücher nicht zu vergeben, sondern daran (das Lob wil ich errathen) zu tadeln, wenn das in einem Briefe thunlich ist. Drittens die 4te, einen eben bald zu geben. Beim Himmel, Ihre grüne Brieftasche ist mir eine andere als die grüne des Hrn. v. Sartines, es ist der grüne Rasen, das Wintergrün, das den Lerchen im Bauer die Augen ersezt. Viertens die vierte – aber diese, einzelne Bogen betreffend, that ich schon oben. Und nun segnendes Schiksal, das mir die so lange gepflegte Sehnsucht nach diesem geliebten Herzen erhörte, mach' dieses immer froher und mich seiner werther, und wenn ich Ihm einmal ins Antliz schaue, mög' ich darauf keine Spuren von den kalten Schatten dieser Wolken-Erde finden – Und gieb ihm überal Liebe! – Welche hohe Stunde, geliebtes Wesen, steht noch in meiner Zukunft!

Richter

N. S. Die Sardonische Thersites Rezension in der A. L. Z. über unsern Schlosser ist von Schelling. – Zu Ostern edier' ich: »J. P. Briefe nebst dessen *künftigem Leben.*« – Lebe heiter, schöne Seele!

53. An Christian Otto.

[Weimar, 12. Dez. 1798]

Lieber Otto! Ruhig sich hinsezen und seinen Brief wegschreiben, ohne das Spornstechen der Post und Nothwendigkeit, ist ein Vergnügen, das ich mir, wenn ich dürfte, von Morgen bis Abend auftischte. Es kan sein, daß sich dieser Brief erst mit dem Jahre endigt.

Mein Leben hier hat Leben und dauert so fort. Ich gewinne die gutmüthige Amalie immer lieber, die gern die Freuden austheilt, die das *Osterlam* wegfrisset. Neulich rief sie mich, Böttiger – auch Herder, der aber nicht kam, weil er sich vom Aerger über die zum erstenmale beschaueten sitlichen und ästhetischen Fehler des »Wallenst[eins] Lagers« einen Katarrh geholet – und Hofvolk mitten in Italien hinein. Eine mailändische Sängerin mit ihrer Mutter, unaussprechlich hold, kultiviert, kindlich und feurig zugleich – so schön, daß das *Osterlam* sich immer neben sie stelte, um sie zu fressen; denn gefressen wird sie doch einmal, an irgend einem Hof – sang zwar nicht mit dem geschlifnen Metalklang unserer Jageman, aber doch weit – himlischer. An einem Hofe bis ins Herz hinunter aufgeregt zu werden, unweit des *agnus dei,* des jungen vorlauten Graf Fries aus Wien, und anderer Kavaliere – meinen alten Einsiedel ausgenommen – dazu gehöret viel, aber doch nur ein solches Zauberwesen, das einen auf die Flügel nimt und ohne hörbaren Flug, so zwischen Orangen und unter welsche Goldsterne niedersezt. Denn in Italien schimmern aus dem reinern Blau die Sterne golden, nicht silbern.

d. 17 Decem.

Wie wenig Herder lieset – so Goethe, Schiller, Fichte (der gar nichts) – sieh daraus, daß er Jakobi über den Realismus erst las, weil ich ihn in meinen parakritischen Noten über seine Metakritik darauf verwies; und von Jakobi bat er sich dessen Spinoza erst zum Lesen aus. Ich schlug seinen Brief an diesen in meinen, den er mir offen gab wie ich ihm meinen zeigte; und ich bin hoff' ich der medius terminus dieser edlen Geschiedenen. Beim Himmel, er lobpreist mich sehr im Briefe an Jakobi. Beiliegendes bezieht sich auf 2 Briefe aus »Jean P[auls] Briefen« die ich ihm geben muste, der eine enthielt mein Testament für meine Töchter, der andere war ein Brief an meinen Sohn Hans Paul

über die Philosophie, worin ich mit einem lyrischen Lobe des geliebten Herders schliesse. – Ich gehe in *alle* seine Predigten – in die Rathshernloge –, schon – 2mal war ich in der Kirche. – Endlich scheint es Zeit zu sein, Weimar anzuschwärzen nach so langem Tünchen. Erstlich stiehlt man hier gewaltig – z. B. da 300 Hasen reissend weggiengen (denn alles ist hier vol, ausser die Beutel; es kommen immer mehr Engländer pp.) so stahl man am hellen Tage der einen Magd den Mantel (den haben sie alle wie Philosophen) und der andern das Halstuch. Zweitens – und das ist die Ursache der Wirkung – hat man nichts, das Volk ist eben so arm als schön, d. i. ein verkehrtes Leipzig. – In der vorigen Kälte brachte meine Wäscherin die Wäsche 3 Tage früher; niemand lebt von heute auf morgen, sondern von Morgen auf Abend. Sie sind höflicher als die Leipziger. Strenge Polizei. Um 11 Uhr Nachts ohne Laterne zu sein, bringt einen auf die Wache. Meine gute Wirthin bedachte mich mit einer wie ich in Hof hatte. Wie viel ich leider trinke – da hier nur das englische Bier gut ist, aber so, daß du mehr Glas als Nas* einkaufst und zwar für 21 Pf. 1 Bouteille, wovon man 3 braucht – das mus dir daraus einleuchten, daß meine Kienhold, die wie ihr Man nie einen Tropfen englisches Bier anlekt, sich ein Fas davon eingelegt, blos um es an mich zu verzapfen.
– O Gott! sage mir doch, was ich dir schreiben sol und ob dir diese minutiae recht sind, – indes mir deine fehlen.
Hier lebt man eigentlich wohlfeiler, und doch ich theuerer; in Leipzig 21 gr. für das diner, hier 28, aber es ist auch besser. – Die algemeinen Freuden, z. B. das Essen im bürgerlichen Klub, worin ich bin, kosten wenig, z. B. dieses 6 gr. für 3 oder 4 Speisen. (Ich meine Weimarsches Geld, den Laubtl. à 1 rtl. 15 gr.) –
Apropos! Karoline schrieb mir ihren und Amönens närrischen Entschlus zum Hofleben. Nur die väterliche Folter kan ihnen diese Exzentrizität abnöthigen. Ich werde ihnen darum schwach abrathen, weswegen ich keinem abrathe, in den Mond hineinzufliegen. Und warlich ein Hof ist der Mond, nur daß da nicht wie in dem des Ariosts der Verstand gefunden sondern verloren

* Diesen Reim produziert' ich bei der Herzogin A[malie] und Herder beurtheilt' ihn aufmunternd.

wird. Niemand taugt dahin weniger als diese ins Freie wachsende Seelen. Z. B. So gut man hier ist, so schreitet doch das Öffentliche im Kurialhohlweg fort. Z. B. Sontags giebt der Hof ein Konzert; unter den Bürgerlichen auf der Gallerie ist wenig zu hören. In den Saal können nur Edelleute. Doch dürft' ich mich exzipieren, aber »man mus einen Degen anhaben, um nicht aufzufallen« sagte mir der gute redliche Prinzenhofmeister Riedel. Ich versezte: so ists vorbei; andere werden durch Degenabnehmen degradiert, ich würd es durchs Gegentheil. Und als ich probierungsweise bei Amalien sagte, »daß ich das Konzert entbehrte, weil auf der Gallerie nichts zu hören wäre« lud sie mich blos ein zu ihrem durch die Mailänderin.
(. . .)

54. An Christian Otto.

[Weimar 27. Jan. 1799]

(. . .)
Ich hatte seit 3 Tagen – gerade nach dem Ende meines Buchs, wo ich meinen Tod* beschrieb – troz der Muskulargesundheit starken Nervenschwindel; [ich] habe mich geheilt. Es kam vom Wetterglas – Arbeiten – Weintrinken und Disputieren abends. Noch in keinem Jahr strit und trank ich so viel. Mit Schiller neulich bis um 12 Uhr Nachts; und mit ihm und Göthe bei der Kalb. Ich bin jezt keker als je, blos durch das Errathen des fremden Haltens von mir, nicht durch mein eignes. Göthen sagt ich etwas über das hiesige Tragische,** worüber er empfindlich ¼ Stunde den Teller drehte (ich hatte Champagner und einen Vulkan im Kopf) Aber Wieland – der wieder da war und dessen Gegenwart mich durch das Simultaneum der Einladung alzeit aufzehrt – sagte, »so wärs recht und ich gew[änne] ihn dadurch – wir w[ürden] noch die besten Freunde – [er] hat mit Respekt von [mir] gesprochen.« Als ich [zu] einem Diner bei Göthe geladen war Schiller zu Ehren, nebst Herder und andern, der

* In Karolinens Brief sagt' ich einen andern Tag; aber Chronologen, die [mic]h hier vereinigen wollen, dürften [nu]r bedenken, daß ich vieles 2mal mache.

** Böttiger, alles lobend, lobte mich auch darüber, »wir denken alle dasselbe, aber es hats ihm noch keiner gesagt.«

ihm aber nicht ein Ölblat, geschweige einen Oelzweig des Friedens, den Göthe gern schlösse, reichte – wurd' ich und Herder zu Göthes Einfassung gemacht, ich der linke Rahmen und er der rechte; hier sagte mir Göthe, der nur almählig warm werden wil – so ist er gegen Schiller so kalt wie gegen jeden –: »er habe seinen Werther 10 Jahre nach dessen Schöpfung nicht gelesen; und so alles: wer wird sich gern eines vorübergegangnen Affekts, des Zorns, der Liebe pp. erinnern?« Und so ekelt Herder auch vor seinen Werken. So etwas solte [den] Selbst-Gözendienern von Litteratoren und Rektoren gesagt werden, damit sie, wenn solche Männer demüthig sind, wenigstens – nichts wären. Ich schämte mich vor ihnen, nicht so zu sein, sagte ihnen aber auch, daß mir meine Sachen zwar sogleich nach dem Abdruk ungemein gefielen – ich kente keine bessere Lektüre –, aber auch vor demselben desto schlechter, weil ich da das Ideal noch nicht vergessen hätte.

Wie sehr meine Weltkentnisse und Einsichten in Weimar zunehmen ist nicht zu sagen, aber zu beweisen durch Thaten (opera).

Schiller – der ganz den Sprachton Wernleins und in der Ferne sogar dessen Physiognomie hat, die nur in der Nähe wieder sich wie beide unterscheidet – nähert sich sehr der Titanide und sagte schon 3 mal zu ihr: wir müssen mit einander nach Paris. (Hier ist alles revoluzionär-kühn und Gattinnen gelten nichts. Wieland nimt im Frühling, um aufzuleben, seine erste Geliebte, die La Roche ins Haus und die Titanide stelte seiner Frau den Nuzen vor) Schiller achtet unendlich den fürchterlichen Retif de la Bretonne, wovon du etwas gelesen und der das höllisch- und himlisch-geschriebne Buch le coeur humain devoilé gemacht; und wil ihn zu sehen hin. Humbold aus Paris schrieb ihm, dieser Gott-Teufel sehe wie – ich; und Sch., der mich ganz gelesen, findet unter uns nur den Unterschied der Erziehung; und darum sucht und liebt er mich jezt. Ich habe alles von der Titanide. Indessen merk' ich von jenem Suchen nichts.

Ach du erfährst überal nur 1/13 weil keine Zeit da ist. Aber im Lenz! – Frühling sag ich ungern, weil das Wort mehr Zeit wegnimt.

So viel ist gewis, eine geistigere und grössere Revoluzion als die politische, und nur eben so mörderisch wie diese, schlägt im

Herz der Welt. Daher ist das Amt eines Schriftstellers, der ein anderes Herz hat, jezt so nöthig und braucht so viel Behutsamkeit. Ich nehme in meine Brust keine Veränderungen auf, aber desto mehr in mein Gehirn; nur dieses hat in Weimar Irthümer abzulegen.
(. . .)

55. An Christian Otto.

[Weimar, 23. Jun. 1799]

Lieber Otto! Auf welchen Umwegen wird wohl Puphkas Wein zu mir gelangen, und wird er überhaupt? Das Grab der Corday – wo blieben deine Beiträge? – hab ich, wenn nicht blumig, doch grün gemacht.
[– Warum hab ich noch kein eheliches Band zusammen gewoben als weil ich dato auf 4 Wirkstühlen auf einmal size und heute da eine oder 1½ Elle fertig webe, morgen dort. –]
Deine Blätter über den Titan betreffend siehst du mich durch ein Glas an, das von fremden Vorurtheilen angelaufen ist.
[Da mich die Frikzionen der Veränderungen erziehen, fodere ich Veränderungen von denen, die in keinen leben.]

d. 28. Jun.

[*Lücke*] wiewohl er den Reflex seiner Strahlen oft für meine hält. In der grossen Welt veracht ich die Männer (. . .) und ihre freudenlosen Freuden; aber ich achte die Weiber. Allein sie ist mir nöthig, um den Geist der Zeit zu erforschen; auch bin ich in ihr freier und selber erkanter als in der kleinstädtischen. (Was hab' ich denn Hof *namentlich* in den Briefen gethan?) Übrigens sagt ich gestern zu Herder: hab ich geheirathet, so kriech ich in ein Loch und stecke nur den Schreibfinger heraus. – Ach ihr wisset nicht, wie mir ist, aber ihr werdet es im Titan unter einem andern Namen einmal erfahren. – Von Wernleins ofnen herlichen Himmel hatte mir schon Amöne erzählt; aber leider sonst nichts aus deinen Briefen. Mit meinen gedrukten ist das boshafte Weimar doch zufrieden, sogar Goethe: sage du auch etwas darüber!
Geld wil ich gegen Michaelis zusammenmachen. – Herders Metakritik hab ich verliehen, du bekomst sie. – Du hast etwas Wichtiges vergessen: ob Roquairol Obrister wird oder nicht. –

Die Wiederholungen kommen vom öftern Umschreiben, wo ich nicht mehr behalten konte, ob ich etwas schon einmal geschrieben – manche sind scheinbare* – die andern sollen weg, wie alles Affektierte und Geschmaklose. Das närrische coupierte, ankündigende Erzählen hab ich mir leider von Tristram angewöhnt. Das Schlimste ist, daß ich unter dem Machen immer selber mir die Vorwürfe machte, die du mir machst. Ich werde dir *oft* folgen, aber nicht immer; du bist wie die Weiber, zu sehr auf Geschichte aus und gegen das Komische auch von zu zärtlichem Geschmak. Smollet lässet einen Nachtstuhl umrühren – denk' an Shakespeare, Swift, Göthes Faust. Deine geistige Idiosynkrasie ist ein zu grosser Ekel: wie hat mich nicht das *Beriechen* des Gartens im Fixlein gequält? – Wenn ich eine unbedeutende Nebensache zu sagen habe: so sag ich sie lieber lustig als ernsthaft. – Das öftere Ich findest du bei allen komischen Autoren. – Manche Wiederholungen »ich wolte, daß« »es fält mir auf, daß pp.« findest du in Sterne und überal; es sind eben so wenig welche als 10mal in 1 ernsthaften Buch zu sagen: es ist nicht zu läugnen. Ich werd aber viel wegthun, wie z. B. das L. S. Aber der Sallat wird gemacht. – Oft must' ich laut auflachen über meine komische Gestalt, in der ich erscheine manches 3, 4 mal wiederholend. – Über den *quirlenden* Lämmerschwanz hatt ich unter dem Schreiben die höchste Freude, da das Beiwort so unendlich malt; und ich weis ernstlich nicht, warum es kindisch sein sol. – Das lezte Kapitel, das du so lobst, hat mir nun gerade die kleinste Mühe gemacht; es strömte hervor, aber ich war in Begeisterung. –

Mein Trost in diesem deutschen Leben ist, daß ich nach jedem Band zum Titan einen Anhang habe, wo ich zwischen meinen 4 Wänden bin und mache was ich wil. – Ich danke dir noch einmal recht innig für deine scharfe, und bestimte und doch schonende Kritik; denn ich fürchtete eine schärfere. Lebe wohl und grüsse die Deinigen. Unter euch 3 würde d. h. werd' ich sein wie ihr, nichts als Liebe. Leb wohl Guter.

* z. B. zu sagen: er bricht sich einen Zweig vom Freiheitsbaum – und ein Jahr darauf zu sagen: legt eine Harzscharre daran an, ist keine Wiederholung.

56. An Christian Otto.

[Weimar, 2. Juli 1799]

(...)

– Ich las deine Kritik des Titans mit solcher Gutmüthigkeit und Liebe, daß ich erst nach der 10. Lesung recht – tol wurde, nicht über die Urtheile sondern über den unwilligen Ton derselben, der sonst deiner nie war. Jezt aber ist alles verdampft und bezwungen und berichtigt, lieber Otto! Nur einiges zur Rechtfertigung. (Übrigens merkt' ich bei dem Schreiben und Lesen, daß der Titan wegen seiner grössern Helden den humoristischen Anstrich des Fixleins nicht verträgt; auch wil ich einige von dir getadelte Szenen blos in den humoristischen Appendix werfen) Mit den Wiederholungen nimst du es strenger als irgend ein Autor z. B. Swift* verträgt, der z. B. die Einkleidung »er wolle ein Buch über etwas schreiben« immer in neuer wiederbringt. – Unbegreiflich ist mirs vollends wie du, wenn ich hier sage »sein Geist hatte die Kälte, Helle und Schärfe des Diamants«; und dan weiter unten: »der hohe Mensch wird an hohen, wie der Diamant an Diamanten glänzend« und weiter: »er zerfiel auf einer breiten Unterlage schwarz kalter Menschen, wie man Diamanten auf einer Unterlage von ausgebranten todten Schmiedekohlen verflüchtigt« das auch nur im fernsten Sinne Wiederholungen nennen kanst, da es neue Vergleichungspunkte sind; umgekehrt ists eben schwerer, diese an gebrauchten Objekten zu finden. Und dürfte man das nicht: so könte kein Gott mehr ein Gleichnis machen, weil es kein ungebrauchtes Objekt mehr giebt. – Am meisten fiel mir deine Teleologie über das Präsentieren und Sallatmachen auf, eine Erbärmlichkeit, die man ja von dem ersten besten Bedienten erfahren könte ohne je eine Tafel gesehen zu haben. Und kanst du denken, daß ich, der ich Gesundheit der Kunst aufopferte, diese einer kahlen Eitelkeit preisgäbe? (Der Sallat ist wegen der Malerei des körperlichen Spiels und wegen des Froulay) Ja ich bin oft eitel, aber frank und frei und spielend, weil ich immer etwas in mir habe, was sich um keinen Beifal schiert. In meinem 10. Jahr erhob ich mich *ohne* Muster und Nachahmer schon über Stand und Kleider und war ein Republikaner im 18ten; und finde noch jezt

* So mit dem 3 mal wiederholten Essen; in der Klarisse wird über 1000 mal der Thee getrunken; man kan nicht anders.

hier einen Muth und eine Denkungsart gegen Fürsten in mir, die ich bei den grossen Männern hier eben nicht so finde. Überhaupt steig ich ja in die Nester der höhern Stände nur der Weiber wegen hinauf, die da wie bei den Raubvögeln grösser sind als die Mängen. – Du sagst zu meinem Geschmak, ich sol öfter aus Gefälligkeit als Überzeugung nachgeben. – An den guten B[öttig]er dacht ich nie und zum Glük widerspricht der Zug »Schäpe schlug die 4te und 5te Bitte immer andern ab pp.« ihm ganz. – Über kleinere Dinge rett' ich mich mündlich. – Nunmehr ist aber alles vorbei und du brauchst keine Antwort auf Vorwürfe zu geben, die schon erstorben sind. –
(. . .)

57. An Emanuel.

[Weimar, 17. Apr. 1800]

Mein alter Freund! Da ich leider sehe, daß alle Briefe der Menschen immer mit Klagen und Reden über das Briefschreiben selber anheben, und da ich also das sat habe: so wil ich – so sehr ich auch zu Klagen gereizt werde nicht über Sie (denn Sie sind stets mit Briefen bei der Hand und auf der Post) sondern über Otto, dem ich Sie zu sagen bitte, er solle mir wenigstens die fremden, zumal die Jakobischen und C. Briefe und an Oertel die andern zufertigen – einmal mich von der Menge unterscheiden und meine Epistel besser anfangen.
Es lässet sich von Zeit zu Zeit immer mehr dazu an, daß ich nach Bayreuth ziehen werde. Mein Dortsein wird Ihnen keine Plage machen, aber leicht mein Hinkommen. Auch ich – wie alle Ihre Freunde – brauche Ihre Hand, um in mein Glüks Nest zu steigen. Sobald mein Hinziehen entschieden ist – gegen das blos der Krieg die stärkere Einwendung macht – so werden Sie damit gemartert, daß Sie mir ein trefliches Logement in oder ausser Bayreuth – das ich schon näher, bis auf den Abtrit, bestimmen wil – auserwählen. Ja Sie sollen mir sogar – denn wozu sol ich so viel Geld und Gold mit Lebensgefahr neben meinem Bette aufgethürmet haben? – ein Stük Feld kaufen (ausleihen werd' ich keinen Kreuzer), das ich, es sei durch Verpachten oder durch eigne Landwirthschaft (ich bin darin seit

einigen Jahren fest) schon so benuzen wil – bis zu 15 proc. oder doch 14½ –, daß man sehen sol was ich von der Sache verstehe. Das ästhetische und kunstliebende Weimar und gar das Herdersche Haus begegnet mir freilich nicht wieder; aber die Bayreuther werden doch irgend etwas haben, was einen nicht zu Tode ärgert. Spezifizieren Sie mir einige der besten Köpfe woran und worin etwas ist. Ich wünsche sehnlich daß ich den Liefländer fichtischen Doktor (sein Name wil mir nicht beifallen) noch finde. Durch Sie und Otto wird es leichter werden, nach den Bayreuthern nicht das Geringste zu fragen. Wie wird Sie, guter Emanuel, mein zweites Herz liebhaben! Und wie werden Sie diese Seltene lieben und achten!

d. 18. Apr.

Sagen Sie mir, Guter, ein Paar Worte über die Möglichkeit meiner Träume.

Meine Fata wissen Sie vielleicht durch Otto, ich Ihre durch niemand, Ihr fortgehendes Wohlthun ausgenommen, was bei Ihnen Wohlsein ist. Ach warum wurde der gute Schaefer – in seinem Blut *ersäuft*? Ich hätte dan einen Freund mehr; aber meine C. sol wenigstens an seiner Witwe eine Freundin mehr haben. – Sie versprachen mir viel von sich zu schreiben. Ich bitte Sie, mir bald zu schreiben, weil ich schon zu Ende – Maies nach Berlin reise. »So treibt sich der Mensch auf der Erde herum« sezt man gewöhnlich dazu, als wär' es geistiger wenn er sich herumsässe oder sich austermässig anpichte.

Leben Sie wohl, mein Theuerer, Unvergesner, Hochgeachteter! Ihr Schiksal sei wie Ihr Herz und Ihr jeziges Leben wie Ihr zweites!

Grüssen Sie Christian Otto! Richter

58. An Friedrich von Oertel.

[Weimar, 1. Mai 1800]

(...)

Morgen fahr' ich mit den Herders nach Ilmenau, wohin uns Caroline, nach der Herder sich eben so sehnet wie ich und an die er schon einigemal geschrieben, wie sie an ihn, mit Augustens Mutter entgegenkomt. Möge dein Mai eben so schön ausfallen.

Ich bitte dich, fodere Otto die Briefe* für dich ab, auch damit ich sie mit dir in Leipzig finde. Thieriot besuchte mich und wurde dadurch ein Herderscher Tischgenos; geigte da; dan bei Goethe; dan am Hofe und war sehr glüklich. – Ich suche noch meine Wohnstadt für mich [und] C. im August, (wahrscheinlich Bayreuth). – Koch, der Mundharmoniker (vergieb der Kürze das Durcheinanderwerfen), dankte mir für die Zuhörer, die er durch die Leser des Hesperus gewonnen. – Apropos! Vor-vor-vorgestern kam ein junger sanft gebildeter bescheidner Mensch zu mir – er nante mir blos seinen Zunamen – ich hielt ihn für einen Studenten – und endlich durch die Wendung des Gesprächs hör' ich daß es Friedrich sei, nämlich Friedr. Schlegel. Sein kindlicher und alles Höhere leicht fassender Sin und seine Bescheidenheit machten daß er (meinetwegen war er gekommen) und ich Freunde (bis zu einem gewissen Grade) wurden und er einen Tag länger und immer bei mir blieb; er konte mich nicht sat bekommen und ich muste ihn noch begleiten. Unsere Disputierübungen war[en] sanft und verknüpfend. Sein Sin ist genialisch; aber seine Menschen-, Bücher- und a[ndere] Kentnis so seicht, daß du alle Steingen auf dem Boden zählen kanst. Auch Herder macht' ich durch meine Schilderung der 2 Tage zu dessen Nicht-Feind. – Den Tag vorher war der Antagonist Schl[egels], Schüze bei mir.

Übrigens hat mir neulich ein bremischer Buchhändler ein Kistgen spanischer pp. Weine geschikt als eine Einladung zum Kollaborieren an seiner ¹/₄jahrsschrift.

Guter Oertel, ich weis nicht, was ich aus dem Chaos von alten und neuen Nachrichten für dich fischen sol; warte bis zur Mündlichkeit, dan bekomst du stat des Fangs den ganzen Teich. – Mein Brief ist mager und zaundür gegen deine, aber das Schweigen ist gar Luft und noch dazu stilstehende.

Herzlich erquikt mich das neue Heil in deinem häuslichen Eden. Grüsse die Eva, die kein Paradies verliert sondern die es bekomt und giebt und konserviert. Lebe wohl, Alter, und schreibe mir vor dem Sehen!

R.

N. S. Ich liebe meinen guten alten Oertel recht herzlich.

P. S. Oder der Teufel sol mich holen.

* z. B. von Jacobi über den Clavis.

59. An Christian Otto in Bayreuth.

[Berlin, 13. Juni 1800]

Endlich komm' ich zu dir, vol wie der Wolkenhimmel, aber wie er unfähig meine Wassermasse von mir zu geben. Diese alte Klage ist diesmal die wahreste. Berlin warf mir ein oder ein Paar Universa in den Kopf. Seit 2⅓ Wochen siz ich hier, und mus noch die folgende bleiben, weil die Schauspieler (Ifland) meinetwegen den Wallenstein geben. Noch in keiner Stadt wurd' ich mit dieser Latrie aufgenommen als hier, und von einem solchen Heer, und ich kan nun nach dieser Erhebung, künftig nur auf der Stufe, nicht auf der Spize des Thrones sizen.

Potsdam mit seinen grossen Bau-Cubis und seinen herlichen Wasserscheiben macht einen auf die Stadt begierig, von der es sol übertroffen werden; man glaubt es gar nicht.

Weimar d. 29. Juny.

Gestern kam ich an; und fand deinen Brief, Geliebtester. – Zuerst nach Berlin! Bei Matzdorf, dessen Eltern und Frau vortreflich sind, logiert' ich köstlich – seidne Stühle – Wachslichter – Erforschen jedes Wunsches pp. – 4 Zimmer zum Gebrauch. Meinetwegen – und seinetwegen, aus Eitelkeit – lud er ein Pak Gelehrter zu sich, deren Diner von 2 bis 6. dauerte. Ich besuchte keinen Gelehrtenklub, so oft ich auch dazu geladen worden, aber Weiber die Menge. Ich wurde angebetet von den Mädgen, die ich früher angebetet hätte. Himmel! welche Einfachheit, Offenheit, Bildung und Schönheit! Auf der herlichen Insel Pickelswerder, (2½ Meilen von Berlin) fand ich so viele schöne *Freundinnen* auf einmal, daß es einen – ärgerte, weil jeder Antheil den andern aufhob. – Die herliche Königin lud mich brieflich nach Sanssouci, ich as bei ihr, sie zeigte mir alles um dasselbe pp. – ferner bei dem Minister von Alvensleben – endlich überal – Zölner lud 40 Menschen in der Yorks Loge zusammen meinetwegen – Viel Haare erbeutete ich (eine ganze Uhrkette von 3 Schwestern Haaren) und viele gab mein eigner Scheitel her, so daß ich eben so wohl von dem leben wolte – wenn ichs verhandelte – was *auf* meiner Hirnschaale wächset als was *unter* ihr – Flek, der höhere Tragikus als Ifland, und die Unzelman spielten vor mir götlich – Jeder Hund kante mich, weil er mich in der Loge gesehen – 2 Briefe, Billets und Stambücher schrieb ich da, mehr nicht weil ich des Tags nur 1½

Stunde hatte – Ahlefeldt lernt' ich noch inniger lieben und ich nahm ihn überal mit – Freund! es grauset mir, nur den Rahmen, geschweige das Gemälde zu machen; alles mus auf mündliche Erzählung verschoben werden. – (Die Federn hab' ich noch nicht.) Apropos! die Liebman wil mir einige (4) Wochen nach dem Termin die 80 rtl. wiedersenden und verlangt jezt blos, – da sie zu Johannis 1000 rtl. für das Haus zu zahlen haben – 500 rtl. gelehnt von mir; aber ich schlug ihrs doch ab. – Renate ist edler und könte das nicht; beide Gatten werden sehr sinken [?]. – Der Clavis, sagt Herder, findet überal Löcher und wirkt sehr in Jena. Herder empfieng mich nicht warm genug aus einem Grunde unten und weil der edle Man glaubt,* das Publikum versäume ihn, wenn es so lange von Titan pp. spricht und wenn es in den hamb[urgischen] und berlinischen Zeitungen steht, daß ich nach Berlin wil und daß ich da bin. – Auch Hardenberg wolte mich in Berlin zu sich haben; aber unser Verreisen fiel in zweierlei Zeit. Meines Rendanten wegen ist mir diese Kleinigkeit sehr lieb. – Der Ton an der Hoftafel war leicht und gut – mündlich ein Mehreres! – Nur in Berlin ist Freiheit und Gesez, bei Gott! Bei Alvensleben sprach man so frei wie auf – diesem Blat. – Meine Sydow hat meine vermehrte Achtung mitgenommen. Welches Weib! Südliche Naivetät (bis zum Komischen) – südliches Feuer – Festigkeit – Weichheit – und ein treues deutsches Auge! Sie lieb' ich wie es Gott haben wil – Hingegen im Thiergarten blieb ich bei der Bernard geborne v. Gad (Eger pp.) eine Nacht und rauchte meine Pfeife und gieng *rein* von dannen und Gott sei Dank, aber nicht mir.
Guter! Ich möchte bei diesen Briefen aus dem Innersten – kein Zweiter auf der Erde bekomt je einen ähnlichen von mir – dem deinigen zuhorchen; für meine Briefe an dich gäben die Schlegel alle meine Sentimentalia – Merkst du es denn, Guter, daß ich dich immer mehr liebe und achte und daß ich mich erquicke an deinen Ergüssen? und mich überlasse meinem höchsten Vertrauen auf deine liebende und für mich partheiische Exegese?

d. 3. July.

Oertel ist hier, der später zu seiner fürstlichen Schwester zieht. – Mit Ahlefeld knüpft' ich mich schön zusammen. Gegenwart ist Freundschaft. Er wurde zu den meisten Diners so gut

* und weil ihn im Clavis das Lob des verhasten Jacobi ärgert, das er mir vorwarf.

mitgebeten als mein Magen. – Ich habe schon viele berl[iner] Memoranda ausgeschwizt. Fasch Singschule – aus Mädgen der hohen und mitlern Stände – kleine Reisen, die ich von Berlin machte – z. B. nach Nauen zu einem nicht schönen aber herlichen Fräulein ohne Vater und Mutter auf ihrem Gütgen – der langweilige Nikolai – die Offenheit und dargebotenen (gegebnen) Küsse der Berlinerinnen – die wizige philosophische Dlle Chamfort wie ich die Jüdin Levi nenne – überhaupt die Jüdinnen, die wenig vom A. T. haben und daher ins neue immer heirathen, und tausend dergl. solte weitläuftiger berührt sein. Mündlich! Und doch ekelt mir so sehr alles Erzählen, daß ichs nicht einmal mündlich thue. – (. . .) Nach Berlin zieh' ich im Oktober, aber blos auf den Winter. Länger als der Schnee meine Mutter-Eva, die Natur, überdekt, kan ich dort nicht weilen. – In Dessau war am Hofe vielerlei Geschwäz und Behauptung, die Königin hätte dem Fürsten geschrieben, mir den Aufenthalt angenehm zu machen, weil ich hinzöge. Ich sah nur den guten dürftigen Spazier – den ich eben seines Mangels (Armuth) wegen innig liebhabe – und seine herzige Frau (die 4te Schwester der 3 Haar lassenden); und Wörliz, wohin mich Matzdorf, seine Frau und Mutter begleiteten. In W. gieng eine lange Geselschaft mit, einer hatte die gedrukte Beschreibung davon aufgeschlagen in der Hand und verglich beide – ein anderer hatte ein Sehrohr halb in der Tasche – ein dritter (das bin ich) hatte eine Burgunder Bouteille in der Hand und die Spazier mein Glas im Beutel. Ach las mich nicht sagen, wie die in die weite Natur hineingehauenen Licht-Strassen (nicht die Vexier-Architektonik) an meinem Herzen sogen und wie die grillenhaften elysischen Baum-Schatten mich in sich hineinspielten! O wie wenig fehlt mir zur höchsten Seeligkeit – und nur dieses Wenige erscheint mir nie. –
(. . .)

60. An Jacobi.

[Meiningen, 21. Juli 1801]

(. . .)
In Weimar hab' ich verlernt, über die hippelsche Koppelhut des Engels und Teufels zu erstaunen. Es liegt in der (dichterisch

oder philosophisch) darstellenden Natur; mein Roquairol hat jene ganz, und ich kan dich über diese doppelten Handelsbücher im menschlichen Herz auf einen recht guten Autor verweisen, der meines Wissens diese Besonnenheit der Sünde tiefer und fürchterlicher als einer gemalt – auf dich im Alwil. Aber doch sind 2 Entschuldigungen noch da: 1. Die Kentnis der Sünde ist ja im Moment in jedem Sünder (sonst wär' er keiner) gleichviel ob er nun dabei handle oder schreibe; und im kleinsten ächten Fehler ist der dümste Matrose ein Hippel – H. wird sagen, sol ich denn noch unmoralisch schreiben und fühlen, da ich schon so handle? – 2. Bei einer grossen Kraft ist das Gefühl der Freiheit, also der möglichen Umkehrung stärker; sie fühlt sich dem Himmel und der Hölle näher – Und doch da bei derselben Kraft der Freiheit auch die niederziehende Einwirkung des unmoralischen Gegengewichts kleiner sein müste, und der Mensch doch sündigt – und Helle des Bliks eben so stark für als gegen Tugend wirkt; so wie auch die Stärke, die Schwäche, die Sinlichkeit und alle Prinzipien der Heteronomie: so bleibt nichts zur Erklärung der Unmoralität übrig als das Unerklärliche, das Radikalböse, der Teufel. Etwas, was wir – nicht an andern sondern – an uns selber hassen und finden ohne Beziehung und Grad, mus doch etwas Positives (...) sein, oder die Tugend wäre selber nichts Positives.
(...)

61. An Jacobi.

[Meiningen, 16. Aug. 1802]

(...)
Wär' es nur möglich, dir wenn nicht einen Folianten doch einen Quartanten zu schreiben, so könt' ich doch sagen, vergieb die Kürze. – Ich fahre im Antworten fort. Dein Unmuth über den 1. Titan hatte wahren Grund; in Hof schon entwarf ich ihn und mengte zwei sich widrige Zeiten und Manieren zusammen. In ihm darf durch aus nichts Fixleinisch sein. Roquairol, dieses Zeit-Kind, die hohle runde Nulle an (hinter) der Einheit des Säkuls, muste dich im 1. B., wo er noch für, nicht gegen Gute zweideutig erschien, auf meine Kosten erzürnen; sein Ende

wird mich an ihm rächen. Jezt bin ich durch Weimar und mein Studium ganz über die Gränzen und Foderungen der Poesie im Klaren; wie du aus Lianens Tod und noch mehr aus den 2 lezten Bänden des Titans zu Ostern sehen wirst. Mit derselben Objektivität wil ich dan eine komische Biographie – einen Fixlein-Siebenkaes – anfangen, woran ich schon viele Jahre samle, worin sich die gelehrte, niedrige, vornehme Welt, die kleinen Hofstädte und alle bürgerliche Wirklichkeit mit allen Tinten zeichnen. Schon der Gedanke daran bringt mich in seelige Zeiten zurük. Heiter, leicht sol alles sein, die Satire scharf, und doch wirst du oft weinen. Nur dies Werk und meine philosophischen und ästhetischen Briefe vergönne mir Gott gar zu schreiben; dan wil ich hinfahren. In jenem Werke zeig ich zum Spas, daß griechische Gedichte zu machen sind. Sage mir doch zuweilen das Schlechteste und Beste für dich in meinen Werken. –
Auf deine Frage: was denn mein Ernst hinter der Dichtung ist? antwort' ich: deiner. Die Stelle im Alwil, wo du von [der] poetischen Auflösung in lauter unmoralische Atonie (»Gesezesfeindschaft«) durch lauter Reflexion sprichst, gab mir die erste Idee des Titans; du kontest nicht nur einen Roquairol dichten, sondern hasts schon gethan. Mein Ernst ist das überirdische bedekte Reich, das sogar der hiesigen Nichtigkeit noch sich unterbauet, das Reich der Gottheit und Unsterblichkeit und der Kraft. Ohne das giebts in der Lebens-Oede nur Seufzer und Tod. Mein ganzes Leben zog darauf zu, nie lies ich es, sogar im frühern Skeptizismus, und noch hält es mich, da mir das Leben täglich mehr verschimmelt, weil es mir gegeben was es hatte, alles. Nur gönn' ich der Dichtkunst eine grössere Freiheit als vorhin, (sonst wird sie ein – Hermes in Breslau); die sitliche Schönheit mus im Dichten nur die ausübende Gewalt, die Schönheit die gesezgebende haben. Meine zweite Veränderung ist, daß ich jezt weniger auf Menschenliebe (ohne einen Gott und eine Ewigkeit wärs sehr schwer, die Menschen im Ganzen zu lieben) als auf Kraft und Selbstachtung dringe, auch in mir. Daher ist mir Kozebue im Innersten widrig. Ich schade mir durch solche Aphorismen, die immer ein Buch erfodern. – Wenn du im Kynosarges Bernhardis Sonet gegen dich gelesen, wo die höchste Ungerechtigkeit zugleich die höchste Dumheit ist: so sag' ich dir, da ich ihn oft in Berlin bei mir gehabt, daß er

wie die ganze Klasse es nicht sehr böse meint, mit *Bewustsein* partheiisch ist, und daß er, der über dich und Fichte redet, weder diesen noch deinen – Spinoza gelesen. Wie eine widerlegte Frau, brachte er mir die Meinungen, die ich ihm heute todtgemacht, morgen lebendig wieder. – Die Einseitigkeit trägt jezt die Fahne der Litteratur. Bei Gott, ich folge nie dieser Fahne und möchte sie lieber zerreissen und verbrennen; ich werde daher nirgends in der Poesie (wenn ich einmal darüber schreibe) schonen oder lästern oder angehören. – Ich wolte, du hättest einen klügern Menschen als den Schlabrendorf über mich gehört, der mich noch dazu hasset, weil ich gegen ihn für seine vorige Frau war.

– Heinrich, nim Laudanum, ich bitte dich! Habe Dank für deine Belehrung über den St. Martin; ich widerrufe sehr gern. Leider hab ich von ihm nichts gelesen als Asmus Vorrede und hatte unschuldig den dummen Bode-Nikolai unter meinen Exzerpten. – Über Schillers Jungfrau? Sie ist sein Bestes, seine h. Jungfrau. Aber in der Geschichte selber ist sie doch grösser. Gegen Schiller, den deutschen Young, hab' ich viel; gegen diesen brittischen Prosa-Glanz.

Lebe wohl, mein Geliebter! Du komst und kanst nie aus meiner Seele, deine Lehren und meine Hofnungen sind die Wurzeln, womit du mein Herz fassest. Hätt' ich dich einmal gesehen, dan könt' ichs leiden, daß ich oder du stürben. Einmal an deiner Brust zu sein, so viel tausend Worte von dir zu hören, die ich so brauche, das ist mein Wunsch und Glük, aber meine Hofnung nicht. Schreibe bald, Heinrich!

Richter

Wenn du nicht bald schreiben kanst; köntest du mir nicht dafür alte halbleserliche Mspte von dir schicken? Ich bitte dich.

Deine Stolbergsbriefe gab im vorvorigen Winter der Kapelmeister Reichard in Berlin herum und man las sie sehr billigend. – Die von J. Müller hab ich längst genossen. Nur weicht die Gottheit des Jünglings vom Man.

Meine götliche Frau sol an dich wenigstens überschreiben.

»Genialische Weiber« und »poetische Tugend-Virtuosinnen«
(1796–1800/03)

62. An Charlotte von Kalb in Weimar.

[Hof, 9. März 1796]

Wenn Ihnen Jean [Paul] mit seinen 300 Blättern soviel Vergnügen gegeben als Sie ihm mit Ihren 2 kleinen gaben: so durften Sie schon so nachsichtig auf beiden kleinen gegen litterarische Blumenrabatten sein als hätten Sie selber sie besäet und begossen. Ich wünsche, daß Sie recht viele Personen loben, damit Sie recht viele fröhlich machen. Ein deutscher Autor hat nur Rezens[enten], keine Rezensent[innen], nur Kunst[richter], selten eine Kunstrichterin, er kan daher wenig hoffen, ein anderes Geschlecht zu interessieren oder zu befriedigen als seines. Das Ihrige erhält von dem unsrigen so gar wenig, nicht einmal Bücher d. h. nicht einmal Träume. Und doch bedarf die weibliche Wirklichkeit das magische Mondlicht der Dichtkunst so sehr. Es solte ein besserer Autor sich hinsezen und so zu sich sagen: nun da ich die Weiber so gut kenne – da ihre verschrienen [?] *Masken* nur *Schleier* sind, die ihre innere Schönheit eben so gut erhöhen als bewachen – da ich besser als 100 andre sehe, daß dem weiblichen Herzen, das eben so gut dichterisch und idealisch ist als der Kopf, die Erde wenig mehr zu geben hat als Seufzer und Wünsche – da ihr Mai des Lebens, anstat daß unsrer so schön ist wie ein gallischer, so naskalt und bereift ist wie ein deutscher, besonders der heurige – da sie wie Nachtigallen von lauter Dornen die Wolle holen müssen, woraus sie sich in einer stach[lichten] Taxushecke ihr Lager bereiten: was könte ich schöners thun als die Feder nehmen und ihnen – nicht jämmerliche deutsche Schmeicheleien, die ihnen in Büchern und an alle gerichtet nie gefallen, sondern – Morgenträume und sanft[ere] Seufzer geben als ihnen das Leben abzwingt. Und wenn ich nur einer einzigen über den regn[erischen] Morgen ihres Lebens einen Regenbogen ziehe – wenn ich nur einem Herzen, für das die Freundinnen zu *unmänlich*, Freunde zu *unweiblich* sind, den schönen so lang begehrten Engel der Liebe im Wolkenhimmel der Dichtkunst zeige, nach dem es dürstend unten die Arme ausbreitet und in dessen seine es der Todesengel hinaufträgt: so hab' ich genug gelebt und geschrieben. Unser selbstgesprächiger Autor kan sich damit entschuldigen, daß er nicht wuste, daß Sie ihm zuhören. Ich habe Mühe meinen Dank abzubrechen, da ich nicht weis, ob ich Ihnen *frühere* Antworten geben darf als mündliche. Wenn ich die hohe Dreieinigkeit der drei [grössern] Weisen als je aus dem Orient zogen, hören und sehen werde; so werd' ich kaum beides mehr können, sondern vor Liebe und Rührung verstummen. Wolte der Himmel ich wüste die Tagszeit, wo Sie die Blumenstücke lesen; ich würde nicht arbeiten, sondern im Freien herumgehen und nach dem Fürstenthum Weimar sehen und Zeile vor Zeile nachlesen und halb recht froh, halb recht furchtsam sein. Das Schiksal ahme, wie die Dichter die Wirklichkeit in ihren Dichtungen verschönernd kopieren, umgekehrt in Ihrer jenen nach und verwandle jede rothe Rose des Lebens, wenn Sie sie weglegen, in die weisse der Erinnerung, damit, wenn Sie nach vielen Jahren sich umwenden, ein grosser weisser Rosengarten hinter Ihnen blühe.

63. An Charlotte von Kalb in Weimar.

[Hof, 19. Mai 1796]

[Ein Stilschweigen auf solche Briefe wie die Ihrigen, gnädige Frau, bedarf eine grössere Entschuldigung als Ihre Güte fodert; jene ist, ich kont' Ihnen nicht eher gewis schreiben als heute, daß ich im Zwischenraum vom 2 bis 9 Junius den Salomons Tempel stehen sehe, den mir bisher so viele Davids Träume vorgemalt. Bände man mir die Flügel, daß ich auf meiner Austerbank sitzen bleiben müste: so würd' ich es Ihnen anzeigen. Ich kenne aber nur Eine Person, die meine Ankunft auf dieser glüklichen Insel kaum erwarten kan und die am meisten dabei gewint, und das ist meine eigne. Sie hingegen und der Kreis um Sie werden den Unterschied zwischen dem Menschen und dem Autor, so klein lezter ist, dennoch gros finden. –] Ein solcher Mensch hat stat der glatten Birke eine rauhe Borke. – Ich komme nicht als ein bescheidner Man sondern als ein demüthiger [nach Weimar. Satire wohnt in meiner Feder, nicht auf meiner Zunge, nie in meinem Herzen. Zu der] Seele, [zu der ich komme und eile und] deren Glorie mit so vielen Stralen auf ihren 3 Blättern [an mich] liegt, [werde ich mit der freundlichsten gehen, und dieses mein weiches, stilles und folgendes Herz mus mir bei demjenigen Herzen, dem meines nachahmt, Nachsicht schaffen! Ach ich bin so wenig und komme vor Herder!]

Die Gründe [Ihres Stilschweigens über unsere briefstellerische Verbindung] kan ich leichter voraussezen als errathen – [ich würde aber gewinnen, wenn Sie meine Beichte vor mehrere brächten. Bessere Stimmen als die meinige werden schon für] den schön verkörperten reizenden Geist Ihrer Briefe [gedankt haben], die ich eher in den Briefen über die Humanität aufsuchte als in den Briefen des Feleisens. Ihr [voriger] Brief, der um die Hälfte besser war [als der lezte] d. h. länger, [hatte vielleicht überal Recht. Ich war in Bayreuth, um dem Frühling bis an die Treppe entgegen zu gehen.]

Ihr schönes Herz besizt ein 2tes schön[es] – ein 3tes – 4tes – 5tes – – pp. pp. – und ohnehin das gutm[einen]de Ihres pp.

64. An Charlotte von Kalb in Jena.

[Weimar, 18. Juni 1796.]

[Gestern verbot mir die Eile die kleine Antwort auf Ihr Billet vol glänzenden Morgenthau. Ein Buch hab' ich jezt nicht für Sie, aber mitbringen wil ich mehrere Briefe. Gestern schwankte ich träumend mit Oertel und Düvau im Park umher; –] die Nacht zieht die Alleen höher und riesenhafter empor und lag wie eine zusammengerolte Ewigkeitschlange in der Kluft. Die Sehnsucht regte sich wie ein lebend[iges] Kind [immer stärker] in meiner Brust [und ich hieng liebkosend und weich an der Seele, die ich liebe. Sie wandelte unsichtbar an meinem Arme –] Ich höre ihre Gedanken und ihr lautes Herz. Wenn es schön ist im drückenden Zimmer [gleichsam] jede Empfindung aus dem fremden Auge zu trinken und dan gefült an das Angesicht zu sinken, das in der Liebe glänzt: so ist es viel schöner, mitten im donnernden Zauberkreise der [algewaltigen] Natur zwischen Bergen und Strömen und Sternen ans geliebte Herz zu fallen

und leise zu sagen: [du bist die Natur,] du bist das Universum, um mich und ich gebe deinem nahen Herzen alles, was der [grosse] Geist um uns in meinem erschaft.
Er [Goethe] ist ein Vulkan, aussen überschneit, innen vol geschmolzner Materie. [Schreiben Sie mir bald.]

65. An Charlotte von Kalb in Jena.

[Weimar, 28. Juni 1796]

In den bunten Mondschein des Traumes fuhr der grelle Bliz und das niederbrechende Meer der Wolken überzog alle Blumen der Phantasie. Ich dachte, der Himmel reisse meine bisherigen Tage, in denen ich aus einem Blumenkelch in den andern sank, mit dem Donnerkeil ab und der Bliz lecke über unsre kleine Welt. – Die Sehnsucht ist das (die) feine das Herz auseinander legende aqua toffana. Der Mensch bezahlt jede Freude mit einem doppelten Schmerz, dem der Sehnsucht und der Sättigung: nur mitten innen zwischen der Stunde, wo man das Sehnen fühlt, und der 2ten, wo man es befriedigt hat, liegt das Paradies, nämlich die 3te, wo man es befriedigt – Die Erwägung unserer abbrevierten [oft] von der nächsten Minute beschlossenen Zeit, [unsers innern hohen Verlangens und der äussern Oede mögen diesen Gesinnungen in Ihrer Seele immer mehr Glanz bereiten und Sie zugleich ruhig und seelig machen! – Das] ewige Wachsthum der Freuden, die die Aufopferung giebt, das fortgehende Verdorren der Freuden, die die äussere Nachbarschaft verleiht, [möge in deinem Herzen den heitern Glanz der Gotheit immer mehr ausbreiten! Der Mondschein unsers Lebens liegt nahe am hellen Glanze des ewigen Morgens.]

66. An Charlotte von Kalb in Weimar.

[Hof, 11. Juli 1796]

Über die 8 Tage kroch die Zeit mit kahlen nassen Flügeln ohne Schwungfedern. Ich kan meine Freundin nicht vergessen d. h. nicht entbehren . . . Ich kan es nicht ertragen, ein Herz, das ich gern an meines fassen möchte, ohne körperliche Form in die ganze transparente Masse des Publikums verflossen zu wissen – ich kan keine anonyme Liebe ertragen – der Titan hat seine Raupenhülse zerrissen. Nichts macht mich frömmer und milder als ein Fehltrit: ich hab' es nicht gewohnt, daß mein innerer Mensch sich eine Wunde stösset, und eben darum theilt ihm eine Verblutung ein neues sanftes Leben mit. Die Ferne heiligt die Seele und wärmet das Herz: . . . wenn mein Auge wieder in deines sinken darf, wenn ich wieder aus dem meinigen die Thräne über dein Geschik vergiessen darf, die aus dem deinigen nicht rint. Ich werde an deinem Geburtstag vor Sonnenuntergang auf einen Berg treten und nach der Sonne, die gerade in deine Gefilde niedersinkt, mit vollen Augen blicken und an dein Leben denken. Schau der fallenden glühenden Welt dan auch nach und wisse fest, daß ich an dich denke – daß ich die Wolken deiner beschatteten Tage werde [?] zählen und vorüberfliegen lassen und daß ich alle deine heissen Schmerzen von neuem beweine. »O (werd' ich denken, wenn ich dein wundgeschäältes Herz in der Vergangenheit von einem Felsen auf den andern geworfen erblicke) o gutes Geschik, gieb dieser müden Seele nur jezt einmal eine weiche [?] grüne Stätte – greife nur jezt nicht mehr hart zwischen dieses nur lose wieder zusammengeknüpfte Nervengewebe – Bescheer' ihr Ruhe in ihrer Brust, einen sanften Lebensweg, den die schimmernden Gletscher der 2ten Welt magisch begränzen, und lauter Menschen, die sie lieben, und Ruhe und Ruhe.« – Ich würde beredt sein (am Geburtstag), meine Zunge würde strömen wie mein Auge und von Wünschen überfliessen und wenn ich verstummend und beklommen auf die geliebte Hand hinsänke: so würde doch durch alle diese Ergüsse meine Brust nur voller geworden sein und nicht leichter. – Ihr Geist, der aus fremden Leibern nur den Geist auskernt. – Wo flattern die 3 meldodischen Grazien, die 3 Noten von Rousseau? – Es wird Ihr Herz wie ein h. Geist überschatten, wenn Sie diese Bücher lesen. – Handeln Sie, dan befriedigt sich Ihre übervolle Seele: Die That ist die Zunge des Herzens.

67. An Charlotte von Kalb in Weimar.

[Hof, 13. Sept. 1796]

[Oertel ist bei mir, eine kindliche Unschuld, ich liebe ihn – aber warum sagte ich so lange nichts, theuere Ostheim, von den Freuden, die dein lezter Brief mir brachte? Könte wohl die Idee, die wir von uns haben, je sich ändern? Eben leg' ich dein leztes Blat aus der Hand, ich liebe dich mehr, wenn ich dich traurig denke, und das bist du jezt.]

Sie würd[e] aus der Mächtigen eine Allmächtige. In mein enthus[iastisches] Feuer ist Schnee gefallen. – noch im Zittern des Todes sol meines (Herz) die lezten Schwingungen für dich thun.

68. An Charlotte von Kalb in Weimar.

[Hof, 8. Nov. 1796]

[Da mich Ihre Gründe gegen die »Vernichtung« und »Mondsfinsternis« nicht überzeugen, so würde ich durch die Befolgung Ihrer Bitte mich selbst verläugnen. Ich kan viel opfern, aber nicht meine Begeisterung für die Unsterblichkeit und deren Hofnung. Kein Verhältnis darf auf das des Dichters einen Einflus gewinnen. Vortreflich gesunde Naturen wie Sie haben wohl ähnliche Meinungen über Verhältnisse, aber für Schwächlinge ist es Arsenik.

Zehn Tage war ich in Bayreuth, an den zwei lezten sprach ich zu einem langen Abschiede die Fr. v. Krüdner, die nach Lausanne reiste,] um ihre schöne Seele an den Gletschern zu erwärmen. [Ihre grosse Aehnlichkeit und Unähnlichkeit brauchte eine mündliche Schilderung.

Durch die Krüdner sind mir die Etudes de la nature von St. Pierre bekant worden. Sie kennen sie wohl? Rousseau hat auf ihn gewirkt, aber nach ihm hat auch keiner weder schöner noch wahrer geschrieben.

In Ihrem Urtheil ist eignes Gefühl zuweilen vorlaut, daher gefält Ihnen Ihr Echo im Hesperus. – In den Mumien und der Mondsfinsternis misfält Ihnen zu sehr das mit Ihnen Dissonierende; aber ich verlange Ihr Urtheil über den dritten Theil des Hesperus. Sie sind eine transszendente Portraitmalerin der Indi-

viduen; dies verstehen Franzosen, aber keine Deutsche. Sie sind in diesem Punkte keine.]
Ein mänliches Herz ist der Tummel- und Zimmerplaz der ganzen Welt, das Kampffeld der politischen Verhältnisse und die Grotte der Freundschaft. – Der in so viele Arme zertheilte Strom der Liebe geht dan freilich nicht so tief und breit dahin als der, der unzerlegt aus einem weiblichen Herzen fliesset, das selten mehr umfängt als das, was es geheirathet und was es geboren hat. – Eine Seele, die [der] Guyon Herz in ihre Brust zu ziehen und zu fassen weis, täuscht sich über das Misverhältnis zwischen ihrem Werthe und ihrem Glauben, sie ist grösser und geistiger als ihr Glaubensbekentnis. – [Schillers] Furien Almanach hat mehr Salz als Farben: alles darin ist klein, ausgenommen das Kleine [die Epigramme. Ich werde nie etwas darüber sagen, so sehr die Mishandlung eines Reichard, Hermes pp. einen Bluträcher aufruft; aber] der genialische Egoismus, der heftigste [unter allen], verdient [im Algemeinen] äzende Farben und breite Striche. [Doch habe ich gegen Göthe und Schiller eben so viele Liebe als eigentliches Mitleid mit ihren eingeäscherten Herzen. – Warum hör' ich nichts von meinen geliebten Herders, die wie Jugend- und Heiligenbilder vor meiner Sehnsucht stehen, und von den andern, besonders von Knebel, den ich zugleich liebe und bekämpfe. – Ach Sie halten mich für so veränderlich und ich habe noch keinen einzigen Menschen aus Weimar vergessen, wie viel weniger Sie, aber] Ihre Hand drükt seltener meine Hand als mein Herz und presset dieses blutig. [Ersparen Sie mir jeden Argwohn. – Ich werde Ihnen lange nicht schreiben, aber oft an Sie denken.] – In Ihr weites glühendes Herz senke das Geschik immer die Flammen Nahrung.

69. An Friedrich von Oertel in Leipzig.

[Hof, 21. Juni 1797]

Ich beklage dich, Lieber, daß du zu einer Zeit, wo deine Hand etwas Schöneres zu halten hat als Papier und Feder, zu meinem Vortheil auf Kosten des deinigen schreiben must. – Ich wolte, die Berlepsch bliebe einen Abend hier: sonst lohnt es kaum der

Mühe. Ich weis voraus, sie wird mich zu sehr einnehmen. Das doppelte Lesegeld gäb' ich darum, hätt' ich nur eines ihrer Werke gelesen oder wüste die Titelblätter auswendig. Über die Klasse der Krüdner – wozu, nur mit neuen Fehlern, auch Amöne gehört – bin ich mit dir in Rüksicht der *Beobachtungen* (deine in einem Briefe an Amöne darüber sind vortreflich und erschöpfend) mehr einig als du meinst, nur nicht in Rüksicht der *Schlüsse* daraus. Kurz es ist die Klasse der poetischen Genies, und am andern Geschlecht fallen die egoistischen Mängel nur mehr auf. Mein ½ Titan streitet gegen diese Götter und Göttinnen: eben diesem Titan verdank' ich eine Aufklärung und einen ewigen Ruhepunkt, der meiner Seele bisher fehlte. – Aber o Oertel, wie kontest du in deinem vorvorigen Briefe mich so kränken? Kenst du dich und mich so wenig? 1) Hat jene äusserliche Affektazion Amandas nur die geringste Ähnlichkeit mit Krüdn. Fehlern? und also dein Urtheil über diese die geringste mit den Urtheilen über jene?
2) Ist nicht der Grim gegen Affektazion bei allen Menschen algemein?
3) Und könt' ich je gegen andere Fehler als gegen die der Gattung schreiben? je gegen die eines Individuums? Noch dazu ist es nicht der deinige. – Aber solchen Exegesen werden meine erweiterten Bekantschaften mich immer mehr blosstellen – so daß ich blos in eine grosse Stadt mit einem Hofe darum nicht ziehe, weil eine im Titan ihr ähnlicht – Nur du solst so etwas nicht denken. – Jezt sag' ich nicht mehr: sei glüklich! denn du bist es. Sondern ich sage: bleib' es!
N. S. Eine Freundin von mir, Fr. v. Schukman war bei dieser Berlepsch und dieser kündigte sie den Besuch auf die *Zurükreise* an. Jezt auf der *Herreise!* Das ist ein weiblich-genialischer Zug. »Wir wollen morgen fort – nein heut Abends – ach jezt!«
(. . .)

70. An Emilie von Berlepsch in Franzensbad.

[Hof, 23. Juli 1797]

Ich stelle meine zwei Entschuldigungen, theuere Freundin, sogleich voraus, um unbefangner mit Ihnen fortzusprechen:

Ihren ersten Brief bekam ich nicht, den andern heute; und meine Reise wurde durch die Brustwassersucht meiner Mutter verschoben. – –

Ihre Vermuthungen sind eben so viele Schmerzen für mich, nicht weil ich unschuldig bin sondern weil Sie trübe sind. Nein, Theuerste, so leicht vergess' ich nicht, und so leicht werden Sie nicht vergessen. Aus meinem Herzen durfte nie eine schöne Seele weichen, und keine, die ich liebte, und keine, die gelitten hatte – wie könte Ihr Bild, bei der Vereinigung dieser drei Beziehungen, je in meinem Geiste verschwinden oder erbleichen? Ich dachte oft an Sie, auch ohne meine 3 Lieblingsgesänge von Ihnen, aber immer beklommen, weil ich so viele Stunden Ihres Lebens denen ähnlich fand, die man auf zu hohen Bergen verlebt, in dünner oder leerer Luft, schwerathmend, um uns einsam und kalt, oben der stumme Himmel, unten der Glanz und die Kälte der Gebirge. – – Ach möcht' es mein Titan so klar darstellen, als es in mir steht, daß die ganze idealische Welt nur vom innern, nicht vom äussern Menschen betreten und beschauet werden kan – daß der Irthum, sie zu verkörpern, der Wunsch, sie zu be- und erleben, noch widersprechender ist als die Sitte der Nordamerikaner, die jeden Traum erfüllen zu müssen glauben, und daß es so viel ist als Geister in Körper, Gott in die Welt, Idyllen in Schäfereien verwandeln wollen. Auch mich haben diese Irthümer lange verwundet, aber endlich bekehrt. –

Am Dienstag abends komm' ich gewis, *wenn* das Wetter und meine sieche Mutter es nicht verbieten: liessen sie es aber nicht zu, so komm' ich während Ihrer 4 Wochen zwar *zuverlässig*, aber ich meld' es nicht vorher; denn im Nothfalle könt ich ja in Eger so lange wohnen, bis Sie mir die schönere Nachbarschaft zubereitet hätten. – Recht viel Grüsse an Ihre guten Kinder!

Leben Sie wohl, liebe Emilie, der Himmel stille das bewegte Herz mit seinem Frieden und nehm' ihm alle Thränen weg, die nicht der Freude und der süssen Sehnsucht gehören!

Jean Paul Fr. Richter

(. . .)

71. An Emilie von Berlepsch in Franzensbad.

[Hof, 30. Juli 1797]

Gute Emilie! So nenn' ich Sie künftig: schon in meiner Kindheit klang der Name Emilie meinem Herzen weissagend-schön. – Ich sezte eilig voraus, daß Sie bei mir die moralische Unmöglichkeit voraussezten, gegen mein Ehren-Wort – das ich meinem blossen Worte weit vorziehe – oder gegen irgend eine freundliche Erwartung eines Menschen (geschweige eines geliebten) zu handeln: sonst hätt' ich weder durch mein Schweigen noch durch den zurükgefoderten Rok Ihre liebenden Irthümer verdoppelt.

Warum sezet Ihre liebe Sehnsucht nicht die meinige voraus? – Ich habe dem Schmerze die schwersten Steuern abgetragen und ich habe nichts mehr zu verwinden als ein wachsendes Sehnen.

Den 5ten August, (Sonabends) wart' ich von 10 Uhr morgends an auf Sie, (. . .) weil Sie so wollen und bleibe 8 Tage bei Ihnen: nur Regenwetter *verschiebt* meine Freude.

H. Herold, der an den Geist Ihres Geschlechts zu mänliche Foderungen macht, kam dieses einzige mal mit erfülten zurük und wünscht sehr, Sie wieder zu finden wenn nicht bei Eger doch in seinem Hause.

Ach in Ihrem Herzen ist mehr Liebe als in Ihrem Auge und darum werden Sie nicht gekant und nicht glüklich. – Möchten Sie lieber an meinen Schlüssen und meinen Erfahrungen als an meinen Empfindungen Antheil nehmen! Ich kan wie Sie mit dem brenbaren Aetherglobus der 2ten Welt aufsteigen über die erste und in der Montgolfiere des Ideals mich in den ofnern Himmel verlieren, aber ich frage dan nicht soviel wie Sie nach der Erdenkälte in der Höhe, weil ich nur von der Erde, nicht vom Körper getrent bin. – –

Ihre guten Kinder gewinn' ich immer lieber: die sanftesten Grüsse an sie.

Lebe wohl, gute Emilie!

Richter

72. An Friedrich von Oertel in Leipzig.

[Hof, 13. Aug. 1797]

Mein Guter und Theuerer! Ich lege eben den Wanderstab aus der Hand und nehme die Feder darein: ich komme von Franzenbad oder vielmehr von der Fr. v. Berlepsch, bei der ich wohnte.

Du hast vielleicht schon gelesen, daß das Geschik meine gute Mutter, deren opferndes Herz ich ein wenig belohnen und erfreuen wolte, mit einer langsamen *stumpfen* Sense von meiner Seele und von diesem Leben abgeschnitten. Ach ich würd' ihr gern die Ruhe gönnen, hätte die Arme sie früher gehabt, ohne das Grab. Nun mehr ist Hof düster, eng, und ein drückender umschliessender Schacht für mich: der ganze Frühling und Sommer war, schon ohne die Wassersucht meiner Mutter, troz meiner Entzückung im Titan, eine schwüle Steppe für mich.

Ich gehe nach Leipzig in der Mitte des Novemb., *schon weil mein Bruder eine Universität* beziehen mus und weil Erfurt nichts hat als Einen (Dalberg). Ich achte die Uneigennüzigkeit deines Vorschlags, aber ich kan es doch nicht ganz abscheulich finden, von dir und deinem Glük nicht weiter entfernt zu sein als 1 Meile. Auch die Berlepsch zieht nach Leipzig. Ich habe nun im Leben Einer Woche mit ihr zum 1 mal erfahren, daß es eine reine einfache bestimte weibliche Seele giebt, die einen bessernden Genus, ohne Eine Ecke gewährt und aus der ich nichts wegverlangte: diese Emilie hat mich erhoben und ich sie. Lieber Oertel, dringe stärker in ihre Geschichte und Seele und du findest was ich zum *erstenmale* fand: so viele kühle Besonnenheit und *Unsinlichkeit* bei einer idealischen Phantasie. Ich mag sie gar nicht loben: sie besucht dich in 14 Tagen und ihre geistigen Schleier werden, bei ihrer enthusiastischen Liebe und Achtung für dich, leicht von ihren Reizen zurükfallen.

Also lies mir eine Wohnung aus, Lieber: sie mus 1 erträgliche Stube für mich, eine kleinere für meinen Bruder und Eine Schlafkammer für uns beide haben – ferner kan sie in der Vorstadt und ohne Aussicht sein (für etwa 30 rtl.) – Rauch und Sonnenhize und besondere Winterkälte darf sie nicht haben – einige Möbeln (da ich mein Gerümpel nicht gern so weit transportiere) und sogar die Gelegenheit, mit oder von den Leuten im Hause zu essen, wären mir als ein Surrogat meiner

eingebüsten Häuslichkeit erwünscht. Wilst du nicht suchen so lass' es Beigang thun. Meine ewige Regel für lange fortwirkende Entschlüsse ist: zu zögern. Denn der Zufal gab mir immer bei wichtigen Dingen das Räderwerk und ich brauchte es nur aufzudrehen. Ich habe nun die Kometen-Linien des Verhängnisses so oft und lange berechnet, daß ich aus Einer die künftige errathe: ich wuste den Tod meiner Mutter, meine Entfernung von Hof, ich weis meine höchsten Schmerzen und Freuden voraus. Und jedes *Auge* kan es, unter dem ein *Herz* ist.
Ich bin eilig, verwirt, müde und mehr, mein Oertel, suche für mich oder las es den guten Beigang thun, der gewis ein Logis eben so gern für mich erwählt als präpariert.
Ich kan dir in der Eile nichts auf dich antworten. Bald bedürfen wir keine Dinte mehr als Amalgama. Liebe meine Freundin, d. h. höre und errathe sie! Sie ist die erste genialische Frau, bei der mein Herz keine moralische Schmerzen lit.
Schlafe, träume, lebe froh, du gute Sophie, die ich bald finde.

Richter

73. An Emilie von Berlepsch in Weimar.

[Hof, 10 Sept. 1797]

Erst gestern bekam ich Ihren Brief; über Ihr Schweigen tröste-t[e] mich nur meine Kentnis der Schnecken- und Austerpost von Weimar. –
Ihr Bild hieng wie eine Sonne zwischen meinen andern Bildern, und diese hiengen als Nebensonnen um sie. Ihre lezte Stellung mit dem Leichenlicht und mit zurüksinkendem Kopfe bleibt vor dem innern Auge fest. –

Bayreuth d. 12 Sept.

Am Tage vor meiner Abreise wolt' ich meinen Brief volenden, und ein fremder Besuch drängte sich zwischen mich und Sie. – Ich wil sogleich die dürre Historie abfertigen. Der Wirth, der nicht der Ihrige wurde, schlug jede Vergütung seiner vergeblichen Erwartung aus. – Mein Abzug nach Leipzig ist gewis, obwohl das Logis noch ungefunden ist. Ein schöneres Wetter hätte mich nach Weimar gelokt; ich sehne mich an das Herz meines Herders zurük, aus welchem gleichsam der Ichor eines

höhern Geistes als des Nervengeistes seit meiner Jugend in meines überflos. – Und ich sehne mich nach Ihrer Seele. Aber in meiner kan noch nicht die Ruhe und Resignazion der Ihrigen wohnen. – Plane des Lebens und des Schreibens, junge Hofnungen und tausend Wünsche sind eben so viele unruhige, zuckende und mich verwickelnde Polypenarme, die zu viel umgreifen wollen. Ich werde mir alle diese Arme bis auf zwei einmal abschneiden – auf dem Lande neben meiner Frau.
Sie vermengen Algemeinheit der Liebe mit Veränderlichkeit derselben. Ich habe nie eine Seele der andern geopfert. Die Liebe hat so viele Stufen als es menschliche Liebenswürdigkeiten giebt, und die Liebe für die höchste darf die für die untergeordneten nicht vernichten. Sonst war ich, wie Sie mich jezt verlangen; aber sol ich jene Fülle des Herzens, die die ganze Erde und alle Wesen und Planeten aus ihm heraus sperret, um den weiten Plaz alles Liebenswürdigen mit Einem Wesen auszufüllen, wiederbegehren? – Ihre Forderung (oder Ihre Unähnlichkeit mit mir in diesem Punkte) ist keine *Eigenheit* Ihres Wesens, sondern eine Aehnlichkeit mit ihrem Geschlechte. Das Gegentheil wäre eine Eigenheit; und eine Aehnlichkeit mehr, die Sie mit unserm hätten. – Der Mensch ist ein aus so vielen Kräften zusammen geimpftes Wesen (gleichsam mehr ein Baum-Garten als ein Baum), daß er zum Gedeihen fast Sonne und Regen und Frühling und Herbst und Licht und Schatten zugleich bedarf: er hält oft die Uebermacht Einer Kraft für Harmonie aller Kräfte, und den freien Anklang aller Töne für Disharmonie. Ich sehne mich (figürlich und unfigürlich) von der Messiade zum Epigram, vom Kampaner Thal in die Holzschnitte – von der Dichtkunst ins bürgerliche Leben – vom Land in die Stadt – von Ihnen zu Andern, – aber freilich noch stärker zurük. –
Ich kan heut in der Eile – um einmal 2 Briefe fortzujagen – und im Mangel der Zeit, und in der Nachbarschaft der Zerstreuungen nichts rechts entwickeln noch mein Inneres so sammeln, wie es gern dem Ihrigen erscheinen möchte. In Hof hätte ich ganz anders geschrieben. – Wir werden in Leipzig (wenn Sie meine Eigenheiten so tragen, wie ich Ihre achte) einen Himmel nach dem andern ersteigen und neue Stunden erleben mitten im ewigen Dakapo der Zeit. – Eben meiner alles nachspiegelnden

Vielseitigkeit haben Sie ja auch eben mein Aufnehmen Ihres neuen und ungewöhnlichen, gleich dem Himmel einfärbigen Wesens zuzuschreiben.
Leben Sie froh, liebe Seele! Unser Herder trenne Sie von jeder harten Nachbarschaft! und jeder Genus der Freundschaft werde zu einer lichten Hofnung derselben. Und der ewige Geist sage es zu jeder fremden Seele: thue der wunden nicht wehe!

Richter

74. An Emilie von Berlepsch in Weimar.

[Leipzig, 17 Nov. 1797]

Mein Ihnen so unähnlicher Ort und Ihr Ihnen so gleicher Brief machen, daß ich eine ¼ Stunde nach seinem Empfang mit der überquellenden Seele, womit ich oft in den Stunden des schaffenden Enthusiasmus mich auf den Klaviertasten ausströme, für den empfangenen die Feder suche. O meine geliebte Emilie! wie sehr lern' ich Sie immer mehr lieben! Ach ohne das Herz meines Oertels – oder unsers Oertels, denn er kent Sie nun durch mich und Sie – hätt' ich Ihres nicht so lang entbehren können. Emilie, wie wil ich dich lieben, wie seelig werd' ich an deinem Auge weinen, wie werden wir immer schöner und höher unsere Herz[en] an einander bewegen! Um es zu wissen, wie man eine Seele liebt, mus man sich die Hofnung des Wiedersehens wegträumen und dan die Hand auf den beraubten Busen legen und ihn fragen, ob er nicht breche – ich habe mich schon gefragt, Emilie – – und doch würd' ich im Frühling noch grössere Schmerzen haben, denn ich hätte noch grössere Liebe. Jede Empfindung hält sich zwar für gränzenlos, aber die *Erinnerung* sagt ihr oder mir das was *sie* (es wäre sonst Widerspruch) nicht *fühlen* kan, daß sie wachsen werde.
Sie wissen, daß ich so oft die Wortsprache über die Körpersprache seze; aber doch fühl' ich – und in dieser Minute – daß jene die Sehnsucht nach dieser nicht nimt sondern mehrt, daß aber diese beinahe jene entbehren wil, wenn der Mensch an der Seite und an den Augen und an den Herzen und an den Lippen seiner geliebten Seele ist. Ach wie viel gäb ich für eine Stunde Ihrer Gegenwart nach dieser Stunde!
(. . .)

75. An Charlotte von Kalb in Weimar.

[Leipzig, 22. Dez. 1797]

[Auf Ihren lezten Brief ist es leichter schnel zu antworten als auf den vorlezten mit seiner etwas] winterlichen Gesinnung. [Die Anzeige Ihrer Augenkrankheit hat mir eben so wehe gethan, als mich die Nachricht Ihrer Heiterkeit erfreuete – ich beantworte Ihren Brief Zeile für Zeile.

Die Berlepsch] sieht [bei Ihnen] vor [dem] Laube die Frucht nicht [wie Sie bei ihr. Sie beide müsten einander lieben, so wie ich Sie. Die Berlepsch las meine Briefe, wie Sie ja auch thaten, wahrscheinlich nur stellenweise und nur guten Menschen vor.] Den Vorhang vor Ihrem Bilde, [Theuere,] zog ich nur vor h. Augen weg; [doch hab' ich zuweilen, wenn Sie misverstanden wurden, mir das Schweigen nicht gebieten können.] Die [meisten] Menschen stecken zu tief in ihrem sumpfigen Ich, um den reinen Abris eines fremden zu sehen.

[Den doppelten Scherz gegen die Berlepsch billige ich nicht, da er entweder meine Wahrhaftigkeit oder meine Verschwiegenheit kompromittiert.

Ich heirathe entschieden und gerade ein Wesen – wenn ich es finde – wie Sie mir es zeichnen. Seit dem Tode meiner Mutter] sehnet sich meine [ganze] Seele nach der Wiederkehr der häuslichen Freude, die ich nie dem weltbürgerlichen Reiseleben abgewinne.

In meiner Phantasie ruht Weimar auf einer verklärten Wolke. [Wen hab' ich in Weimar zu scheuen? da ich meine Visittenlaufbahn dort erneuere. Nirgends fand ich den Geselschaftston so fein, so ernst und so leicht wie dort.]

Niemand könte Sie aus meiner Seele verdrängen als Sie. [Sie bleiben meinem Herzen, was Sie waren.] Solche Stunden wie unsere sind mit einem ewigen Feuer bezeichnet.

[In Leipzig lieset mich jeder, wie ich aus allem ersehe, ich aber und diese Stadt passen nicht zusammen;] die bankerute Gegend und die ebene Flachheit der Seelen treiben mich bald fort und Weimar liegt [immer] vor mir als das Jerusalem, in das ich einmal einziehen mus, nicht um zu leiden sondern das Osterlam zu essen. [Am meisten gefält es mir bei Platner und Weisse. Die Mädgen sind im Ganzen schön, nicht geziert, man hat gegen sie

ein sonderbares, scherzendes Betragen, an dem mir der Mangel an Ernst nicht und die Achtung sehr gefält.]
– In meinen Gehirnkammern sind seit unserm Beisammensein einige Lichter mehr angezündet, aber meine Herzenskammern sind noch eben so geheizt. [Wie wolten Sie es anstellen, daß ich nicht in ihnen Sie finden solte?] Möge das neue Jahr die Augenlast, die auf mein Herz mit drükt, abheben.

76. An Christian Otto.

[Leipzig, 24. Febr. 1798]

(...)
Ich komme jezt auf meine wichtigste Aera und Epoche in Leipzig, die ausser Oertel niemand weis und erfährt wie du. Harpokrates lege seinen d. i. deinen Finger darüber auf deinen Mund! Ich gebe dir hier nur den Extrakt aus einem künftig mündlichen dicken Protokol.
Von der* [Berlepsch] ist die Rede, deren Seele die reinste, am wenigsten sinliche, idealischste, festeste weibliche ist, die ich je kante, die aber eine egoistische Kälte der Menschenliebe hat und überal nichts fodert und liebt als – Volendung. Sie erfült alle Pflichten der Menschenliebe, ohne diese. Ich behandelte sie in Eger mit einer mir ungewöhnlichen unsinlichen Zurükhaltung und nahm – selten ihre Hand – nur den weichsten Antheil an ihrem harten Geschik. Sie schlug mir ein schönes reiches höchst moralisches Mädgen in Zürch (Heidegger, Landvogts Tochter), ihre Freundin, zur Frau vor, für welche kein Werber bisher rein und gut genug gewesen. Sie zeigte mir [am Rande: Sile!] darauf Briefe von einem Professor St[apfer] in Bern, den sie nicht so wohl liebte als heirathen wolte und vor dessen moralisch-edler aber hypochondrischer Seele sie wie ein erhöhter Engel stand. – In einem einsamen Abend las ich ihr das erste Kapitel des Titans vor [am Rande: Sile!] und *sie* umarmte mich im Enthusiasmus: der meinige hatt' es nie gethan. – In Hof [am Rande: etc.] darauf sagt ich ihr, daß ich sie wohl oft in 8 Tagen in Leipzig wegen meiner dir zu bekanten Unart nicht sehen

* Des Zufals wegen, es ist die mir in Eger 3 Gläser schenkte und die du nebst Sohn und Tochter im Gasthof sprachst.

würde. Sie nahm das Schnupftuch vor die Augen vol Schmerz und mir war als säh ich ihre stechende schneidende Vergangenheit gewafnet wieder vor ihrem Herzen vorüberziehen. Ich sah aber auch das Übermaas ihrer Foderungen.

d. 27 Feb.

Ach diese Geschichte braucht Aktenfaszikel, auch lässet sie das Schiksal so unvolendet als ich hier. Einige Hauptzüge darin sind noch: da Sie von Weimar wiederkam, wolte sie ihr, der Heidegger und mein Vermögen zusammenwerfen zu einem Landhaus und ich solte die mitlere heirathen und sie wolte bei uns ewig bleiben. Dan fühlte sie die Widersprüche dieses seltenen Verhältnisses, die ich ihr zeigte. Ihre Seele hieng an meiner heisser als ich an ihrer. Sie bekam über einige meiner Erklärungen Blutspeien, Ohnmachten, fürchterliche Zustände: ich erlebte Szenen, die noch keine Feder gemalt. Einmal an einem Morgen (d. 13 Jenn.) unter dem Machen einer Satire von Leibgeber gieng mein Inneres auseinander: ich kam abends und sagte ihr die Ehe zu. Sie wil thun was ich wil, wil mir das Landgut kaufen wo ich wil, am Neckar, am Rhein, in der Schweiz, im Voigtland. So lieben und achten wird mich keine mehr wie diese – und doch ist mein Schiksal noch nicht entschieden von – mir. Ich schicke dir 2 Briefe *vor*, und die andern *nach* dem Zusagen der Ehe. Ach wie oft und wie zuerst dacht ich in jenen Tagen an dich, an dein Kommen zu mir und wie ich ein Paar frohe Minuten wie Blumentöpfe um dich stellen könte. – Aber noch ist die Sache (insofern sie von mir abhängt) nicht entschieden. Ich habe Oertel alles erzählt, er muste mein ganzes Betragen billigen, das nie gegen ein Weib so moralisch war: glaube also wenn ich von Nichtentscheidung rede, daß ich aus Gründen und nach Faktis handle, die nicht in dieser ${}^{1}/_{32}$tel Erzählung vorkamen. – In so fern Grösse und Reinheit der Seele und metallischer Reichthum beglücken können: so wär' ichs dan; aber pp. pp. pp. – Fälle aber doch aus diesem Schattenris eines Schattens ein Urtheil über ein Stük in Lebensgrösse.

77. An Christian Otto.
plus quam Maxime Citissime

[Leipzig, 13. März 1798]

Mein guter Otto! Mit unnenbarer Rührung und Freude hab' ich gestern deinen lezten Brief gelesen, erstlich weil ich auf ihn so furchtsam und mit solchen schneidenden Träumen entweder deiner Gesinnung oder deiner Gesundheit harrete und zweitens weil eine so schöne, helle, ergebene und liebende Seele darin spricht – aber auch eine zu ergebene: deine gänzliche insularische Seelenlage passet nicht für deinen Werth und dein Wissen; du must dich unter andere Menschen und Verhältnisse werfen als die Höfer.

Noch vor Ostern (Gegen Anfang Aprils), mein Theuerster, hab ich dich an meiner Brust wegen der Ferien meines Bruders, der nach Sparnek wil – und wegen meiner Sehnsucht – und weil ich dan von Hof nach Weimar wil, wo ich mit der Berlepsch die da ihre Tochter beringet, noch vor der Messe hieher komme. Was braucht es im Paradies der Liebe für Wetter und Frühlinge? wiewohl ich dir metereologisch [!] gestehen mus, daß es nach meinen Beobachtungen bis gegen Aprils Ende und im ganzen Sommer trocken und heiter bleibt. Hier dringt der Frühling schon grünend aus den Aesten. Nicht so viel Schnee fiel im ganzen Winter als ich eine Woche zum Trinken brauchte. – Zu Ende Mais geh' ich mit der Berlepsch nach Dresden, Seifersdorf, Tarant, und auf der Elbe nach Wörliz. Sie wohnt im Sommer in Golis und hält für mein dichterisches Seildrehen und Seiltanzen eine untere Stube offen und parat. –

Das was du über die – sagst, ist aus den tiefsten Mysterien *dieser* Lage geholt. Aber schon eh mein lezter Brief *geschrieben* war, hatt' ich *entschieden* und ihr gesagt, daß ich keine Leidenschaft für sie hätte und wir nicht zusammengehörten. Ich hatte 2 aus der glühendsten Hölle gehobene Tage und nun schliesset sich ihr zerschnittenes Herz sanft wieder zu und blutet weniger – ich bin frei, frei, frei und seelig, geb ihr aber was ich kan. Meine Rechtfertigung seze voraus – in Hof hörst du sie recht weitläuftig. Doch käm' es sogar nach meinen Confessions vor ihr nur auf meinen Willen an, mit ihr ein bürgerliches ewiges Band zu knüpfen. –

Gegenwärtige Briefe sende mit deinen Büchern zurük, die

immer durch die vis inertiae der Diener gegen deine Wünsche und meine Parliamentswahlen anders oder später kommen. – Schreibe worüber und wie du wilst: es wird mir allemal besser gefallen als dir. – Rosenmüller ist so mild und gutthätig wie ein Kind und gäbe wenn er ganz Afrika hätte, es jedem und behielte für sich nichts als das innere unbekante: was du also noch bedarfst, das fodere nur. – Von der Liebe und dem Ankommen deines Briefes hieng meines in Hof ab: jezt schweige freier, ich wil dich nicht mehr durch Befürchtungen quälen. –
Ich bin viel leichter in der Ehe glüklich als du denkst: wenn nur der Frühling der Liebe da war, dan frag ich wenig nach dem Sommer der Ehe. Glaube nicht deine opfernde Lage meiner ähnlich – ach in deiner wär' ich durch Jugend und Schönheit, durch grössere Seelen-Weichheit und durch leichteres Unterordnen in die mitlern bürgerlichen Verhältnisse zu glüklich gewesen. –
(. . .)

78. An Christian Otto.

[Weimar, 28. Dez. 1798]

(. . .)
Aber zu einer wichtigen Nachricht.
Durch meinen bisherigen Nachsommer wehen jezt die Leidenschaften. Jene Frau – künftig heisse sie die *Titanide*, weil ich dem Zufal nicht traue – die von Weimar zuerst nach Hof an mich schrieb, die ich dir bei meinem ersten Hiersein als eine Titanide malte, mit der ich wie du weist, einmal eine Szene hatte, wo ich (wie in Leipzig) im Pulvermagazin Tabak rauchte, diese ist seit einigen Wochen vom Lande zurük und wil mich heirathen und sich scheiden. Nim meinen Leichtsin nicht falsch.

d. 29. Dec.

Weiter! Die alte Lebensweise kehrte bald um, nur verklärter. Kurz nach einem Souper bei Herder und einem bei ihr, wo er bei ihr war (er achtet sie tief und höher als die B[erleps]ch und küste sie sogar im Feuer, neben seiner Frau) und als der Wiederschein dieser Aetnas Flamme auf mich fiel, sagte sie mir es geradezu. Sonderbar, ich möchte lieber 3 Tage mit dir reden

als 1 Minute darüber schreiben (auch hörest du das Bestimtere erst im Lenz von mir). Meine moralischen Einwürfe gegen die Scheidung wurden durch die 10jährige Entfernung des Mannes widerlegt, und durch den frühern Vorsaz für Schiller – von den 3 Kindern bliebe nur eines, das schönste klügste Mädgen – alle Güter sind die ihrigen – und als ich auf kameralistische Indemnisazion des Mannes und der Kinder (präliminarisch) drang, war alles ihre Meinung. Verdamt! ich ärgerte mich diese ganze Seite durch über dich, weil dir nie meine kurze schlechte Erzählungsweise recht ist, und mir doch vor langen Historien ekelt. Im Lenz, im Lenz!
Mit drei Worten! O ich sagte der hohen heissen Seele einige Tage darauf *Nein*! Und da ich eine Grösse, Gluth, Beredsamkeit hörte wie nie: so bestand ich eisern darauf, daß sie keinen Schrit *für* wie ich keinen *gegen* die Sache thun solle. Denn sie glaubt, ihre Schwester und deren Man, der Präsident, und ihre Verwandten würden alles thun, ach im März wäre alles vorbei, nämlich die Hochzeit.
Ich habe endlich Festigkeit des Herzens gelernt – ich bin ganz schuldlos – ich sehe die hohe genial[ische] Liebe, die ich dir hier nicht mit diesem schwarzen Wasser malen kan – aber es passet nicht zu meinen Träumen. – O Emilie, du sprachst mir die Liebe ab, und nur dieser opfer' ich Stand und Reichthum schon zum 2ten mal!
Wild bin ich ordentlich. Sieh, gerade um diese Zeit 97, gerade da ich Herminen malte, und jezt, da ich in den gedrukten Briefen an dich im Jenner mein künftiges Leben und Lieben wieder malen wil*: da kehret dieser Sturm zurük. Jene B – – Verhältnisse banden meine Augen und Hände zu und ich versäumte vielleicht ein Herz, das mir gehörte. Sol ich immer so spielen und hoffen und ausschlagen und verfehlen? – Solche Weiber wie beide verblenden gegen jede stillere weibliche Luna.
* Sonderbar sezt sich das Schiksal an meinen Schreibetisch und tunkt ein. Ich machte in Leipzig einige Briefe voraus fertig, wo mein Landgütlein Mittelspiz oder Spiz vorkam – sieh! Und meine Heirath. – Noch sonderbarer werd ich zu höhern Zwekken erzogen, die länger stehen sollen als mein Glük und mein Grab. Ich meine, ich kan dir nicht sagen, mit welcher ernsten Berechnung auf meinen Titan das Geschik mich durch alle diese

Feuerproben in und ausser mir, durch Weimar und durch gewisse Weiber führt. Jezt kan ich ihn machen, indes ich früher manche Fehler leichter *dargestelt* und *begangen* als *gesehen* hätte. Ach! Ich suche im ausgeleerten Leben ausser der liebenden altväterlichen, mein Jodiz palingenesierenden Ruhe auch nichts weiter als ein Instrument zu sein in der Hand des Verhängnisses, es werfe mich dan weg in die stille Höhle, wenn es mich gebraucht.

79. An Christian Otto.

[Weimar, 6. Jan. 1799]

Mein guter Otto in jedem Jahr! Ich schreibe dir sobald, um dir meine schöne Neujahrsmorgenröthe, die nicht an Wolken hängt sondern im Himmels Blau, zu zeigen. Erstlich ist mir die dikste Gewitterwolke weggehoben; mein Bruder ist in Sparnek. Er wil in Erlang studieren; und ich glaube, da er als Fremder mit einem akademischen Pas hinkomt, müssen sie ihn annehmen. Im entgegengesezten Falle schreib' es ihm, damit der Weg nicht vergeblich ist. – Danke dem Emanuel für seine Sorge. O jezt ist doch nicht mehr jede Freude und selber der Postbote mehr ein Ochsenauge am Horizont des Kaps!
Zweitens hab ich jezt mit der Titanide ein Elysium ohne Schwaden, alles ist leicht und recht und *gelöset*. Nur etwas, denn das Ganze bleibt dem Lenz! Ich schikte ihr den Tag nach der eisernen Stunde ein linderndes Blätgen. Ich sah sie darauf in ziemlichen Zwischenräumen immer nur vor Zeugen. Sie hatte mir einige Briefe von Amöne und Emanuel pp. (nur du bist und bleibst die ewige Ausnahme aber für dieses Wesen soltest du mir eine Ausnahme von der Ausnahme verstatten) abgebettelt, die ich aus Furcht, Flammen in die Flammen zu werfen, nur ungern und nur dem Versprechen gab. Unbegreiflich wandte die schöne Seele, die aus den Briefen spricht – zumal Emanuels und Amoenens – die ihrige um; und da ich kam, (am Neujahrstage gab mir der Algütige das Seelen-Eden) fand ich die Liebe ohne Gleichen, und ohne Ansprüche auf die quälende Aenderung, die künftige Treue für Man und Kinder, und etwas höheres als alle Verhältnisse geben. Aber verzeih ihren sonder-

baren, ihr manches erleichternden und ihr süssen Irthum* über mein näheres Verhältnis zu Amöne; als ich den Irthum nahm, blikte die vorher Frohe, wie vom Schrek getroffen, lange vor sich hin. Nein, es giebt nichts heiligeres und erhabeneres als ihre Liebe. Sie ist weniger sinlich als irgend ein Mädgen; man halte nur ihre ästhetische Philosophie über die Unschuld der Sinlichkeit nicht für die Neigung zur leztern. – Tausendmal leichter als mit der B[erlepsch] geh ich ihr durch alle Saiten der Seele; sie sol immer froher durch mich werden. Sogar ihren Man liebt sie jezt mehr; und ich mauere hoff ich einige aus dem Altar ihrer Ehe-Liebe gefalne Steine wieder ein. Er sieht und hört ihre Neigung; liebt mich aber nur mehr. Sie hat 3 grosse Güter und wird, wenn die Prozesse aus sind, wie sie sagt reicher als die Herzogin. Im Frühling geh ich auf das schönste und hab' alles. – Gestern sandte sie mir einen Traum, dem Jakobi und Göthe zusammen keinen heiligern Geist der Liebe einhauchen können; der sich aber so sehr auf und gegen meine Verhältnisse bei dem Pegasus und der Nachtigal bezieht, oder vielmehr deren Tochter, daß ich dir ihn nur – *bringen* kan.
(. . .)

80. An Christian Otto.

[Weimar, 2. Febr. 1799]

(. . .)
– Die Titanide hat an ihren Schwager, den Präsidenten in Manheim geschrieben wegen der Scheidung. Sie sprach mit einer Gräfin Bernsstorf, ohne den Man zu nennen, über eine hiesige reiche Engländerin Gore, die sie ihm zudenkt. Er und sie werden es annehmen. Hier sind Sitten im Spiel, die ich dir nur mündlich malen kan. – Ich beharre fest auf meinem Stand; auch ist ihr die Scheidung ohne alles weitere schon erwünscht, zumal da er mit einem neuen Ris die copula carnalis ganz zerrissen. Sie nahm, weil ihre Phantasie ihr nichts von der Unveränderlichkeit der Berlepsch giebt, ihre Neujahrs Resignazion schon oft und heftig zurük; – die glühenden Briefe werden dir einmal unbe-

* Sie hätte *denselben* Fehlschluß aus jedem andern weiblichen Briefe ziehen können, aber aus A[mönens] ihren gefiel er ihr am meisten.

greiflich machen, wie ich mein Nein ohne Orkane wiederholen konte. Aber es geht leicht, da ich sie ganz kenne; ich mus ihr nur nicht schreiben, sondern sprechen. Im Lenz! – Müst' ich ihr freilich auf einmal den Namen einer Geliebten ansagen – leider weis ich keinen – so thäte sich ein Fegfeuer auf. –
(...)

81. An Josephine von Sydow.

[Weimar, 6 Jun. 1799]

Theuere Josephine! Eben erhielt ich Ihre Blätter und Geschenke; und meine Seele kan nun nichts anders thun als mit der schönen Schwesterseele sprechen die zu ihr gesprochen. Ich habe so viel zu sagen und brauche stat des Papiers – Berlin. Der Winter ist auch für mich und für alle berlinische Gaben die schönere Zeit; nichts bleibt dem Zufal anheimgestelt als der Monat, aber nicht der Entschlus. Denn ich mus nun die vertrauende Seele sehen, die verwandte, die liebende, die geliebte, die leidende – Und die Seele, die ungesehen mich zu Thränen bewegte, da sie schrieb, daß sie durch ihre kleine Charlotte mir ihr Stilschweigen, wenn es der Tod auflege, entschuldigen wolle – O du weiches zartes Herz, hätt' ich es neben dir gelesen, ich wär' an dich gesunken und hätte nur geweint, nicht gesprochen! – Nein, so entschuldige dich nie! –

d. 10. Jun.

Stelte sich nicht die Poststrasse zwischen unsere Herzen, so solten Sie, liebe Josephine, schon längst ein Blätgen und gerade am schlimmen Tage erhalten haben, damit er dem guten ähnlicher würde. –
Ich wil jezt Ihren Brief beantworten.
Ich bin erst seit einem ½ Jahre in Weimar, wohin ich aus Leipzig kam. Ich habe kein Amt, weil ich nie eines wolte sondern, obwohl arm, doch lieber frei und am Schreib- und Studiertisch bleiben wolte als am vollern Estische des Staates.
In Ihren Werken hab' ich wegen der Eile erst geblättert, aber auch ohne Sehrohr hab' ich an diesem reinen Himmel schon viele helle Sterne gefunden. Ein Auge, das scharf bemerkt, ein Herz, das heilig schlägt, fanden meine auf jeder Seite der

geliebten Freundin; und Ihr reiner Styl thut meinem Geschmak, der mehr an Ludwig XIV als an Ludwig XVIII gewöhnt ist, innig wohl.
Die *Gründe* – nicht die *Illusionen* – für die Unsterblichkeit finden Sie in meinem Kampanerthal; blosse Poesie wäre keine Philosophie, Farbe ist kein Licht.
Ihre Verbesserungen im Liede: »la tombe est triste« sind vortreflich; nur zieh' ich die erste Strophe der ersten Ausgabe wegen der majestätischen Reime morne, l'orne vor. Die 3 lezten Zeilen im Gedicht »L'espoir« gefielen mir am meisten, weil Sie da nicht übersezten sondern erschufen.
In der Zeile Ihres Briefs, wo Sie, Unvergesliche, der Vergeslichkeit durch eine Gattin, wie fürchtend vorbauen, fand ich Ihr zu heisses Herz, aber ein Herz das sich auf der Erde zur Asche macht durch Gluth, nicht durch Tod.
Theuere Josephine, was könte ein so geistiges Verhältnis wie unseres von irgend einem andern leiden? Lieb' ich dich nicht wie einen Geist aus der vergangnen Welt, oder aus der künftigen? – Und keine Liebe ist unsterblich als die, die eben so rein ist wie Unsterbliche.
Schreiben Sie Bogen vol, ich werde um *Bücher* Papier vol bitten – schreiben Sie diese, ich bitte um Ries Papier. Aber ich – zumal im Sommer, den ich immer verreise – kan weniger oft als viel schreiben.
Der Algütige sei es auch gegen dich, und heile deinen Körper und, wenn er kan, auch dein schönes Herz.
Lebe wohl, wohl, vertrauende Seele! Du irrest dich nicht an mir. Deine aufknospende Tochter zeige dir deine Jugend, dein Herz und dein Verdienst! – Fodere von der Erde nur *Stille*, keine Melodie, und die Sphärenmusik mache dir dan dein eigenes Herz. Und sage dir immer:
Leiden sind schöner die das zweite Leben endigt und dies es fodern und verdienen, als Freuden, die ihm widersprechen und entsagen, und die es endigt.
Lebe wohl, Josephine.

Jean Paul

82. An Josephine von Sydow.

[Weimar, 26 Sept. 1799]

Theuere! So oft ich nach Berlin schreibe, schliess' ich einige Worte für Sie ein, so unbedeutend sie auch sind. Ihr lezter Brief wirkte auf mich wie alle Ihre; nämlich wie die Abend- und Morgendämmerung, die den Menschen weich, vol Sehnsucht und traeumend macht.

Man gibt und findet groessere Liebe, wenn man geliebte und liebende Wesen an ihrem Wohnort, im Zirkel ihrer Thaten aufsucht; an fremden Orten sind die Freunde fast Fremde. Ah darum möcht' ich Sie freilich lieber in Klein-Rambin sehen als in Berlin. Vielleicht geschieht es; aber niemand weis wenn; so weis ich auch nicht wenn – sondern nur daß – ich Sie in Berlin an mein Herz drücke.

Ich war wieder auf Chausséen. – Nur ein Titular-Legationsrath bin ich. (Verzeihen Sie diese Sprünge; ich kan Ihren Brief nur eilig und kurz beantworten) – Über die Liebe denk' ich wie Sie. Früher im zwanzigsten Jahr dacht' ich nicht wie Sie; ich glaubte, die Ehe zerquetsche mit harter Hand die weichen Blütenblätter der Liebe, indem sie sie pflükke; aber jezt glaub' ich, daß das wechselseitige Hingeben, das die Ehe fodert, das gemeinschaftliche Aufopfern für das Kinderglük, das Tragen von einerlei Leiden, das Streben nach einerlei Zwecken auch die heiligste Liebe, die vorher blühte, noch mehr heilige und die festeste verewige; selber die Freundschaft kan nicht so innig lieben wie die Ehe.

Victor hat allerdings Klotilde an den Brautaltar geführt, wie Sie aus dem 1. Theil der Blumenstücke sehen können.

(. . .)

83. An Christian Otto.

[Weimar, 16. Mai 1800]

Morgen geh ich nach Leipzig und dan nach Berlin. Himmel! ich müste in einen Dintenteich eintunken, um dir das Nöthigste ganz kurz zu sagen. Mit *gerührter Freude* las ich gerade am Abend, wo ich mit den Herders von Ilmenau und der Zusammenkunft mit C. zurükkam, das schöne Glük deines guten

Bruders; recht innigst bewegt' es mich, ob gleich der scharfe Stein auf diesem schönen Wege lag, daß du dabei fast verlierest. Das sol nicht sein. Wil denn das Schiksal alles dein Ergeben und deine Klugheit und deinen Werth mit gar nichts belohnen? O lieber Otto! – Aber es wird, es mus schon die Nemesis schicken mit ihrer Wage, um dich – aber mit und zu etwas besserem als man sonst die sächsischen Kurfürsten – darauf auszuwägen. – An deinem Namenstag war mein Herz in Wonsiedel – wohin ich mich unaussprechlich sehne – und sah Euch gute Menschen auch als glükliche und dankte dem Himmel, daß er blau dazu war. Schreibe mir ja deinen Ehrentag; ich wil ihn stil in meiner Brust mit feiern, ob ich gleich eine zu überfliessende habe, als daß ich sie in einen solchen Tag hineintragen dürfte. –
(. . .)
Federn! – Bier! –
Was du von der Liebmännin schreibst, diese Sinlichkeit war ihr längst anzusehen und anzuhören. Aber hierüber bin ich deiner theologischen orthodoxen Meinung längst nicht mehr sowenig wie Herder. Schon in meinem Hesperus sagt' ich von Klotilden ahnend, aber verdekt: in der höchsten Liebe sind die *besten* Mädgen wie die *guten*. Anders: jezt weis ichs *gewis*: aus Liebe sind sie alle, alle sinlich und es komt nur auf die Schlechtigkeit, gehaltene Stufenfolge und das besonnene Feuer des Mannes an, jede die ihn heftig *liebt*, zum lezten Punkt zu führen, weil diesen die Natur mit eben so vielem Rechte begehrt wie den Kus, und weil der Punkt nicht an und für sich, sondern nur unter Bedingungen (wie Essen und Trinken und Küssen) unmoralisch ist, indes z. B. Lüge pp. es unter jeder ist. Hier veracht' ich blos den Man; denn das Weib nüzet (befolgt), aber giebt nicht den Anlas. Liebe aus Sinlichkeit hat die Bessere nicht, aber wohl Sinlichkeit aus Liebe. – Und doch nehm' ich nichts von meiner alten Achtung für die weibliche Reinheit zurük; keine (gute) glaubt, daß sie fallen könne, weil keine sogar ihre körperliche unbändige Reizbarkeit d. h. Betrun[ken]heit kent; daher kommen ihre komischen Verwunderungen, daß eine fiel und anders handelte als sie sprach; (da sie doch dachte wie sie sprach); sie glauben, weil sie die Versuchung nicht wünschen, sie darum auch besiegen zu können, oder auch weil sie sich bei derselben nie den Geliebten sondern einen Fremden denken

oder weil sie sie sich gleich mit dem Höllenfeuer (Extrem) denken ohne den langen Höllenweg (die Gradazion) dazu. Diese Kentnis, mus ich dir sagen, macht einen eigentlich nicht sonderlich moralisch stark bei diesem Geschlecht, weil man dabei auf keine Subsidien zu rechnen hat als auf eigne. – Ich habe entscheidende Erfahrungen; und bin blos über die Art verlegen, wie ich öffentlich die Mädgen hierüber warnen sol. Hier sol der nöthige Saz stehen: daß ich – juristisch betrachtet, aber gar nicht moralisch – durch eigne Fügungen des Schiksals seit meiner Abreise aus Schwarzenbach in die – Prima noch derselbe juristische Junggeselle bin, fast.*

Ach wie meine Seele sonst so heilig war und so dum! Der Teufel hole das erste zerrüttende Wort, das mir die Kalb sagte und was fortbrante! – Und doch kan ich Freundinnen früherer Zeit nur in jenem magischen Lichte anschauen, so sehr, daß ich deiner Nachricht wegen der Liebmännin – deren tadelhafte Antwort »es siehts niemand« schon eine tadelhafte Frage und also einen zweideutigen Referendar voraussezt – auf ihr Ankündigungsbillet, blos weil die Kohle meiner Liebe für sie ins Wasser gefallen war, einen Anstandsbrief zurükschrieb und mich mit der Berlin[er] Reise entschuldigte. Den Tag *darauf* kamen beide. Ich liebte die schöne Freundin recht herzlich wieder und wir waren froh; – später gieng sie zur Schroeder; da verlangte er 200 rtl. geliehen – 80 gab ich ihm doch; aber er ist so zerstreuet und leer, daß er in den Schein den gar nicht sezte, ders ihm geliehen, sondern nur sich. Aber ich kan und darf dem *Glauben an die Menschheit* nichts abschlagen, daher ich heute für einen fremden hypochondrischen Doktor aus Schwaben bei einem Buchbinder bürgte, der ihm ein Miethpferd nach Gotha geliehen. Noch hat mich der Verlas auf Menschheit und Physiognomie nicht betrogen und bestraft.

* wär' einmal das Gegentheil, würd' ich dies so frei bekennen wie Rousseau der Welt, der 100 etc. mal gefehlt.

84. An Gleim.

[Berlin, 16. Juni 1800]

(...)

Aber jezt zu Ihren theuern Briefen! Womit, Theuerster, hab' ich diese mehr als väterliche Liebe und Sorge von Ihnen verdient? Und was kan ich Ihnen dafür geben, als was ich Ihnen schon als Ihr Leser früher gab, Achtung und Liebe? – Allerdings heirath' ich jenes Fräulein nicht, das die Herders viel zu partheiisch malen; nicht ihr Stand, sondern moralische Unähnlichkeiten scheiden uns. Aber die Ehe ist meinem Glük und meinem Gewissen unentbehrlich. Ausser der Ehe verstrikt man sich durch die Phantasie in so viele Verbindungen mit Weibern, die immer eine oder gar zwei Seelen auf einmal beklemmen und unglüklich machen. Mein Herz wil die häusliche Stille meiner Eltern, die nur die Ehe giebt. Es wil keine Heroine – denn ich bin kein Heros –, sondern nur ein liebendes sorgendes Mädgen; denn ich kenne jezt die Dornen an jenen Pracht- und Fackeldisteln, die man genialische Weiber nent. Ein Wesen wie Ihre Niece war, ist mein Wunsch. – Ohne Ehe, treib' ich mich auf Kosten meiner Gesundheit in Städten und Zirkeln herum, wo ich zuviel spreche und trinke. –

(...)

85. An Friedrich von Oertel in Belgershain.

[Weimar, 12. Aug. 1800]

100 mal fang' ich Briefe mit dem Datum an und sage nichts weiter. Dein gediegner helpolierter Styl etc. machen mein Lob zu ihrem und dadurch wieder zu meinem. – Weimar ist eine abgebrante Stadt, auf deren heisser Asche ich noch schlafe. Jede Stadt scheint mir vor dem Auszug eben so verkohlt. Die Poesie erbeutet bei dieser Völkerwanderung durch Oerter und Herzen; aber das Herz [wird] ein armer emigré; ich wolt' ich wär' ein réfugié in meiner Hochzeitstube. Wie ausgebrant und brennend, leichtsinnig und traurig, stoisch, poetisch, sat[irisch,] liebend, kalt, kek, sanft, weich pp. meine Seele jezt ist und besonders in welchen Mischungen das alles miteinander – dazu werd' ich schwerlich einen biographischen Karakter finden, um

es an den Tag zu bringen, es müste denn mein eigner sein in meiner Selbstbiographie. Nun werden Roste geheizt und Physiognomien von mir verfertigt, um sie darauf gahr zu braten. Wehmuth der Aeolsharfe schwimt auf langen Wogen.

86. An Christian Otto.

[Weimar, 25. Aug. 1800]

(. . .)

Desto herlicher glänzet dein Emanuel und du; ihr seid euch unentbehrlich und unzertrenlich. Mit Ahlefeldt glaub' ich gerade so Säkula lang auszukommen als mit Oertel Tage lang, jene gut, diese schlecht. Es giebt einen tugendhaften Egoismus (Berlepsch, Oertel, Caroline pp.), und so einen Stolz; wogegen sich alle meine Fibern giftig rüsten und wehren; einen andern Egoismus, und Eitelkeit ertrag ich viel lieber. Ahlefeldt wird sanft gegen mich und ich dadurch strenge gegen den H. J. P. sein.

Es ist freilich komisch, daß meine Treppe zum Ehebette (nach dir) unendlich-lang sein sol. Ich sorg' indes, in Berlin spring' ich hinein; aber es mus blos ein sanftes Mädgen darin liegen, das mir etwas kochen kan und das mit mir lacht und weint. Mehr begehr' ich gar nicht. Das Schiksal wird mich doch nicht in Göthes Pferdefus-Stapfen jagen wollen, oft überleg' ichs freilich, aber es ist nicht daran zu denken; sogar in einer solchen Un-Ehe sänn' ich wieder auf Ehe. Ich mus und werde ein Mädgen heirathen, dessen ganze Sipschaft ein Freudenfest feiert, daß ich mich herabgelassen. Und doch spekulier' ich seit einiger Zeit fast mit auf Eingebrachtes; eine bemittelte Gräfin oder so etwas, denk' ich oft, kan sich in dich verschiessen und dan hieltest du dir dein Reitpferd – wenigstens den Reitknecht – und sprengtest nach Bayreuth und überhaupt das Fet wüchse fort, das sich jezt ansezt. –

(. . .)

[30. Aug.]

Nur noch einiges trag' ich nach; das vorige gehörte an Mdme Schüz in Jena. Übermorgen, an Egydy geht der Brief ab. Ich auch; aber wieder nach Gotha. Nämlich eine schöne junge

(25jährige) geschiedene Gräfin v. Schlaberndorf aus Berlin kam meiner Bitte nicht nur zuvor, sondern sie wil mich auch durchaus nach Eisenach mithaben, »um das Schöne nicht allein zu geniessen« (ernstlich ich antwortet' ihr, ich wäre doch neben ihr immer in diesem Fal) und sie gienge, gienge ich mit, auch nach Cassel. Ich überdenk' es hin und her; es käm' auf das alte Reise- und Weiber-Fazit heraus; aber erstlich trau' ich ihr troz ihrer moralischen Folie nicht ganz; zweitens wil ich sehen. – »Ich mus meine noch wenigen Wochen in Weimar, sag ich überal, benuzen und noch recht verreisen.«
Gehab dich wohl.

d. 31 Aug. [Sonntag]

Es kan noch das Annexum geschrieben werden, daß ich in Berlin, wohin ich zu Michaelis gehe, in der neuen Friedrichs Strasse wohne abzugeben bei H. Regierungsassessor v. Ahlefeldt. Mit der *schönen* Gräfin geh' ich – wegen Geld-, Zeit- und Freiheitsaufwand – nicht nach Eisenach, sondern nur nach Gotha; sie mag daher auch nicht dahin, sondern bleibt morgen meinetwegen unter einerlei Dachstuhl mit mir. Im Oktober wil sie, wie sie heute aber nicht vorgestern sagte, wieder nach Berlin. Herdern gefalt sie. Denke dir mich unter dem Bilde eines Hasens, den der Jäger in immer nähern Kreisen umschleicht: so hast du es. Wir sind jezt bei dem Hände Anfassen mit eingemischten leichten Drucken. Ich halte mich passiv; und dabei kan keine Parthei sehr risquieren . . – Adieu! vergieb dem »spassigen« Freund. – Bei Fr. Schlegel as ich diese Woche. Seine Kebs-Hälfte – Md. Veit, Tochter Mendelssohns – gefält mir durch Verstand, Bestimtheit, Einfachheit und Originalität.

87. An Christian Otto.

[Weimar, 11. Sept. 1800]

Ich habe dir, liebes Herz, mancherlei zu melden, mehr Süssaueres als Sauersüsses. Die Gräfin nachher – Geld – was ich sonst wolte – wil man jezt von mir. Die Liebman kam vorgestern mit ihrem Kind allein gefahren und wolte 1000 rtl. von mir, dan – da das Abschlagen leicht war, weil ich kaum das duplum überhaupt habe – 500. Eine höllische Minute – die weinende Mutter

– das schöne schweigende Kind – das Unglük – die Erniedrigung – meine Angst über die Folgen ihrer Rührung und über die Mittel, ihr nur ein Wort zu sagen, das nicht zu tief einrizte – Indes blieb ich ein langer Eiszapfen, dem kein Tropfen (aussen) entfiel. Heute thut sie die alte Foderung (nach meinen Vorschlägen und Abmahnungen von feigen tollen Extremen, z. B. Erzieherin in Berlin zu werden, – das Seitenstük zur früheren Hofdame) schriftlich wieder und ich verneine. Derselbe Postknecht bringt von Ahlefeldt eine Bitte um 200 rtl.; wovon ich ihm auch die Hälfte assignierte; er ist rechtschaffen. Die Liebman hatte 7 oder 8 Carol. als Bezahlung der alten Schuld mit und legte sie hin – natürlich muste sie sie wieder mitnehmen, da ich nicht helfen konte. Das Schiksal wil gern haben, daß ich mir immer durch den Bettelsak ein Luftloch durchnage. – Abends kamen die (noch schuldenden) Herders zu mir – mein guter alter Man sas froh auf meinem Schreibstuhl neben Burgunder. Meine Seele kent keine grössere Lust als seine – ach ich lieb' ihn recht und wir haben jezt nichts trennendes zwischen unsern Herzen als die – Westen.

Die Gräfin! – *Dir* erzähl' ichs; aber Emanuel würde wahrscheinlich irre; nach *deinem* Bedünken zeige entweder oder schweige oder lies vor. Am Sontagsabends [!] as ich mit ihr. Wir bewohnten dan das Kanapee – die schöne lange Gestalt, die durchaus harmonischen Theile, die gerade Nase und der feine zu besonnene gespante der Berlepsch ähnliche Mund, aus dem aber, zumal in der Liebesminutenzeit eine so ins Herz einsikernde Stimme bricht, daß ich sie in Gotha bat, mir es zu sagen, wo ich ihr nicht glauben dürfte, weil ich sonst der Stimme wegen nie wüste, woran ich wäre – das alles neigte sich an meine Lippen. Unser Weg gieng bergunter, d. h. schnel, wir legten in Sekunden Wochen zurük. Sie hatte noch die Hof-Brillanten an Fingern und am Halse; und als ich warlich an dem lezteren nicht weiter rükte als ein Rasiermesser an unserem – vergieb meine Ungebundenheit, da ich heute tol (wild) bin – so schnalte sie das collier ab und machte ungebeten die tiefern schönen Spizen auf. Sie hat Terzien lieber als Sekunden. (Ich wolte, das Publikum wäre so rein wie du; Himmel, welche Herzens-Landkarten mus man nicht in der Tasche lassen?) – Ein vornehmes Wesen hat leichter ein Herz als ein Schnee-Weltgen darüber (sogar das errieth ich im Hesperus); ihr globulus hatte die Farbe und – Weichheit der Wolkenflocken; wenigstens darin findet ein zeitiger Ixion ein Stük-Nebel-Juno. Dabei blieb die Doppelglut; aber aus ihrem *Anwinden* und aus ihrem Wunsche, *an* mir zu schlafen und aus der Klage bei der lezten Umarmung, daß ich sie damit wieder aus der Ruhe gebracht, war leicht auf die Zukunft zu schliessen. Ich sagte zu ihr: »Du (denn das war bald da) weist den Teufel, wie oft Männern ist« Und so gieng ich. – Ich hatte in meinem schlafenden Kopf fast das ganze schlagende Herz droben: »morgen abends, – im gothaischen Gasthofe – ist *eine* Sache entschieden (dacht' ich die ganze Nacht), die es beinahe schon heute war.« Einmal war ich fast dem Absagen der höllischen Himmelfarth (himlischen Höllenfarth) nahe. Aber ich fuhr doch mit, und ein Herr v. Schilding –

d. 13 Sept.

– hiesiger Kammerjunker, mit gebognen Knien und Ideen und nie bis an die Ferse lebendig, aber (rein und gut) jugendlich und jungfräulich-fortblühend, kam im Gasthofe dazu und sezte sich improvisatorisch auch ein, aber nur bis Erfurt. [Beschneiden des schlechten Papiers ist so viel wie feinstes nehmen.] Der Gräfin botanische und andere Kentnisse, ihre reisebeschreiberische Aufmerksamkeit auf jede Fabrik pp., ihre Festigkeit und Besonnenheit und enthaltsame Zunge gegen S., dem sie doch wie allen Männern, gefallen wolte, gefielen mir. Sparsam ist sie doch auch mit, wie überal die vornehmen Weiber. – Wir kamen Abends in Gotha – mit holder leichter Liebe – an. [Unsere Wohn- und Nacht-Stuben trente nur eine innere Wand(Transito)thüre.] Im dämmernden Mond-Abend vor dem Essen sas ich auf ihrem Kanapee – meine Lichter [wurden] hereingetragen. Die kleine A[manda] lag an dem Mutterarm und machte stum (wie diese mir französisch sagte) vor Liebe zu ihr die Hand mit Thränen nas; ich lag am andern und wir kümmerten uns wenig um die ab und zu schreitende Dienerschaft. Ich könte die Schilderei noch romantischer färben, hätt' ich so viel Leinwand als Farbentusche. [Ich hatte eine $^1/_2$ Himmelskugel unter meiner halben Hauptkugel. – Luna oder Lucina. Man müste sich ein Publikum in der Neujahrmesse auf den Kauf bestellen, um dan davor es zu wagen, in der Ostermesse mit einem breiten Gemälde von allem auszustehen, von der Gluth – dem Spiel pp., womit man solche

Kanapeeslustra rosenhaft auslaubt. Freier spielen nie die Kräfte. – Die Natur »schäumte« – der Ausdruck verdient selber diesen Namen – weiblicher Schlaf nur eine façon de parler, die beide Theile verstehen. – Ich gehe vor keiner kolossalen Statue vorbei ohne den Fund leichter Aehnlichkeiten. –]

Der ganze nächste Abschiedsmorgen bis zehn Uhr – ich führte sie im herzoglichen Garten herum (»Sie haben sich eine schöne Frau zugelegt« sagte der uns begegnende Herzog; auch auf dem Thorzettel standen wir so) – war unbeschreiblich zart und süs; – diese himlische Stimme und diese Festigkeit und der ganze Reiz des hohen vollen Körpers, und diese Leichtigkeit des Lebens und Liebens legen Franziskanerstricke um ein empirisches Ich. Die Hauptsache ist, daß man bei ihr *gegen gar niemand* sündigen kan. –

Glaube also nur nicht an irgend ein auch nur von Fernen ähnliches Betragen bei Weibern – Mädgen sind ohnehin erhöhete Sternbilder für mein Gewissen –; bei Gott! ich bin physisch-kalt und moralisch-heis zugleich gegen Freundinnen wie in Hof gegen Mädgen (sie müsen denn den Satan zitieren d. h. nachahmen) Ich bekomme sie jezt nach der Apostel-Zahl in jeder Stadt; so in Gotha und überal. In Berlin, bei der grössern (aber nicht unmoralischen) Freiheit küsten sogar Mädgen zuerst. Freilich greif' ich jezt manchen Operstrik der Sinlichkeit, an dessen luft-farbiger Unsichtbarkeit sonst die Göttin schwebte, leichter mit Händen. Eine trefliche Frau in G., deren Verhältnisse mit mir der Man mündlich das schönere mit ihm dankte, sagte: »ich könte einer Frau die Augen auskrazen, die Sie sinlich liebte« Das ist ja gerade die *eheliche* Eifersucht. –

Von hier schreib ich nicht mehr; (hier liegt ein Brief von der Gräfin Henriette) Ende Monats gehts fort. – Jacobi schikte mir ein von seiner sonderbaren moralischen Natur eingehauchtes Urtheil über dem Titan (Baggesen sprach ihm nach; auch ist er mir wegen meiner kalten Antwort auf seine künstliche Lohkuchen-Hize aufsäzig) Wie sol ich es mit deinem, dem Oertelschen in der deutschen Fama, dem Thieriotischen (das mir immer sehr gilt) und dem Knebelschen u. a. reimen? – Ich wil nachher noch ein wenig Plaz für eine Antwort auf deine morgende lassen, wenn sie komt. –

In Dessau nehm' ich die Frau des H[of] R[aths] Spazier mit

nach Berlin. – Herder wird mit einigen Donnerwolken in das »Buch von seinem Plagiat« und in Kant und Rezens[enten] fahren. – Lies seine Kalligone; und sein herliches früheres Buch »Auch eine Philosophie der Geschichte der Menschheit«. Seine frühen kenst du überhaupt nicht. – Ich ziehe ohne schwarze und lichte Ahnungen von hier fort. –
(...)

88. An Jacobi

[Coburg, 8. Sept. 1803]

(...)
Linda? – Himmel! wie kontest du, ja sogar irgend jemand hier irren? Ihr Denken, Lieben und Fallen halt' ich für mein bestes Werk. Aber wie sol ich, ohne eines zu machen, dieses vertheidigen? Titan solte heissen Anti-Titan; jeder Himmelsstürmer findet seine Hölle; wie jeder Berg zulezt seine Ebene aus seinem Thale macht. Das Buch ist der Streit der Kraft mit der Harmonie. Sogar Liane (Schoppe) mus durch Einkräftigkeit versinken; Albano streift 551 IV daran und leidet wenigstens. Gaspard verliert seine Palme pp. Freilich ist dein Morgen-Gedanke richtig – aber spät –, daß Linda eine Titanide ist, doch mehr ein weiblicher Alwil 338 als ein Roquairol; denn sie hat noch nicht ihre Liebe in Liebeshändeln und Versen verpuft. Warlich die Leser sind alle Albanos gegen sie gewesen. Wie übersahen sie denn: ihre Achtung für listigen Weltverstand und ihren Mangel an Sorge und Achtung für Menschen p. 204 (das ächte Zeichen unweiblicher Liebe) – ihre Erziehung bei der phantastischen Mutter und die Gesichts Aehnlichkeit – ihre Faulheit 219 – ihre Liebe gegen Medea 239 und Mirabeau 135 – ihr[en] Has auch der schönen Wirklichkeit – ihre Freigeisterei über Unsterblichkeit, über Selbstmord, Moralität p. 158. 203. 191. – ihren Has der Reue 195 und des Besserns 156 – und aller Gesezmässigkeit ausser als äussern Schein – und ihr Lob des Wollens – ihr Urtheil über Roquairol 192 – und ihren *Has der Ehe*, worin ja ihr Fal schon stekt. Ihre Liebe – aber nicht die weibliche, selber der Fürst sagt, sie liebe weder Kinder noch Hunde 331 III, sondern die unweibliche 263 III wie sie Roquairol hat, daher ihr

Gegensaz von der prosaisch sorgenden Julienne und der poetisch noch mehr sorgenden Idoine; daher ihr Fodern des Aufopferns *mänlicher* Zwecke – ihre Liebe, ihre *erste, südliche,* ist jezt ihr Herz, dem sie sogar durch Ehe die Freiheit opfert. Und mildert diese einen Fal kurz vor der Hochzeit nicht? Noch mehr Milderungen: sei mein guter Genius sagt sie zu Roquairol 377 – ihre Jungfräulichkeit nach dem Abfal und die Scheu der nächsten Zukunft – und ihre ruhige Lossagung von Albano, was kein weiblicher Roquairol gethan hätte, so daß sie hinterher nichts auf der Welt weiter lieben wird als ihr Kind. Wie, wenn Rabette und Gustav *gegen* ihre Grundsäze fallen konten, warum nicht sie noch besser *an* ihren? – Aber Idoine wäre nie nur der fremden Versuchung zum Falle nahe gekommen; denn darin besteht alles, im Zulassen der *kleinsten* Sünde, die eigentlich die gröste ist und wird. – Und dieses arme immer *wahrhafte* von einem Teufel zerrissene Wesen wilst du einen »ekelhaften Drachen« nennen? Roquairol log ewig, sie nie. Jener wurde indes selber durch sein Zerreissen zerrissen und ich halte jene Nacht für mein sitlichstes Kapitel. Wie ihn der Affe der Fürstin fürchterlich karikieret, so er als Affe den Helden, der sich auch manches *Ungethane* vorwirft.
Verlegers »Zwingen« und gar zur »Kürze« kenn' und duldet' ich nie.
Aber Albano hat nun auf dem Throne einen Kreis seiner Kräfte p. 63. 64. – kent das geheime Gift seiner Aehnlichkeit (denn Linda spielte seine Rolle gegen Liane nach) und kan nun mit den Wunden, die ihm von den Todten gegeben wurden, nicht sofort ins Kinder-Eden der ersten Liebe hinein, sondern mus die Liebe und die edle Idoine erst in der *Ehe* kennen lernen: wie kont' ich da die lezten Szenen verlängern? – Sapientissimo sat!
Auch ich bete Gustav Adolph an. – Bouterwek wil ich lesen. – Zu Ostern geb ich 2 Bände Flegeljahre, worin alles sanft, mild, komisch und ohne Titanismus ist. Im Winter schreib ich endlich meine »Programmen« oder ästhetischen Untersuchungen. – Mein Kind blüht. Im November bekomt es eine Geschwister-Blüte. – Gott schenke dir andere Tage und Arzeneien. Vergieb mein Schweigen so wie jezt mein Eilen.

J. P. F. Richter

»Eine Art Idylle«
(1800–1825)

89. An Karoline Mayer.

[Berlin, 4. Nov. 1800]

Auf deine Schwester und deinen Brief wart' ich immer mitten in den Flammen der Arbeit, meine Einzige und Ewige! Ich sehne mich nach den Lauten deines Herzens, nach den Nachtönen unserer Gegenwart. O wie wohl thut es der vollen Seele, daß sie alles sagen darf, daß ich dir alle Namen der Liebe geben darf, blos um meine Liebe nur immer voller und wärmer zu haben. Der Ausdruk der Liebe ist dan nicht ihr *Ableiter* sondern ihr *Bliz*, und sie wil immer mehr sagen, je mehr sie gesagt hat, und sie wächst in sich selber.

Einzige! endlich hat mein Herz sein Herz – endlich ist mein Leben gerade und licht. So bleibt es, und niemand könt' uns trennen als wir, und wir thun es nicht.

Eben bekomm' ich unter dem Essen dein spätes Blätgen. Ich kan dir keine Arbeit geben als die, die Palingenesien zu lesen, worin ich das schildere, was ich jezt – habe! O du Meine! Ich bleibe dein, dein, ewig.

R.

90. An Emanuel in Bayreuth.

[Gedrucktes Kärtchen]

Der Legations-Rath
Jean Paul Friedrich Richter
meldet
seine Verlobung
mit
der zweiten Tochter [eigh.:] Caroline
des
Herrn Geheimen Ober-Tribunals-Rath
Mayer.

[Rückseite] d. 22 Nov. 1800.
Lieber Emanuel! Auf dieser Karte ist so viel Inhalt wie im längsten Brief. Das Schiksal giebt mir endlich das, um was ich so lange herumirte. Jezt fehlet mir nichts wie einen Stadt; wozu ich Sie mir die wohlfeilste, gebildeteste, beste in der Gegend und im Bier, vorzuschlagen bitte. Leben Sie wohl.

91. An Christian Otto.

[Berlin, 10 Dec. 1800]

Jezt geht meine Noth an, nämlich der lange Brief. Zuerst von meiner Caroline. Ihr Vater – ein philosophisch-kantisch-ofner Kopf, der mir bessere Aufsäze vorlieset als Herold versteht, ein äusserst moralischer und weicher liebender Man – erzog seine 4 Töchter (die älteste <1te> hat Hofrath Spazier, die 3te bei der Mutter lebende heirathet jezt Mahlman) weil er sich von seiner Frau geschieden, mit der doch (auf seine Erlaubnis) die Kinder in Liebe leben, lieset abends mit ihnen Rousseau pp. und gab ihnen – besonders durch den lebend[igen] Kiesewetter – eine philosophische Glätte. Oft wenn Tochter und Vater Nachts so innig Abschied nehmen von sich: thut mir mein künftiger Ris zwischen beiden weh.

d. 19. Dec.

Aber wie mal' ich dir dieses heilige Herz? Erstlich hat sie alles Gute von den Cidevants-Carolinen; und zweitens nicht das Schlimme; und drittens Gesundheit ohne Gleichen, Schönheit (ein unter den Deutschen seltenes schwarzes-sanftes Auge, Madonnenstirn, artistischen Hals und Busen und Wangenroth und alles) Aufopferungsliebe ohne Gleichen, Bescheidenheit, Offenheit pp. Die flammendste Liebe für mich brent ihr auch nicht Eine Seite zu irgend einem menschlichen andern Ton des Mitleides pp. ab. Sie hat die wärmsten Freundinnen unter Weibern und Mädgen sogar adelichen Standes (denn hier ist sogar in Geselschaften, wo es so viele Spielzimmer giebt als in andern Spieltische, die Verbindung zwischen Bürg[er] und Adel ohne *Zeichen* der Naht volendet); und die mitfreuenden Besuche die ihr über die Nachricht unserer Verlobung zuströmten, bewiesen ernstlich wie sehr die Berlin[er] uns beide liebten. Als *meine* Braut wurde sie auf die Feuerprobe manches Auges gesezt, über dessen heisser Pflugschaar sie unbeschädigt weggieng. Wie viel ich seitdem, da der Vater so viele Verhältnisse hat, Wein trank und unter wie viel verschiedenen Stubendekken, das ermis selber. Daß ich mich blos sonst geirt habe und blos jezt nicht – und daß ich nie schuld war – (...) seh' ich jezt, weil ich seit unserer fast $^{1}/_{4}$jährigen Gegenwart nie mit ihr eine neblichte oder gar gewitterhafte Stunde gehabt, ohne die sonst keine erotische Woche vergieng. Ich liebe sie mit allen Jugendkräften des Herzens, und allen Nestorskräften der Vernunft. Ich puze sie sogar – mich nicht –, weil sie kalt gegen Anzug (obwohl nicht gegen die jungfräuliche Nettigkeit desselben) ist und ihn jezt meinetwegen anthut wie ihr neues herliches blaues Kleid beweiset; zu welchem ich noch ein weisses atlass[enes] à 4 Ld'or gethan samt dem Hut von 1 L. Könt' ich ihr mein Herz als ein goldnes über (ohnweit) ihres hängen als Schmuk: so zög [ich] es heraus und fädelte es ein. Zwischen uns giebt es nun nichts mehr was uns trennend *kalt* machen könte als der *Tod.* Der Vater verehrt, die Tochter vergöttert mich.

d. 24 Dec.

Noch in diesem Säkul sol er fort. Da sie keinen Brief, den sie an einen 3ten schreibt, von einem 2ten (und wär ichs) gelesen erträgt: – ob sie mir es gleich doch anbot – so bekomst du hier lieber einen Brief von ihr an dich. – Im Frühling zieh ich schon des Biers und der Gegend wegen aus diesem Freudensaal wohin? – Sag' es! – Und in die Ehe. – Der Titan wird nur 13 Bogen stark; der Anhang mehr. – Auch bei dem Minister Struensee as ich 2mal (übermorgen bei dem Minister Schroeter) Die Hardenberg hatt ich noch keine Zeit zu besuchen. – Ich war endlich hier in allen gelehrten Zirkeln, Vielecken und Dreiecken. Wenig wenig! – Genz sah ich bei dem Minister A. (Alvensleben); ein treflicher Kopf, mit eigennüziger Rohheit im Gesicht. – Auch der alte Teller, der mich gleich nach unserem Sehen einlud, liebt mich sehr wie ich ihn. Den sanften Spalding, der mehr um als in seinem vermooseten Körper oder Grabmahl schwebt, besucht ich auch. – Sende mir der II C[aroline] Briefe gar, oder einen Restanten, ich mus ihr alle schicken. –

Die gute Gräfin S[chlabrendorff], die ich vor 8 Jahren besser errathen hätte, hat den treuesten wärmsten kindl[ichsten] Ka-

rakter. Sie kan opfern – sogar ihren Willen – wie keine. Sie liebte mich immer heftiger und wolte mich – heirathen; welches ich erst von ihr erfuhr, da sie über meine Nachricht der Verlobung krank wurde. Dies Faktum des Willens ist wahr und erklärt manches andere schiefe. Ich brachte Ahlefeldt zu ihr und er – ob er gleich eine andere heftige Liebe zu e[iner] Ehefrau hatte – folgte dem Bach, der ein ziehender Strom wurde, welcher ihn im Frühling an das eheliche Ufer absezt. Ich liebe Ahlefeldt jetzt um $\frac{1}{2}$ weniger; er ist ein sentiment[alischer] Alliebhaber pp. Wie ich daher diese algemeine empfindsame Briefschreiberei nach überalhin hasse! Im Vertrauen! Ich kan nicht mehr so viel aus den Menschen machen wie sonst, obwohl mein Handeln gegen den ärmsten Teufel dasselbe ist. –
(. . .)

92. An Emanuel.

[Meiningen, 12. Febr. 1802]

Lieber! Wenn ich bedenke, wie viel ich immer an Otto schreibe, damit Sie es mitlesen; und dan zurükrechne, was mir etwan dafür wird von Bayreuth aus: so brauch' ich freilich Nachsicht mit meinen Nebenchristen und Nebenjuden. – Solte das Bier schon unter Wegs sein – was Gott gebe – so bitt ich Sie herzlich, sogleich neues nachzusenden; weil der Transport vom Fas in mich viel schneller geht als von Bayreuth zu mir. – Können nicht Sie oder Ihre H. Brüder die Solmische Dose* brauchen? Ich schlage sie los und sende sie portofrei. – Roentgen's Brief an Sie möcht' ich haben. – Die Welzelschen hab' ich 9mal gelesen; ich stelle sie den Fixleinischen gleich. Froher kan der Mensch nicht sein als in Wonsiedel, wenn auch klüger. – Wenn erscheinen Sie endlich und schauen und theilen unser Leben und Rindfleisch? Es ist so gefärbt und gestrikt: um $6\frac{1}{2}$ Uhr fahren wir aus den Betten, oft meine Frau voran, um Sahne abzuschöpfen – Der Kaffee steht schon in meiner Stube. Ich hebe das lange Trinken an, C. das kurze und sizt neben mir. Doch vorher, bei dem Eintritt in mein Museum wird ein gescheutes Wort mit

* Innen Gold, aussen kostbar emailliert, ein prächtiges Gemälde darauf – im Ganzen ist sie unschäzbar.

Spiz gesprochen, der eben so antwortet. Ich habe den Hund erst vorgestern gekauft. Dan puzt sie sich in ihrer Stube; ich schreibe; sie bringt Essachen (alles geht auf meinem schwarzen Kanapee vor) und ich schreibe fort. So verläuft fast ein Winter-Vormittag. Um 1 Uhr ruft sie mich und den Hund in ihr Zimmer zum diner. Dan wird R[eichs]Anzeiger u. pp. gelesen. Meist komt der Präsident Heim mit Mineralien, um zu reden und zu verdauen. Um 5 Uhr ist Goutée-Zeit. Aber hier fangen die grösten Verschiedenheiten an. Es kan der Kandidat Loewel oder (sonst) die Gräfin oder die schöne Tochter Heims zu meiner C. kommen, jener ihr vorlesen – diese Thée trinken und ich gehe zuweilen in ihr Zimmer hinüber, um auch einen Tropfen mit Rak zu holen. Es kan der Herzog schicken und um 5. mich verlangen, worauf ich allemal um 7. erscheine. Es kan Konzert sein, das von 5–7. dauert. Meine C. kan zur Hofräthin Heim gehen um 6 und ich um $7^1/_2$ nach. Oder das alles ist nicht und wir essen ordentlich um 9 Uhr zu Hause. Nach wenigen Worten steck' ich um $9^1/_4$ unter den Federn; C. oft auch, öfter später. – Ich mus gestehen, daß ich zu Weihnachten meiner C. einen blauen tuchnen Amazonenhabit – à 25 rtl. – bescheeret; Macherlohn, Zuthaten nie gerechnet. – Apropos ich bitte Sie, dem Rendanten mit dem Briefgen an ihn 8 Thaler douceur zu schicken; ich wil ihn in Erstaunen sezen mit Weib und Kind. So sez' ich Sie in ein ähnliches durch gegenwärtiges Schreiben.

93. An Emanuel.

[Meiningen, 15. März 1803]

Gestern Mittags – als ich eben 2 Gläser von der *lezten* Flasche als Kur- und Esmittel trank (denn Nachmittags war ich längst (vor 8 Tagen) ans Bamberger zu starke Likörbier gebant und schlief darum schlechter) – und als ich eben die Röschlaubische Erregungstheorie und von den Inzitamenten las – kam für 4 elende rtl. Fracht Ihr Fas Inzitamente an, für das ich ein Danaiden-Fas bin und das den Menschen, wie ich gleich Nachmittags sah, so sehr stärkt. Ich halt' es für das stärkste, was Sie mir gesandt. Ists Märzbier? – Gott segne Sie für Ihre helfende Hand und biet' Ihnen stets seine. Einmal wil ich mich doch

ernsthaft über meinen Trinkunfug vertheidigen. Nämlich: Von meinem 16 Jahr an trank ich bis ins 20te weder Bier noch Kaffee, nur zulezt diesen an Sontagen. Dan häufiger, aber stets für den Kopf. Erst im 30 nahm ich als Heilmittel Bier ein, um nicht im Kaffee zu ersaufen; und 8 Jahre später Wein. Ich kenne keinen Gaumen-, nur Gehirnkizel; und steigt mir eine Sache nicht in den Kopf, so sol sie auch nicht in die Blase. »Kontest du nicht so viele und so trefliche Werke in *längerer* Zeit bei *kleinerer* Anspannung geben« sagt die Welt. Nein, Welt! Die Kunst fodert Intension der Anstrengung, nicht Extension; der freilich, aber auf meine Kosten, die Abspannung folgt. Aber mit blossem natürl[ichem] Feuer ohne äusseres sind gewisse Kalzinier-Effekte gar nicht zu machen; Glas wil ein anderes Feuer als etwa ein Braten. »So must du aber täglich die Inzitamente steigern?« Freilich, aber es kostet blos verflucht Geld, nicht einmal Gesundheit, denn *almählige* Zunahme der Reizmittel schadet so wenig als ein heisses Land dem Einwohner. »Du bist abhängig, Guter! Must durchaus immer mehr nach Süden.« Im Winter bin ich auch vom Ofen abhängig und im Leben von allem Satan. Übrigens darf ich, da ich doch das Beste und Möglichste in meinem Dasein schon gethan, nämlich 25 Bände schon gemacht habe, nun mit dem Reste des Lebens und Schreibens nicht mehr so scheu umspringen als mit dem Anfang.
Nur Eine Schwelgerei hab' ich, die daß ich immer in der hohen Fluth aller Kräfte schwimmen wil; und mit Büchern und Menschen füll' ich sehnsüchtig die Ebbe aus.
Was Trunkenheit ist – die nämlich den Geist lähmt, anstat beflügelt – denn etwas anderes und besseres ist, wenn ein Man abends blos im Zikzak heimgehen mus – kenn' ich nicht.
(. . .)

94. An P. E. Thieriot in Offenbach.

[Bayreuth, 14. Jan. 1805]

Eben bekam ich Ihre Briefe und holländische Kiele. Da Ihre alten für mich auf der Stelle neue werden – doch frankierte –, wenn ich sie lese, weil sie, wie Ihr Leben, ohne Datum und Stadt geschrieben sind: so anwort' ich auf so viele mit Einem sogleich. – Mein Leben ist jetzt ein miserables und horribeles; Odilie (Odo oder glücklich ist die frühere Schreibart vor der härtern Otto) ist immer so krank, daß ich ewig mit meiner Frau entweder zanke oder verzweifle. Auch das Arbeiten geht schlecht; an mir wird zu sehr gearbeitet, folglich nicht von mir. Gott weiß was sonst noch für Feinde mich unterhöhlen, z. B. der Leib. – Das Freiheitsbüchlein von 9 Bogen ist fertig – abgeschrieben. Ob es Sie sehr – bei der Tendenz, *etwas* zu behaupten – bezaubern wird oder wenig, steht dahin; doch fehlet es auch nicht an Scherzen, so wie an Wortfügungen, die den Philologen heftig fassen.

Bloß zu Entwürfen und Erfindungen hab' ich Gewalt; 1 Taschenbuch für Weiber, 1 für Männer entwarf ich – ging dann wieder zum 7ten Bogen der Flegeljahre zurück – entwarf wieder ein Buch voll Kasualpredigten – arbeitete aber heute ein Kapitel der Flegeljahre zu Ende – und mit diesen wird entschieden fortgefahren. Meine philosophischen Darstellungen haben mich durch ihre Leichtigkeit von den poetischen entwöhnt. – Komme nur du einmal, köstlicher Lenz! Ich will dann schon schreiben und gebären wie du nicht nur, sondern auch ganz besonders ein wenig flott leben – ein wenig in guten Händen sein, nämlich in deinen, Lenz, d. h. auf dem Lande, und wärs nur zwei Maiwochen lange. Ich verstäube sonst, eh' ich versterbe.

Lesen Sie doch die Nachtwachen von Bonaventura, d. h. von Schelling. Es ist eine treffliche Nachahmung meines Giannozzo; doch mit zu vielen Reminiszenzen und Lizenzen zugleich. Es verräth und benimmt viele Kraft dem Leser. – Selten les' ich neuerer Zeiten etwas sehr Gutes oder sehr Schlechtes, ohne daß mir meine Bescheidenheit sagt: hier bist du denn wieder nachgeahmt. Am Ende glaub' ich, haben auch die Alten mich fliegend durchblättert und mir Sachen gestohlen, die ich lieber nicht hätte schreiben sollen nachher.

Behaltet Euer Amt; doch höchstens so, daß Ihr im Mai, wo die gefleckten Meerschwalben von uns nördlich fortziehen und überhaupt das Nord-Gevögel, aus Süden mit dem Versprechen ausreiset, mit den Schnepfen und mit dem, was man an und in ihnen und Ihnen so schätzt und aufstreicht als Delikatesse, wieder zu kommen für Winterkonzerte. Ich thäts. Die Schuck-

mann schrieb viel hieher von Ihrem dortigen Glück und Ruhm und wie die ganze Welt Sie schätze, die in Offenbach ist.
O wie leicht ists an Sie zu schreiben, da Ihnen schon Unleserlichkeit genügt und man an nichts zu denken braucht, nicht einmal an Sie, geschweige an Verstand.
War Göde in Leipzig in England? Seine Reisebeschreibung davon ist herrlich. Sie würden ihm in diesem Fache das Wasser nicht reichen, das er durchschiffte, um nur anzulanden. Wie Corneille Racinen das Tragödienmachen abrieth, so möcht' ich zu Ihnen sagen: statistische und ähnliche Werke überlassen Sie besser meiner Feder; Ihre tunkt hier mit dem umgekehrten Ende ein und fegt närrisch weiter. – Da Sie durch nichts – und kaum dadurch – zu bekehren sind als durch Beispiel: so sag' ich hier aus Mangel meines lebendigen zu Ihnen auch kein moralisches: Lebe wol, sondern nur ein freundschaftliches: Leben Dieselben wol!

Richter

95. An Thieriot in Aschaffenburg.

[Bayreuth, 10. Jan. 1806]

* Ich kann das Lob meiner Briefe – in Ihrem heutigen – gar nicht aus dem Kopfe bringen, während ich leicht anfangen wollte wie sonst, sondern es soll, streb' ich, motiviert und erhöhet werden. Vielleicht kann ich wenigstens so fortfahren: Der Krieg, die wehende Flamme desselben, das nähere Hereinschlagen derselben, könnten mich – als Kinder-, nicht als Bücher-Vater – wol weiter jagen, wenn ich eher daran glaubte, als ich die erste Kanone höre. Übrigens ist in und außer mir eine dumme tonlose Zeit; sogar das Wetter gehört dazu und meine Schreiberei. Ich seufze nach Scherzen. Alles liegt schon da zu einem rein komischen Pantheon, worin reine Spaß-Mysterien und Autos gefeiert werden sollen, sobald ich nur aufhöre, so verdammt ernst und wichtig und belehrend um mich zu blicken als ich seit Semestern thun muß. – Mein viertes Flegeljahr wollen Kenner hoch über die drei andern heben; wahrscheinlich

* Denn um mich in Feuer zu setzen, mach' ich Briefe; im Feuer erst die Bücher.

verstossen sie gegen die Bescheidenheit, womit ich die drei ersten schätze. Aber wahrlich man kann überhaupt über sich nur ein relatives Urtheil gegen sein früheres fällen; mehr nicht. – Riepel (es war aber ein neueres Werk über das Rezitativ) nahm mich unendlich ein. Leicht ist der humorische Freiheitstanz im selbergeschaffnen Chaos; aber hoch und selten stellt er sich auf dem strengen engen Stoffe dar; und blos da beweiset er rechte Seelen-Loslassung. Ich meine, es ist leicht, mitten im Scherze einen und den andern Spaß zu machen, z. B. mit Ihnen.

(. . .)

Meine drei Kinder würden Sie zwar nicht zum Narren machen – wozu Sie anjetzo schon zu alt sind – aber doch zur Puppe; und zu einer der belebtesten, die ich kenne und die ihnen immer fehlt. Ich könnte nicht weissagen, welches von dreien Sie am meisten erpacken, überschwemmen und fortziehen würde; denn die beiden andern würden Sie auch halten und Sie würden nichts vorzustellen wissen unter diesen drei Wesen und Kindern als das vierte.

Ihre Federn bleiben noch unbezahlt; aber was schadets Ihnen oder mir?

Ich wünsche mir Sie recht sehnlich her; nicht etwa des dummen Bezahlens wegen – das mir sehr gleichgültig ist – sondern sonst. Lieber streich' ich einen Gedanken aus als einen Gedankenstrich (wie eben); so ists auch mit dem Darüberkorrigieren beider (wie eben auch eben); die Gründe liegen am Tage weiter oben.

Ich erstaune oft, wie leer ich meine Briefe an Sie zu machen weiß; und doch thu' ich mir noch nicht genug.

Nach allem was ich von Ihnen erfahre, arbeiten Sie sich immer fester zusammen; weder Leipzig noch Paris, sondern Aschaffenburg mit seiner Einsamkeit und Kunst ist das Nest, das Sie ausbrütet. Auch hoff' ich, daß sich noch Emanuel mit seiner Phönixbrust über Sie legt. Ich bleibe Ihr alter trefflicher köstlicher

Richter.

96. An Emanuel.

[Bayreuth, 20. Aug. 1807]

Guten Morgen! Eben komm ich nach Hause und finde Ihre zweite Sendung – Die will ich aber ruhig lesen. In Ihrem Schreiben an W[angenheim] ist freilich mehr gesagt als er versteht und daher das Misverständnis. Weil Sie von der sittlichen Seite gewisse Menschen, (eigentlich es alle dürfen,) poetisch nehmen: so glauben Sie, es auch von der intellektuellen und verständigen Seite zu dürfen; aber es geht nicht; und Wutz ist nur auf dem Druckpapier und im alles zusammenfassenden Herzen noch ein guter Wutz. Ich hätte noch vieles andere zu erzählen.

97. An Christian Otto in Königsberg.

[Bayreuth, 22. Mai 1808]

Lieber Otto! Über das Schweigen schweig' ich. – Morgen geht deine Finanzen-Würdigung* an Cotta ab, die ihres möglichen Einflußes wegen mir nicht schnell genug erscheinen kann. Kein Wort hab' ich ausgestrichen – ausgenommen 2 Schreibfehlerbuchstaben, Dividente und Caracter –; erstlich gabst du mir kein Recht dazu, zu Schnitten die oft ja ins organische Leben zu tief eingreifen; zweitens ists die Frage, ob man für die Deutschen zu weitläuftig (zu kurz wol) sein kann. Jeden einzelnen Satz drückst du auch meistens mit der *höchsten* Kürze aus; nur – dieß ist dein Fehler – bringst du ihn, so wie er dir immer heller wird, immer mit den neuen Helligkeiten wieder vor, oft mehrmals. Jedem aber muß es so gehen, der es weniger geschickt macht als ich, der ich ins Schmierbuch alle möglichen Entwicklungen vorher hinwerfe und dann ruhig die beste auslese oder zusammenpresse, um daran wieder Welt und Nachwelt zu entwickeln, oder eigentlich (um bescheidener zu sein) blos zu belehren.

– Im Winter hätt' ich oft gewünscht, du wärest mir auf der Gasse oder in der Harmonie aufgestoßen; du hättest dann auf

* Der Titel ist, wenn du keinen nachschickst, über das ..... Finanzwesen. 3 Ld'or hab' ich verlangt, weil er mir immer alles bewilligt und weil jeder Autor herunter muß mit Fodern.

meiner linken Achsel mein festbleibendes Eichhörnchen gesehen, das nicht beißt und nicht pißt (denn letzteres thuts jeden Morgen um 6 Uhr). Gleichwol halt' ichs jetzt für gewagt, daß ich das Thier, da ich bei Dobernek einen Sohn aus der Taufe hob, in der Tasche hatte, in die ich während der Taufrede mehrmals greifen mußte, um es mit dem Schnupftuch einzubauen (niederzuhalten); denn während ich meinen armen leider seeligen Pathen in den Armen hielt, hätt' ich durchaus nichts machen können, wenn das Thier herauf auf meine Achsel gekrochen wäre, vielleicht zur allgemeinen Stöhrung des Taufaktus und Ernstes. In einem Sack an meinem Kanapee schläft das Hörnchen. –

Meine Friedenspredigt (mit unzähligen Druckfehlern) sagt dir einige Bekehrungen in mir von Buchholz. Und doch hat mich die Zensur wenn nicht entmannt (verschnitten), doch beschnitten zweimal. Es ist jetzt eine verdammte Zeit für einen, der über sie lachen will. »Die Beichte des Teufels bei einem Staatsmanne« absolvierte der Zensor des Morgenblatts nicht; doch kommt sie jetzt mit des Feldpredigers Attila Schmelzle Reise nach Flätz heraus, vielleicht mein ausgearbeite[t]ster regelrichti[g]ster Spaß ohne die geringste Ausschweifung oder Selbsteinmischung; man müßte denn – und man hätte Recht – die unten auf *jeder* Seite stehenden Noten (bloße Einfälle ohne allen Text-Bezug) dafür halten wollen. Michaelis kommen 2 Bändchen vermischte (alte und neue) Schriften, die Badreise eines D. Katzenbergers soll in dir den kleinen Sprech-Zynismus deines alten Freundes, der so oft mit dir über den Ekel scherzte, etwas wieder (hoff' ich) auffrischen. Wahrscheinlich kommt auch Michaelis mein Fibel heraus; nämlich die Biographie eines gewissen Fibels, der das fränkisch-sächsische Abcbuch gemacht, das mit den Kupfern und Versen: »ein Affe gar poßierlich ist pp.« – voran, ausgegeben wird. Eine Satire auf die Lebensbeschreiber Kants u. a. Ohne den Krieg wäre meine Levana gewiß schon wieder aufgelegt geworden; auch hab' ich mir bei ihr wie bei [der] Vorschule die Nachzahlung des 6ten Ld'or bedungen; und von Perthes hab' ich diese auch schon bekommen. Sonderbar! bei keinem Buche fürchtete ich mehr das Urtheil und Schicksal als bei dieser Levana; so wie ich eben so hoffte das des Titans. Aber so überrascht immer das Publikum, wenigstens unangenehm.

– In der Heidelberger L[iteratur] Zeitung helf' ich sehr mit rezensieren; und ich werde überhaupt stark gesucht. Jetzt sollte Geld unter den Leuten sein; ich bekäme vieles davon.
Mein Inneres übrigens ist jetzt starr, trocken, kalt; der Frühling und alle seine Sternenhimmel haben mir nichts an; ich bleibe starrkalt, bis das große Welt-(Europa's-)Spiel gewonnen ist. Dieß hält mich indeß nicht ab – denn es spornt mich an –, zum All-Besten mit Einzel-Kräften feurig mit zu wirken. Welchen die Zeit niederschlägt, der richte zuerst diese wieder auf und dann sich mit; wenn die Vielheit der Teufel etwas vermag, so noch mehr die der Engel; noch mehr, sag' ich; denn die menschliche Natur gibt 10 Engeln das Übergewicht über 100 Teufel.*
Was werden wir einmal einander – eigentlich du – auf und abgehend und zu unmäßig dabei trinkend, nicht zu sagen haben? Du kannst jetzt – und wenn du deinen halben Kopf zu Hause lässest – überall den beliebtesten aufgewecktesten Gesellschafter spielen blos durch Erzählen. Ich werde wie ein nasser begoßner Hund dabei stehen und tropfen. – Dein schönes Glück hat mich nur erfreuet, aber gar nicht überrascht; und hättest du etwas von meinem kecken Eingreifen ins Leben, du hättest jenes früher haben können. Ich bin begierig, ob du nicht, wenn du kommst, als Weltmann mir ähnlicher geworden erscheinst; ich sollt es aber denken, da dich die vornehmsten Personen kühner hinaufgebildet.
Herzlich freu' ich mich auf deine künftige Freude an meinen drei durchaus unähnlichen, aber unverdorben aufknospenden Kindern; und es wäre mir schwer, deine Auswahl zu weissagen. Ach wärest du nur da! – Und doch kann ich nichts wünschen, als was dein künftiges Glück ausbauet. Laß ja in diesen entwaffnenden Zeiten Griff und Heft nicht fahren, sobald du einmal die Faust darin hast wie jetzt! Auf Große verlass' ich mich keine Minute länger als meine Gegenwart dauert; eine schwache Allmacht, da man so oft zur Thüre hinaus und fort muß, und wär's nur, um das zu pissen, was man drinnen getrunken.
Ein Koffer voll Briefe an mich wartet auf dich; auch von deinen hieher hab' ich gehört, sie selber aber nicht; die schlechtesten

* Denn wäre dieß nicht: so wäre bei der Überzahl der Schwachen und Dummen und Schlimmen längst die Menschheit eingesunken anstatt gestiegen.

Christen wissen jetzt mehr aus den Briefen der Apostel als ich und Emanuel aus deinen. Und doch ist Amöne vielleicht weiter und kecker zu Werk gegangen als du gewünscht; hundert Menschen, nicht blos hier, schon unterwegs durften jedes Wort von dir lesen, das du auf den – Umschlag geschrieben. Auch außen solltest du dir gleich bleiben und nicht für alle Welt schreiben.

23 M[ai]

Nachschrift
Was half Groß-Quart? Ich habe doch nicht Platz genug für meine Worte; – den hat blos der Bogengang in der Eremitage. Ich beneide dich um dein durchgearbeitetes Stück Leben (nur den Flucht-Anfang ausgenommen); wie ideen- und kräfte-arm sind dagegen 10 Stuben-Jahre! In deinem Schicksale ist etwas – fast wie in meinem –; nämlich ein wachsendes Erhöhen und Vertiefen; aber jede Tiefe ist kleiner als die vorige, und folglich steigt die Erhöhung. Dieser Krieg sollte dir viel Vertrauen auf einen freundlichen Genius deines Lebens geben. –
Erkundige dich doch recht nach Hamann und schreibe von ihm. Du könntest gerade zu zu seinem natürlichen Sohne gehen und ihn von mir grüßen und fragen, wenn einmal diese[s] grüne Gewölbe des Geistes dem Publikum aufgethan wird; ich meine die Sammlung seiner opera.
Ich will mich auf nichts mehr besinnen; damit ich aufhöre. – Liesest du das Morgenblatt?
Meine Frau grüßt dich herzlich – und ich auch; und wünscht dir Freude als Balsam und als Nahrung.

R.

98. An Emanuel.

[Bayreuth, 6. Jan. 1811]

Lieber Emanuel! Der poetischen Tugend-Virtuosinnen kenn' ich viele; und närrisch ists, daß ich drei davon heirathen wollte; z. B. in Hildburg[hausen], in Hof (jetzt nicht mehr da) pp., pp., bis ich zum Glück die prosaische Virtuosin erwischte, welche wie Sie glaubt, es sei fast besser, zu handeln. Auch Männer der Art gibts, z. B. (doch mit Einschränkung) der seel. Oertel in

Leipzig pp. Wenn die Harms den Aufsatz lieset, wird sie sagen: »ein wahres Wort zu seiner Zeit! Ich selber kenne deren so viele, lieber Richter! Aber ich konnte keiner beibringen, daß sie eine sei.«

99. An Emanuel und Otto.

[Bayreuth, 6. Nov. 1811]

Guten Tag, Alter! — (Kurz vor dem Einschlafen nach dem einsamen Essen geschrieben) Nur wer meine bittern Tage, die ich in meinen alten von dem mir nächsten weiblichen Wesen Caroline genannt erleben muß nach so vielen Leiden *in* der und einigen Verdiensten *um* die Welt, [kennt,] kann sich verwundern, daß ich nicht wieder ein Hagestolz geworden und daß ich — aber blos durch Gunst der *Musen* — nicht wilder schreibe und trüber lebe. Es leben die Freunde, E. und O.!

100. An Christian Otto.

[Nürnberg, 12. Jun. 1812]

Guten Abend, lieber Alter! Ich will endlich aus meiner stillen Einsamkeit in deine hinein schreiben. – Wäre schönes Wetter und die schöne Natur näher: so fehlte mir bei meinen guten Hausleuten und bei so vielen Nürnberger Lesern nicht viel von Erlangen. – Über Jacobi wirst du am liebsten hören wollen. So oft wir auch beisammen waren, so haben wir doch kaum auszureden angefangen; und die ewigen Gespräche über Philosophie – welche aber seltener Streitigkeiten als Mittheilungen und weitere Auseinanderwicklungen waren – ließen mir zu vielen Fragen über sein Leben, seine frühern Bekanntschaften gar keinen Raum. Er sucht wirklich mit reinem warmen Eifer unausgesetzt nur die Wahrheit. Sein Buch über Realismus hat er mir für den neuen Druck zu Anmerkungen dagelassen. Den neuen 1ten Band seiner Werke bring' ich mit. – Er will mich durchaus nach München haben zum Durchsehen und Ordnen seiner Papiere, deren er mir mehrere gab, welchen zum Drucke wenig an Stil und – Handschrift fehlt; (so ruhig und gleichförmig ist auch letztere, wie sein ganzes Benehmen, Reden und sein sanfter edler Sprachton). Schon in der ersten Viertelstunde mußt' er meinen Sprüngen zwischen Ernst und Scherz zuschauen; und als ich es halb entschuldigte, sagten die Schwestern, er thue selber oft deßgleichen. Übrigens scheint er mir doch nicht den rechten Sinn für Scherz zu haben, daher er sich Katzenberger und Fibel nicht hinaus vorlesen lassen (– freilich von den armen Schwestern; und ich billigte es selber und rieth ihnen, solche Sachen, wenn es zu machen wäre, anstatt mit ihren Lippen vorzutragen, ihm lieber auf einer Kempelischen Sprachmaschine vorzuspielen). Zuweilen nimmt ihm das Alter die Fortsetzung einer Idee; auch klagt er, daß er sprechend jetzt nicht Herr genug über seine Darstellungen sei, was ich aber nicht fand – Er hat überall Ruhe, nicht Kälte; kann daher so *leicht* Feinde ansprechen, anhören und befriedigen als ich *schwer*. Es bleibt die Vormitternacht mir rührend, wo wir *allein*, er mit dem Schatten des Lichtschirms auf dem Gesichte, leise über das Wichtigste sprachen. – Und doch – höre! er sollte meinem erdigen Herzball einen neuen Stoß zur Bewegung um die höhere Sonne geben und mich heiligen und mir soviel sein wie Herder, ja mehr als Herder – er war beides nicht, und meine frömmsten Wünsche für mich können leider nun von niemand weiter erfüllt werden als von mir selber. – »Hab' ich nur ihn gesehen, hatt' ich bisher gedacht, so werd' ich ein neuer Mensch und begehre weiter keinen edel-berühmten Mann mehr zu sehen.« Ach! –

– Er sieht ganz gesund aus (wie auch sein Paß besagt) und ißt mehr und trinkt so viel als ich und kann und thut vom morgen an bis Vormitternacht in Einem fort unter Menschen, Genüssen und auf Häuser- oder Visitenreisen sein. Ich blieb zu seiner Verwunderung meiner alten Regel treu, mitten aus der wärmsten Gesellschaft in meine kühle Einsamkeit zu laufen, um mich vom Erholen zu erholen; z. B. aus der vollen Männer- und Weibergesellschaft bei Merkel nach einem überreichen Gastmal (er hat 5 Häuser).

d. 13 J.

Und mein von vielen Reden der Menschen angefachtes Sprechfeuer – und D. Erhard, der einmal gegen Herder und mich geschrieben* und dessen Materialismus ich jetzt bekämpfte – machten es auch rathsam. Als ich Jacobi – es kommt seine Kehrseite – fragte, ob ichs mit meiner Freiheit pp. pp. nicht übertriebe: bejahte ers halb und doch nur so, daß ich keinen Nutzen von der Frage hatte. Überall sieht er zu sehr und zu ängstlich auf seine Erscheinung und Darstellung vor andern und wagt gar nichts; so wie er schon früher meine Frage verneinte, ob ich öffentlich in der Dedikazion des Clavis an ihn sagen dürfte, er habe sie vor dem Drucke gelesen. Alle Rezensionen seines und Schellings Buchs führte er – sogar die Anzeige in der Hamburger Zeitung – in einzelne Blätter sauber eingewickelt bei sich. (Im Vorbeigehen! In allen, sogar von Kantianern wird er gelobt und sogar seine juristische Unschuld gezeigt. Schelling verliert mit Recht. »Er ist dein 2ter Aretin, sagt' ich, und hat deiner Philosophie blos zum Verbreiten genützt.«) – Nachdem in Erlangen die Professoren und wir alle seine Gesundheit getrunken hatten: stand er auf und ging zu einiger Verwunderung mit seinem Glase bei allen Trinkern herum und stieß auf ihre an. – Etwas gehört dem Alter und den 4 weiblichen Händen an, die ihn tragen und wiegen. Er trägt schöne neumodisch herabgeschlagne weißglatte Stiefel und Hosen von gutem Nanking und den jetzigen grauen Russen-Hut (wahrscheinlich auch der Augen wegen). Als am 1ten Morgen ein schwarzer Halbzirkel von Seebeck, Hegel, Niemeier, Schweigger ihn umsaß: hielten er und seine Schwestern vor uns ernsten Auskultanten einen $^1/_8$stündigen Rath, ob er und beide entweder um 3 oder um 3 $^1/_2$ Uhr dahin oder dorthin gehen müssen und wie alles gut zu arrangieren wäre. – Daß er mich liebt, weiß ich aus seinem jedesmaligen Abschiednehmen und aus der *Liebe* seiner *Schwestern*, und aus den sanften Vorwürfen, wenn ich in den Intervallen seines Zuhauseseins nicht kam; aber wie viel er an mir mit Recht und Unrecht tadelt, weiß ich nicht. Er spricht ziemlich oft von seinen Werken; über meine persönlichen, menschlichen und frühern und schreibenden Verhältnisse hat er keine Frage gethan*. – Im Politischen ist er ziemlich freimüthig. Das Übrige mündlich.

(. . .)

* Ich präsentierte mich ihm so: »Sie haben einmal den Teufel gelobt (im Niethammerschen Journal ein Aufsatz für dessen Existenz) – Le voilà!«

101. An Paul und Eva Thieriot in Zürich.

[Bayreuth, 12. Juli 1813]

Ich wollte, Sie hätten meinen Katzenberger und meinen Fibel gelesen; man will viel daraus machen, was ich selber vorher, obwol in anderem Sinne, auch wollte. Die neue um 18 Bogen reichere Vorschule ist auch da. Jetzo koch' ich und brat' ich an einem großen komischen Werke. In diesem aber – hab' ich mir geschworen – will ich nicht wie bisher, der ich in allen meinen komischen Werken, gleich einem Kinde, das in *Kugel*gestalt geboren und dann *gerade* in Wickelkissen gekreuzigt wird, immer den strengsten Kunstregeln nachgab und leider nur zu regelrecht war, es wieder thun, sondern ich will mich gehen lassen wie es geht – hinauf hinab – flug- und sprungweise – wahrhaft kühn – frei von allem Gellertismus und Dykismus – – Freund, ich will im Alter meine Jugend nachholen und postzipieren. –

(. . .)

102. An Jacobi in München.

[Bayreuth, 25. Jan. 1816]

Geliebter Heinrich! Welch' ein stummer Sünder bin ich, zumal nach der Freude über die erste bis vierte Lesung deiner Einleitung! Aber die Sünde des Schweigens ist wie jede andere, schon, gleich der Blattlaus, mit einer langen Generazion ohne neue Befruchtung trächtig. – Und doch könnt' ich mich mit den Leuten etwas entschuldigen, welche mir fast jedes Vierteljahr Manuskripte schicken und dafür Urtheile, Vorreden und Verleger verlangen.

Durchaus und innigst eins bin ich mit deiner Einleitung und ich hänge dir von Jahr zu Jahr blos immer dichter an. (Schon aus der Nebenstellung Baaders an Klopstock, gegen welchen letzten du mich gewiß keiner Dulie und Hyperdulie beschuldigen wirst, hättest du mein Lob blos auf beider *Kürze* der Worte und Werke beziehen sollen; wiewol ich den dunkeln, oft barbarischredenden Baader an den Stellen des Einleuchtens sehr hoch achte.)

Rein und scharf hast du von deinem Berge herab den Lauf der

verschiedenen Systeme geschieden und verfolgt. Hätten wir nur ein anderes Wort statt der Vernunft, welche bald, subjektiv, Vernehmen und Anschauen, bald, objektiv, Vernommenes und Angeschautes oder Idee bedeutet! Eigentlich *glauben* wir doch nicht an das Göttliche (Freiheit, Gott, Tugend pp. pp.) sondern wir *schauen* es wirklich als schon Gegeben oder Sich-Gebend; und dieses Schauen ist eben ein Wissen, nur ein höheres; indeß das Wissen des Verstandes sich blos auf ein niedriges Schauen bezieht. – Man könnte die Vernunft das Bewußtsein des alleinigen Positiven nennen (denn alles Positive der Sinnlichkeit löset sich zuletzt in das der Geistigkeit auf und der Verstand treibt sein Wesen ewig blos mit dem Relativen*, das an sich nichts ist; daher vor Gott das Mehr und Minder und alle Vergleichstufen wegfallen). Sogar die Zufälligkeit muß sich der Verstand erst von der Vernunft erborgen, denn jene setzt schon die Nothwendigkeit als ihren Gegensatz, den aber nur die Vernunft feststellt (gebiert), voraus, und der Zufall ist blos eine Verschleierung der *Freiheit*; oder die Nothwendigkeit wäre selber ein Zufall von Ewigkeit.
Treffend sind deine Apollons Schüsse auf den neuesten Schelling.

den 27ten

Genug! Leider sag' ich dir kein anderes wahres Wort mit allem als höchstens dein eignes. So wollt' ich z. B. noch schreiben, daß ohne göttliche Persönlichkeit ja gar keine endliche, die doch keiner läugnet, zu Stande käme, oder diese wäre dann selber jene, oder eine Weltseele, da jedes Selbstbewußtsein höher und mächtiger ist als ein ganzes blindes taubes Spinoza-All.
Die größte Beschämung der Philosophie des Verstandes ist die Scholastik – diese größere kantische Antinomistik – aus welcher man den schärfsten Skeptizismus als aus einer kritischen Essigmutter bereiten könnte. – Mein alter Haß gegen die Wortwelt-Weisheit ruht auf den Seiten 26, 27 etc. meines Clavis Fichtiana, die du sammt der Zueignung an dich wiederlesen solltest. – Ist man gegründet wie du, oder durch dich: so findet man wahrlich

* Diese Längen-Note setz' ich nur so dumm her: die Indifferenzialrechnung sucht ja auch wie durch Gewalt, aus der endlichen (relativen) Differenz z. B. des Bogens und der Sehne in die absolute Indifferenz beider zu kommen und rechnet nach dieser; und am Zirkel als unendlichem Vieleck fällt die Sehne in den Bogen.

mehr Positives – als bei jenen Wortweltweisen – in analogischen Schlüßen wie der Herd[erschen] vom Schmetterling auf die Unsterblichkeit, oder wie meine auf diese aus dem organischen Magnetismus. Wir sollten eine solche Anthropologie des göttlichen Anthropomorphismus versuchen. Ist denn A[ltes] und N[eues] Testament etwas anderes als eine analogische Schlußkette des Positiven?
(. . .)

103. An Emanuel.

[Heidelberg, 20. Juli 1817]

Mein theuerster Emanuel!
So bin ich denn hier wider mein Verdienst so seelig geworden, als ich kaum in einer Stadt gewesen, Berlin ausgenommen. Aber wie ist dieß ohne ein Papier-Ries zu schildern? Ich vertröste daher Sie auf meine Frau, und diese auf Sie, und Otto auf beide, damit doch eine Art von Nachricht herauskommt, bevor ich auf dem rechten Rednerstuhl sitze – auf Ihrem Kanapee.
Einer der wichtigsten Männer hier ist mir der Hofrath Thibaut, in der römischen Jurisprudenz noch größer als Savigny – voll Kraft und Trotz und Übersicht – sarkastisch – poetisch und witzig im Sprechen – und der Stifter einer donnerstägigen – Singakademie in seinem Hause. Eine kleine Anzahl Weiber, Jungfrauen und Jünglinge tragen die Kirchenstücke der alten italienischen Meister, des Palestrina, Leo, Durante pp. pp. vor. Ohne Krankheit darf keine wegbleiben – niemand darf *zuhören oder dabeisein, nicht einmal die Eltern*, damit die Musik heilige und die Eitelkeit sie nicht entheilige. Ich gewann ihn durch meine Worte über die Musik, daß er mir nicht nur den einen Donnerstag mit italienischer Musik gab, sondern jetzo für den zweiten mit Händel'scher mich mehrmal ordentlich bittet, als könnt' ich einen Himmel versäumen. Caroline versteht es, wenn ich sage, hier ist Fasch wieder. Das Aushalten der Töne war oft wie das von Glocken und man glaubte durchaus verborgne Glocken zu hören. Aber ich werde ja einmal ein Blatt finden, welchem ich diese ewigtönende Edenstunde mitgebe. –

Mir war, als würden meine Romane lebendig und nähmen mich mit, als das lange, halb bedeckte Schiff mit 80 Personen – bekränzt mit Eichenlaub bis an die bunten Bänder-Wimpel – begleitet von einem Beischiffchen voll Musiker – vor den Burgen und Bergen dahin fuhr. – Der größte Theil der Frauen und Männer saß an der langen von dem einen Ende des Schiffes zum andern langenden Tafel. Studenten – Professoren pp. pp. – schöne Mädchen und Frauen – der Kronprinz von Schweden – ein schöner Engländer – ein junger Prinz von Waldeck pp. pp., alles lebte in unschuldiger Freude. Meine Kappe und des Prinzen Hut (den aber die meisten nicht hinzu gewünscht hatten) wurden ans andere Ende der Tafel hinunter gefodert und zwei schöne Mädchen brachten sie mit Eichenkränzen umfaßt wieder zurück und ich und der Prinz standen damit da. Der Überfluß an Essen und Wein konnte kaum in einem ganzen Tage aufgezehrt werden. Der Himmel legte eine Wolke nach der andern ab. Auf einem alten Burgfelsen wehte eine Fahne und Schnupftücher herunter, und junge Leute riefen Vivats. In unserm Schiffe wurden Lieder gesungen. Ein Nachen nach dem andern fuhr uns mit Musik und Gruß nach; abends sogar einer mit einer Guitarre, wo ein Jüngling mein angebliches Leiblied: »Namen nennen dich nicht« sang. – Im fortziehenden Schiffe wurde gegessen und seltsam schifften die himmlischen Ufer und Thäler vor uns vorüber, als ob wir ständen. Die Freude der Rührung ergriff mich sehr; und mit großer Gewalt und mit Denken an ganz tolle und dumme Sachen mußt' ich mein Übermaß bezwingen. Nach dem Essen spielten wir jungen Leute Spiele (die Wittwe u.s.w.) auf einer Wiese, woraus ich für eine Goulon aus Weimar einen langen Scherz spann. Darauf tanzte man 1 Stunde lang in einer Ritterburg. Und so zog denn am schönen Abend die ganze kleine Freudenwelt ohne das kleinste Stören, Misverständnis und Abbruch mit unverschütteten Freudenbechern nach Hause. – Verzeihen Sie die nachlässig durch einander geworfne Schilderung; zu einer andern gehören Bogen. Und eben so seelig und fast zu schwer tragend an den Gaben des Unendlichen stand ich in der dunkeln Nacht im Kreise der singenden Vivat-Studenten und gab hundert Händen meine Hand und sah dankend gen Himmel. Was ich gesagt, erfuhr ich erst später aus einem Briefe der v. Ende.

– Ich mag nicht mehr schildern; es nimmt kein Ende. Alle Professoren und Studenten erfreueten sich über mein Doktor-Werden, was mich freilich wahrhafter ehrt als die Legazionrätherei. – Die Schwarz (eine wirklich treffliche Seele) und die v. Ende (die mir jetzo als eine der bedeutendsten Frauen erscheint) grüßen Sie liebend. Reitzenstein ist in den Bädern. – Ich grüße hier Otto, da ich nicht an ihn mit schreiben konnte.
Ihr langes Bleiben in Döhlau hat mich voraus erfreuet, denn es setzt einige Himmel voraus. – Eben hat mich mein Buchhändler Reimer aus Berlin unterbrochen; – ich sagte bei dem Abschiede zu ihm, hätt' er mir statt seines Briefs sein Gesicht geschickt, so wären wir auf der Stelle einig gewesen. Kurz ich lieb' ihn recht herzlich, so redlich ist sein Auge und Außen. Auch vom Hesperus und von den Mumien ist, wie er sagt, bald eine neue Auflage nöthig.
Vor lauter Menschen und Regen hab' ich hier noch nicht viel von der Natur ausgenossen.
Leben Sie nun wol, geliebter Emanuel! Und recht gegrüßet sei Ihre Frau.

D. Richter

104. An Karoline Richter

[Heidelberg, 19. Juni 1818]

(. . .)
Heute hab' ich bei Schelver dem wahren magnetischen Gottesdienste von 11 bis 2 Uhr beigewohnt. In einem Saale versammeln sich an 27 Menschen beiderlei Geschlechts – im Kreise auf Stühlen sitzend, alles durcheinander, Mädchen von 13 Jahren und alte Mütterchen, gemeine arme Bürgerweiber, daneben ein kräftiger Student, ein fetter Landamtmann, Offiziere, vornehme Frauen – alles sitzt zufällig durcheinander, Alter und Blüte und Stand und Geschlecht und fäßt sich rechts und links an der Hand – der blinde Aut sitzt in der Saalecke des Kreises und fäßt auch – Schelver magnetisiert mit wenigen Strichen jeden Einzelnen, im Kreise umgehend – dann wieder mit einem Eisenstäbchen. Dieß wird mehrmal wiederholt – so sinkt ein Kopf nach dem andern in Schlaf – nur einige Neuangekommene blieben

wach – Ich war im Tempel des Weltgeistes. Wie der Kirchhof und die Kirche alles gleichmachte, so hier der Saal. Zuschauer sind auf dem Kanapee oder unter der Thüre. Nach 2 Stunden stehen die Schlafenden wieder auf, die blos vorbereitet werden. Der Blinde in der Ecke bleibt in seinem Schlafe. Dann kommt Md. Schelver mit Papier und Dinte und allmählig fängt er an, für die Kranken, die er wählt oder die ihm genannt oder verbunden werden, die Rezepte zu diktieren mit der höchsten Pünktlichkeit der Dosen, aber mit schrecklichen herauswürgenden Gebehrden, im Wachen immer freundlich, aber im Schlafen wild und alles hervorknirschend, und doch mit frommen Äußerungen überall. Ein Offizier mit Orden kam und noch ein Fremder und Schelver verband die 4 oder 6 Hände und er entschied. Gewöhnlich verschiebt er die volle Entscheidung auf den nächsten Tag. – – – Wenn ich nur nicht so viel schreiben müßte ... Die Schelver hält er für seine Frau und sagt ihr, sie solle alles dem H. Professor sagen, er habe nicht das Herz; denn er weiß dessen Danebensitzen nicht. Sein Aufwachen ist fürchterlich-krampfhaft und langsam; alsdann ist er ungemein freundlich und bescheiden, was er alles im Schlafe nicht ist. Und doch halten einige Ärzte hier alles für Betrügerei, trotz der auffallendsten Heilungen. Ich stand vor dem Abgrunde der Geisterwelt. Für 5 oder 6 unheilbare Kranke wurden heute die Rezepte eingeholt. Die Krüdner setzt sich immer auch neben ihn ohne Ursache (Noth) und bekommt starke (von Schelver bald geheilte) Zuckungen und Schlaf; sie sagte mir aber, es schade ihr nichts; und sie blüht auch. Von 12½ bis 2 Uhr, wo der Blinde zu reden anfängt, füllt sich der Saal. Nicht sein Ton und seine Aussprache, aber seine Sprache erhebt sich, z. B. Gott ist der allgemeine Weltarzt, oder die Weiber alle sind »wehleidig«. Mir grauset jetzo nur vor den Disputazionen für ihn – – (...)

105. An Max Richter in Heidelberg.

[Bayreuth, 25. Dez. 1820]

Mein guter Max! Deine Briefe haben mich sehr erfreuet und gerührt. Aber die theologische Kanne-gießerei, die du bei Feuerbach einsaugst, beängstigt mich für deine Jugend; eine unwiederbringliche Zeit, die du heiter ohne Mönchgrillen zubringen mußt, wenn nicht meine Erwartungen von dir untergehen sollen. Dieser immer und ewig einseitige Kanne ist gerade so schwärmerisch in seiner Theologie und sinnlosen Typologie und in dem erbärmlichen Leben seiner Heiligen, wie ers in seinen »Urkunden« war, wo er alle historische Personen des Alten Testaments für bloße astronomische Zeichen (Sinnbilder) ansah. Studiere doch die Entstehung (Geschichte) des Christenthums, der Evangelien und Apostelbriefe, die man erst am Ende des 2ten Jahr-Hunderts zum Theil durch Irenäus kennen lernte, und eigentlich ihr Verzeichnis Anfangs des 3ten durch Origenes. Siehe nach, wie diese Apostel noch immer eingeschränkte Juden (eine erbärmliche, unmoralische Sekte mit ihrem zornigen Jehova) blieben und z. B. Hurerei und Blutspeisen mit gleicher Wärme verboten (Apost.-Gesch. 15, 20), oder wie sie, z. B. Paulus mit Petrus, unter einander zankten oder Paulus sich wider sie lobte (2 Epist. an die Korinther K. 11. 12.), oder wie sie einen 12ten Apostel durch das Loos wählten. In allen Reden Christi ist kein Wort von der wahnsinnigen Lehre von allen mit Adam zugleich mitfallenden (gefallenen) Seelen oder gar von der Genugthuung. Gott bekehre dich zu dem heitern Christenthum eines Herders, Jacobi, Kant. Lies doch Paulus Kommentar über die 3 Evangelien oder frage ihn selber. Kanne ist ein schlechter Exeget und Historiker. Lies doch lieber, wie ich in Leipzig, 1) Arrians Epiklet, 2) des liebenden Antonins Selbstbetrachtungen und 3) Plutarchs Biographien. Es gibt keine andere Offenbarung als die noch fortdauernde; und ein Christ wie Herder steht höher als Petrus. Unsere ganze Orthodoxie ist wie der Katholizismus erst in die Evangelien hinein getragen worden, und jedes Jahrhundert trägt seine neuen Ansichten hinein. Höre den alten Voß über die erste Kirchengeschichte. O könnt' ich doch bald über mein Werk gegen das Überchristenthum! – Mit dem neuern Mönchthum wirst du dir Freuden und Kräfte und Feuer abtödten und am Ende – nichts werden. Was mich einigermaßen über deinen überchristlichen (ultra-christlichen) Trübsinn beruhigen könnte, wäre etwa, daß er eine körperliche Quelle in deinem übertriebnen Sitzen und Studieren hätte; freilich ein schwacher Trost. Einige Jahre hält es die Jugend-

kraft aus und du überflügelst manche um einige Jahre in Kenntnissen; aber dann kommst du wie Kapp als Scheinlebendiger, nicht als Scheintodter, zu mir zurück, und gerade in den Jahren der Vollreife, wo das Höchste errungen werden muß, im 25ten, 30ten, sitzest du bleich und geknickt vor Arzneigläsern. Gott verschone mich mit diesem Anblick!
– Die Kränklichkeit des unersetzlichen Voß ängstigt mich; grüße mir sie alle warm, die Guten . . .
Nun lebe wohl, theuerer Sohn, und das neue Jahr bringe dir neue Freuden mit.

Richter

106. An Heinrich Voß in Heidelberg

[Bayreuth, 16. April 1821]

(. . .)
Es ist zwar noch wieder nichts, aber unter dem Schreiben kann doch was kommen. In jedem Falle müssen morgen meine Klageblätter fort. – Max ist in seinen Briefen höchstens zu bescheiden und mit seinen Fortschritten zu wenig zufrieden. Wenn er, wie du schriebst, eine Geschichte der Philosophie wagen zu können sagte: so hätt' ich dabei stehen mögen, um ihn eine 1/2 Stunde lang auszulachen. Vom Hofrath Gebauer schrieb er mir noch nichts; aber von Daub die Einseitigkeit, daß er vom Buchhändler nichts neues Philosophisches und Theologisches sich will zugeschickt wissen. So ist auch Kanne; so war Fichte. So waren Leibnitz und Lessing nicht; für sie brach sich in jedem Buche ein Stral der Wahrheit, nur andersfarbiger. Jetzo ist jeder eine Sonne, die keine Stralen braucht und die ihre nur zum Selberspiegeln wieder empfängt.
(. . .)

107. An Heinrich Voß in Heidelberg.

[Bayreuth, 22. Dez. 1821]

Mein geliebter Heinrich! Wie oft wirst du mich seit einem Vierteljahre angeklagt – und entschuldigt – und wieder angeklagt haben und doch wol zuletzt entschuldigt, mich armen Teufel! Ach, ich konnte nicht anders. Du kannst denken, wie ich gegen alle schweige, da ich gegen dich schwieg, sogar auf Kosten meiner *größten* Postfreude, nämlich der wöchentlichen über deine Blättchen.

d. 23ten

Gerade heute kam dein erquickendes Blatt. Mein Schweigen entstand aus einer Arbeit für das Morgenblatt (. . .), auf deren Vollendung alle Briefe warten mußten – aus dem Hoffen auf den 22ten November, d. h. auf den Nachschein meines Verklärten – und aus – – – Schmerz. Ich habe keinen Abschnitt sondern einen Durchschnitt meines Daseins erlebt und Freude wird mir nun schwer, ausgenommen die wissenschaftliche im Lernen und Schaffen. Aller Verlust voriger Menschen gleicht dem letzten nicht und meine Sehnsucht wächst peinlich. Nicht über Ihn brauch' ich Trost, sondern über das entbehren Seiner Liebe. Indeß hab' ich doch die Kraft, stets, wenn ich will, den zersetzenden Gedanken an Ihn abzuweisen, der mir bei jedem griechischen Buche, ja bei dem Worte Philolog an die Brust springt; aber hören und sehen von Ihm kann ich schwer. – Und damit genug! – Meinen Körper beschützt der milde Winter, aber noch immer kein zuträglicher Wein. Ich überarbeite doch den 3ten Band des Kometen. Das starke Buch über die Unsterblichkeit fordert Anstrengungen, die ich nur im Sommer meiner Gesundheit ansinnen darf, weil ich bei dem Überblick von 30jährigen Vorarbeiten gefunden, daß diese überall in alle Tiefen der Philosophie eingreifen. Aber 1000 nassen oder dunkeln Augen werd' ich ganz *neue* lichte Stellen und Reiche im künftigen Lande des Seins mit Kühnheit zeigen können; alles ohne Beihülfe der Bibel. Es gibt – durch die Jahrhunderte – größere Blicke ins All als die eines Peter und Paul. –

(. . .)

Nachwort

I

Vor allem im vorigen Jahrhundert hat es Ausgaben von Brief*wechseln* und biographische Darstellungen mit zahlreichen Briefen von und an Jean Paul gegeben, keine Briefauswahl jedoch, die ausschließlich Jean Paul selbst gewidmet gewesen wäre. Die älteren Drucke sind darüber hinaus in der Textgestalt auch der Jean Paulschen Briefe in vielem unzuverlässig, nicht nur wegen oft unausgewiesener Kürzungen, sondern auch wegen zahlreicher Zusätze und Veränderungen der Herausgeber. Erst Eduard Berend hat mit der III. Abteilung der historisch-kritischen Ausgabe, die sämtliche Briefe Jean Pauls enthält, eine verläßliche Textgrundlage – auch für die vorliegende Auswahl – geschaffen. Sie ist ein erster Versuch, nachdem es seit den 60er Jahren eine Jean-Paul-Renaissance mit zuverlässigen Werkausgaben gegeben hat, Jean Paul in seinen Briefen auch anderen Lesern vorzustellen als den Jean-Paul-Spezialisten, die sich in Bibliotheken in neun sperrige Bände vertiefen. Es war dabei nur an eine Art Lesebuch zu denken, und für den Herausgeber hat es auch etwas Angenehmes, wenn die äußeren Umstände die subjektiven Vorlieben stützen. Aber selbst wenn man nur rund hundert von über 5000 Briefen und Billetten auswählt, hängt man doch der Hoffnung an, beides zu haben, seinen eigenen und den »wirklichen« Jean Paul.

Zunächst eine Bemerkung zur Darbietungsform. Den groben Rahmen dafür gab die Biographie. Das Briefmaterial wurde jedoch nach einzelnen lebensgeschichtlichen Phasen gegliedert, denen dadurch mehr oder weniger stark ein thematischer Akzent gegeben wurde. Eine deutlichere Akzentuierung findet sich bei den beiden Gruppen mit Briefen an Frauen; sie konnten aus der – im Prinzip – chronologischen Ordnung ausgegliedert werden und sie überschneiden sich also auch zeitlich mit den entsprechenden anderen Briefgruppen. In einigen wenigen Fällen wurden auch einzelne Briefe aus anderen Lebensabschnitten Jean Pauls einer Gruppe zugeordnet, auf die sie besonders signifikant Bezug nehmen. (Auch die Jahreszahlen unter den

Überschriften weisen darauf hin.) Der in textkritischer Hinsicht wichtigste Eingriff gegenüber der Vorlage sind Kürzungen innerhalb einer Anzahl von Briefen, kenntlich gemacht durch das Auslassungszeichen: (. . .). Es wurde dabei versucht, jeweils den Briefcharakter zu wahren, bzw., wo dies nicht möglich oder angebracht schien, wenigstens in die thematische Einheit der entsprechenden Briefpassage nicht einzugreifen. Eine Aphorismensammlung aus Briefen sollte vermieden werden.

II

Über die inhaltlichen Akzente, die in dieser Auswahl gesetzt werden konnten, sagt die Gewichtung der einzelnen Lebensphasen schon mehr aus. Vom Umfang her am schwächsten vertreten, um damit zu beginnen, sind die Jahre 1800–1825, vor allem die Jahre des späten, des Bayreuther Jean Paul, den es mit seiner Eheschließung immer stärker aus der »großen Welt« treibt, in die »wohlfeilste, gebildetste, beste (Stadt) in der Gegend und im Bier« (Nr. 90) und der schon in Weimar zu Herder sagt: »Hab ich geheirathet, so kriech ich in ein Loch und stecke nur den Schreibfinger heraus.« (Nr. 55.) Daß die Briefe aus diesem doch längeren Zeitraum am schwächsten vertreten sind, liegt auch in hohem Maß an der Art und an den Umständen der Korrespondenz des späteren Jean Paul. Das äußere Leben wird nach dem Rückzug in die Bayreuther »Idylle« erfahrungsärmer, gegenüber dem Ausdruck des inneren wird Jean Paul skeptischer – welche Feste des Gefühls und der Phantasie hat er demgegenüber in den 90er Jahren auch in seinen Briefen gefeiert –, wichtige Briefpartner (die Freunde Otto und Emanuel) leben am Ort, mit ihnen korrespondiert er über Billette, das »Telephon« der Zeit, und lediglich auf den Reisen gibt es einen angeregteren Briefschreiber Jean Paul. Sonst findet man das Gewicht des Alltäglichen, man hört von der Masse notwendiger und ungeliebter kleinerer Arbeiten, von zahlreichen Zeitschriftenaufsätzen, man hört wenig von den theoretischen und politischen Schriften, man hört davon, wie die Verzettelung dem Schwung für den großen humoristischen Roman, den KOMET, im Wege steht, und man findet dazwischen immer wieder Briefe, in denen Jean Paul doch seine Narrenfeste feiert oder sich danach sehnt. (Nr. 95.)

Aber Jean Paul will nicht nur aus der Idylle heraus, die doch nur eine »Art Idylle« ist, wie er das »Leben der vergnügten Schulmeisterlein Maria Wutz«, seine erste Idylle genannt hatte. Wie sehr führt ihn sein Weg von der »großen Welt«, von Weimar, Leipzig, Berlin über Meiningen und Coburg wieder zurück in die Nähe nicht nur der Freunde Otto und Emanuel, sondern auch der Kindheit und Jugend, in eine Welt, von der er sich losgemacht hatte und gegen die sich sein ganzes Werk richtet; und wie sehr sucht er nach den Wirrnissen mit den »genialischen Weibern« und »poetischen Tugendvirtuosinnen« eine »stillere weibliche Luna«, »die häussliche Stille meiner Eltern«. (Nr. 78, 84.) Ist Bayreuth dann der Rückzug von allem und ein philiströses Biedermeier über einer exzessiven Phantasie, deren Pathologie das Spätwerk immer deutlicher zeigt? Aber schon das 19. Jh., das sich in Jean Paul gesucht – und auch teilweise gefunden – hat, hat sich im späten Jean Paul getäuscht. Wenn eines bei diesem Autor nicht zutrifft, dann die Ahnungslosigkeit gegenüber der eigenen Idyllensehnsucht. Seit dem WUTZ, und wieviel mehr im Spätwerk, ist er mit der Raffinesse der Phantasie vertraut, sich das »Vollglück« herzustellen, auch wenn es die Wirklichkeit nicht hergibt; er kennt die sophistische Glückssuche, die List der Phantasie, die das Bedürfnis, hier und jetzt glücklich zu sein, erfüllen soll, nicht erst, wenn eine andere Welt, andere Verhältnisse, es zulassen. Die Art der »Affirmation«, die schon alle seine literarischen Idyllen geprägt hat und die der Versuch ist, ihren Anti-Helden das »Vollglück« dadurch zu schenken, daß sie um die »List«, um die Sophismen ihrer Phantasie *nicht* wissen, diese Affirmation ist bei ihrem Autor nicht mehr naiv, sie wird gegengesteuert durch das selbstparodistische Wissen um die Sophismen der Phantasie. Tendenziell setzt sich *hier* noch eine andere »Illusion« durch, die des Humoristen, der sich nicht nur selber durchschaut, sondern der so »frei«, so »souverän« sich selber gegenüber zu sein scheint, daß er die List der eigenen Phantasie wiederum glaubt »leicht« nehmen zu können: die raffinierte Seite des »hellen Bewußtseins des Ich«. In Wahrheit konnte Jean Paul dann auch die Bayreuther Idylle nicht nur »leicht« nehmen oder als Rolle spielen. Aber die humoristische Utopie vom »hellen Bewußtsein des Ich«, die so wider Willen noch die List der

Phantasie schützt, hält zugleich an der Utopie einer Vorstellungskraft fest, die die Wirklichkeit nicht mehr überlisten muß.

III

Der größte Teil der Briefe unserer Ausgabe stammt aus der Zeit bis kurz nach der Jahrhundertwende, wobei auf dem letzten Jahrzehnt des Jahrhunderts wiederum das Hauptgewicht liegt. In diese Zeit fällt die produktivste und erfahrungsreichste Lebensphase Jean Pauls, auch die Phase seines intensivsten Briefwechsels. Relativ ausführlich wurden jedoch auch die Jugendbriefe dokumentiert, bzw. die Briefe bis hin zur Entstehungszeit des ersten Romans (1780–92). Der Akzent lag dabei weder auf der Breite der Lektüre des jungen Friedrich Richter noch auf den konkreteren philosophischen und literarischen Einflüssen, abgesehen davon, daß viele der Jugendbriefe sprachlich auch dadurch für den Leser nicht verdaulicher werden, daß die Jean-Paul-Forschung neuerdings immer mehr ihre Relevanz entdeckt hat. Die Bedeutung der frühen Briefe liegt denn auch vor allem darin, daß sie die Entschiedenheit und die Beharrlichkeit des kaum 18jährigen zeigen, der mit dem Armutszeugnis ausgestattet in Leipzig das Theologiestudium beginnt, und der in seiner in Wahrheit aussichtslosen Lage den Schriftstellerberuf zum Medium seiner Befreiung und Selbst-Werdung zu machen versucht; er beginnt damit, indem er sich dafür eine schon anachronistisch gewordene Literatursprache förmlich *erarbeitet:* die Sprache der witzig-gelehrten aufklärerischen Satire. Richter ist einer der ersten in Deutschland, der versucht, ohne jede mäzenatische Unterstützung und ohne jedes Vermögen »freier Schriftsteller« zu werden. Und dieser Jean Paul läßt dabei das Bewußtsein von der verweigerten, aber auch den rousseauistischen Traum von der geschenkten Identität noch nicht an sich heran. Er will seine Identität sich selbst verdanken. Das ist so sehr der Fall, daß seine reale Misere – die äußerste Armut der Familie, ein Bruder begeht Selbstmord; das Schattendasein einer Dorfpfarrer- und Dorfschullehrerfamilie, die Enge und Paranoia einer deutschen Provinzstadt, die den Abweichler fürchtet und haßt – daß all dies in seinen Briefen kaum zur Sprache kommt. Er versenkt sich in das Medium seiner Befreiung. Die Literatur soll der Weg sein, das »Mittel« freizukommen. Früh spricht er davon, daß er nie ein »öffentliches Amt« annehmen will. Es nie getan zu haben, wird sein Stolz bleiben, er betont es nicht zufällig, als er Karl Philipp Moritz das Manuskript seines ersten Romans zugeschickt hat (Nr. 34), und kein »öffentliches Amt« anzunehmen, vom »Urteil«, vom »Beifall« der anderen unabhängig zu sein, das wird zum Kernbestand aller seiner Humoristenfiguren werden, zum Kernbestand ihrer selbstgewählten, selbst affirmierten sozialen Ortlosigkeit.

Und man merkt den Jugendbriefen an, daß Richter die fremde Sprache nicht zuwächst; man merkt ihnen das Autodidaktische der »freien« Schriftstellerexistenz an wie bei vielen der plebejisch-kleinbürgerlichen Intellektuellen der Zeit, man denke an Wezel, Jung-Stilling, Moritz, bis Jean Paul dann die fremde Sprache zu seiner eigenen umformt; er macht sie sich zu eigen, indem er sie närrisch macht, zum Medium des Narrentums des Außenseiters, und in einem Überbietungsvorgang von Gelehrtheit und Witz bildet sich die anarchische Tollheit, die spielerische Leichtigkeit des humoristischen Tons heraus – zunächst in den Briefen an die Freunde –, die für den Humoristen Jean Paul charakteristisch bleiben wird, und die sich *seiner* Umkehrung des Ausgegrenztseins verdankt: der Entdeckung der Freiheit in der Narrenfreiheit.

Später hat Jean Paul an dieser Zeit der »satirischen Essigfabrik« eher nur die Abschottung gegen sich selbst betont, die von seiner Umwelt erzwungene Unterdrückung seiner Empfindsamkeit und seiner »commisération«, der Menschenliebe Rousseaus, dessen Vornamen er seinen angleicht. Und daß er sich in dieser Zeit gegen das »Herz« abschottet, zeigt sich auch in dem fordernden, in der zurückweisenden Kälte direkt auffallenden Ton der Briefe an die Mutter (Nr. 3), einer der wenigen persönlichen Töne überhaupt in den Jugendbriefen. Aber deren Briefe konfrontieren ihn nicht nur mit einer Realität, mit der Misere der Familie, sondern auch mit dem Sog der Ohnmacht, den die Misere ausübt, und sie wollen ihn schließlich zurückbinden an den »Gemeinsinn« der Gesellschaft, von der er sich befreien will. Jean Paul macht wie viele Außenseiter des ausgehenden 18. Jahrhunderts die Erfahrung der Donquijoterie, der Narrheit am eigenen Leib, »mitten unter dem Geschrei der ganzen Welt

Selbstlauter zu sein, nicht Accidentien an Substanz, sondern selbst Substanz«, wie er an den Freund Hermann schreibt. (Nr. 12.) Und es kommt hinzu, daß auch das Bewußtsein, sich vor der »Welt«, vor der »öffentlichen Meinung« zum Narren zu machen oder zum »Juden« (ebd.), auf eine problematische Weise verführerisch ist. Auch Jean Paul hat hier seine Außenseiter-Identität manchmal an den *fraglosen* Allgemeinheitsanspruch der Aufklärung geknüpft, die sich der Macht des »Vorurteils« ungefragt überlegen glaubt, um gegenüber *diesem* Anspruch zu erfahren, daß es der Satiriker selbst ist, der »abweicht«. Vielfach verdrängt die Spätaufklärung, daß ihre Wirkungslosigkeit sie im Kern ihres Selbstverständnisses, ihrer Identität tangiert und daß diese nicht dadurch intakt bleibt, wenn sie ihr unglückliches Bewußtsein den Verhältnissen zuschreibt. Jean Paul reagiert genau hier anders: er behauptet sich. Man hat seit der versöhnlichen Auffassung des Humors im 19. Jh. vergessen, daß Humor eine *Abwehr* ist, und man hat vergessen, wie es Schopenhauer noch wußte und wieder Freud, daß diese Abwehr keine *Verdrängung* ist. Richter wehrt die Verletzung seiner Identität ab, aber er verdrängt sie nicht, und so gibt es bei ihm auch nicht die risikolose Überlegenheit des Satirikers, der sicher sein will, immer heil aus der Satire herauszukommen. Schon der junge Jean Paul affirmiert – demonstrativ – seine Abweichung, sein Narrentum. Als Narr etikettiert, übernimmt er das Etikett und weist dennoch die Bedeutung des Etiketts für sein »Selbst« zurück. Gewiß hat dies gegenidentifikatorische Züge. So ist man nicht auf eine unbefangene Weise mit sich identisch, aber so kann man sich behaupten: »So begehe ich z. B. eben darum in Leipzig mit Absicht sonderbare Handlungen, um mich an den Tadel andrer zu gewöhnen.« (Nr. 6.) Auch im sogenannten »Kleidermartyrium« Jean Pauls findet sich ähnliches. Der aus Leipzig nach Hof zurückgekehrte, »gescheiterte« Kandidat Richter, Hungerleider, Heterodoxer, ohne Zopf, mit offener Hemdbrust, die Schreibtafel in der Hand, geht den Höfer Bürgern nicht aus den Augen. Sicher bedeuten selbst da die anderen noch viel für das Selbst. Der befreundete Pfarrer Vogel bringt ihn damit immer wieder in Rechtfertigungszwang, und in einem Brief an ihn diskutiert Jean Paul auch zunächst brav philosophisch seine Kleidung.

(Nr. 6.) Aber der Brief hat seine Wende: die Legitimationen werden Jean Paul einfach lächerlich. Und von der großartigen Selbstbehauptung Leibgebers und Schoppes, vom Bewußtsein der Unantastbarkeit des »Ich«, das den demonstrativen Kommunikationsabbruch der »nützlichen« Satire vorzieht, ist der Brief an einen gewissen Pfarrer Morus, der den heterodoxen Abweichler von der Kanzel herab als Atheisten verschrien hatte. (Nr. 11) Noch in Weimar datiert Jean Paul den Ursprung seines Republikanismus in diese Zeit (Nr. 56), ein Republikanismus, der seine Wurzel nicht im Sozialutopismus Rousseaus, sondern in der Tradition des »aufrechten Gangs« des aufklärerischen Naturrechts hat.

IV

Aber es kommt auch bald die andere, die rousseauistische Seite Jean Pauls zu Wort. Vergleicht man die Briefe der frühen 90er Jahre einmal mit der Sprache der Jugendbriefe, so ist man versucht, die neue Sprache, die Jean Paul nun spricht, mit einem seiner charakteristischen Bilder zu beschreiben. Wie Gustav, der Held der UNSICHTBAREN LOGE, aus seiner unterirdischen Höhle auf die »Welt« hinaustritt, so befreit sich nun die Sprache der »Menschenliebe« und des utopischen Fests der Phantasie von der skeptischen und stoisch-humoristischen Abschottung gegen die Empfindung. Es gehört dabei zur Logik des »Herzens«, daß sein Ausdruck, seine Expressivität dann auch zu einer Art »Durchbruchserfahrung«, zu einem »Fest« wird. Tatsächlich setzt sich diese Sprache jedoch erst allmählich durch, wenn auch Jean Paul solche Erlebnisse der Wende – die visionäre Antizipation des eigenen Todes, der Tod des Bruders und der bis dahin für ihn wichtigsten Freunde Oerthel und Hermann – namhaft macht. Vergleicht man zum Beispiel die erste Darstellung dessen, was für Jean Paul seine »hohen Menschen« ausmacht, in einem Brief an Wernlein (Nr. 16) mit der Sprache, die dieses Bild in der UNSICHTBAREN LOGE erhält, so erkennt man, wie Jean Paul auch in der Rhythmik seiner Empfindsamkeit, in der »hohen Empfindung« erst zu sich selber finden muß.

Hier, wo von der Unmittelbarkeit des »Herzens« die Rede ist, ist es auch angebracht, darauf hinzuweisen, daß Jean Paul seine Briefe – und unter diesen gerade die mit der emphatischsten

Empfindung – kopiert, in »Briefkopierbücher« überträgt, um sie auch literarisch zu verwerten, »pour aboutir à un livre«. Viele Briefe, darunter z. B. alle an Charlotte von Kalb, sind nur auf diese Weise erhalten.) Auch das gehört zur »Zettelkastenmanie« Jean Pauls, zur früh antrainierten Praxis des Exzerpierens, die den Mangel an »Stoff«, an äußerem Leben, erst durch das Kopieren von Büchern, dann durch das Kopieren der »Innenwelt« ausgleicht. Und er geht dabei mit der »Innenwelt« der anderen, der Briefpartner, ebenso um wie mit seiner eigenen. Selbst Briefe, in denen Jean Paul, wie vielfach zu Beginn der 90er Jahre, von der Literarisierung seines eigenen Lebens spricht, selbst solche, man kann vermuten: vor allem solche Briefe hat Jean Paul kopiert. (Nr. 37.) Allein die Briefe an Otto nehmen hier eine gewisse Sonderstellung ein, sie sind auf ihre Kopierbarkeit nicht angelegt. Das gibt diesen Briefen ihren dokumentarischen Wert, nicht nur denen aus Weimar, und bisweilen eine Offenheit der Selbstdarstellung, die gleich weit entfernt ist von den Spiegelungen der Selbstparodie wie von den Festen des Selbstausdrucks. Die Überbietungsformen der Empfindung, die sie inszenierbar und kopierbar machen, erhalten jedoch noch einen anderen Sinn, wenn man sie mit der Praxis der empfindsamen Epistelomanie vergleicht. Man »handelt« dort durchaus die Produkte seines »Herzens«, man läßt seine Briefe, seine Innerlichkeit zirkulieren, man findet sie »zum Drucken schön«, man glaubt, erst in der Veröffentlichung des »Privaten« das wahre »Ich« zu finden, das dann – ohne es wissen zu wollen – nur seinen Spiegel sucht.
Man wird dagegen den Festen der Empfindung, die Jean Paul feiert, nicht gerecht, wenn man nur ihre Reproduzierbarkeit und Inszenierbarkeit und darin ihre »Unwahrheit« betont. Der »Konsens der Herzen«, wie Habermas die rousseauistische Idee der »Öffentlichkeit« genannt hat, dieses Fest der Kommunikation erhält seinen *Fest*charakter erst von der Skepsis des Humoristen Jean Paul, die die Resonanzen des einen Ich im anderen zum eigentlich »unmöglichen« Glücksfall macht. Der humoristisch-satirische Diskurs ist eine Form des – demonstrativen – Kommunikationsabbruchs; die »Menschenliebe«, von der Jean Paul immer wieder sagt, daß ihm die »Raubvögel« seiner Umwelt dieses »Paradies im Herzen« genommen hätten

(Nr. 19), auch diese »Menschenliebe« ist nicht etwa eine Brücke zur Umwelt oder Welt, sie überschreitet und überbietet sie. Sie hat die paradoxe Zweideutigkeit der Utopie, nur »Gegenwart« zu sein, wenn sie nicht »wirklich« ist, den radikalen Zweifel zusammen mit der Gewißheit. Und sie richtet sich immer wieder gegen »die allgemeine Kälte um mich her«, eine Kälte »gegen alles, was den Menschen über den Bürger hebt« (Nr. 34). So schreibt Jean Paul in seinem zweiten Brief an Moritz, dem vielleicht am meisten charakteristischen Brief für die Befreiung, die Jean Paul dann im Konsens mit einem wirklich »ähnlichen Herzen« erfährt; »ähnlich« gerade im Enthusiasmus der »hohen Empfindung«, mit dem Moritz ihm auf die UNSICHTBARE LOGE geantwortet hatte. In fast allen seinen Briefen der frühen und mittleren 90er Jahre, vor allem im jeweils ersten Brief an einen zukünftigen Briefpartner, z. B. auch an Emanuel, schließlich auch in fast allen Briefen an Frauen spricht Jean Paul diese Sprache, seine Form, die Empfindsamkeit zu überbieten. Und wenn einige solcher ersten Briefe die Anstrengung spüren lassen, die das Pathos noch erzeugt und den Konsens erzwingen soll, so entfaltet es sich dann ungehindert, wenn Resonanz da ist. Wie das weitergehen soll, so fragt man sich oft, nicht zuletzt bei den Liebesbriefen, die diesen Gefühlszustand ja halten wollen. Und hält Jean Paul ihn – eher muß die Geliebte wechseln –, so fragt man sich, was aus der Wirklichkeit der Individuen, aus ihrer Verschiedenheit und auch aus der Verschiedenheit der Geschlechter werden soll, wenn sie so ganz im »Konsens der Herzen« verschwunden sind.

Aber Jean Paul hält diese Sprache. Wie enthusiastisch er sich in ihr bewegt, zur humoristisch-satirischen Tollheit wechselt und mit ihr zur Parodie der eigenen Empfindungsseligkeit, das zeigt sich schon in den Briefen an die Höfer Freundinnen und an die Freunde, Emanuel, Oertel. Daß man ihn dann in Weimar bewundert, liebt, bei sich haben will, wie Herder, wie Wieland, der sich neues Leben von ihm erhofft (Nr. 49), das zeigt auch etwas von der Wirkung des witzigen und empfindsamen Jean Paul im Gespräch, der zugleich jedoch immer noch etwas anderes hat, die grundsätzliche Entfremdungs- oder Fremdheitserfahrung, nie ganz in der Wirklichkeit zu wurzeln.

Vielleicht ist das letztere den Gleichgesinnten und Freunden in Weimar sogar eher noch verborgen geblieben. Den Klassikern mußte es auffallen, und Jean Paul kommt Schiller auch vor »wie aus dem Mond gefallen«. Natürlich gehen in dieses Bild die politischen Standpunkte ein. Deutlich hört man den »Schwärmer« heraus, den Begriff, den Schiller mit Goethe austauscht, wo es darum geht, sich über den Rückzug von deutschen und französischen Zuständen zu einigen, wobei sich Schiller, der mehr zu verleugnen hat, auch mehr hervortut. Und das Bild trifft auch die Schwäche des Rousseauismus Jean Pauls, die Lücke in seiner Suche nach Konsens und seiner Empörung über die Kälte der Distanz und der Differenz. – Wie sieht Jean Paul seinerseits die Klassiker? Er bringt nach Weimar das Bild des immoralistischen Artisten- und Ästhetentums mit, das gleichgültig bleibt, »kalt« gegenüber den höchsten Interessen der »Menschheit«, das sich über alles erhebt, sogar über die »Moral«, im Hinblick auf Schiller, und das sich nur noch an der Kunst »erwärmt«, im Hinblick auf Goethe (Nr. 40, 48). Von Jean Pauls erstem Besuch im Haus Goethes datiert auch wahrscheinlich das Bild des »Olympiers«, das noch für die 48er Generation prägend ist: »Sein Haus (Pallast) frappiert, es ist das einzige in Weimar in italienischem Geschmack, mit solchen Treppen, ein Pantheon vol Bilder und Statuen, eine Kühle der Angst presset die Brust – endlich tritt der Gott her, kalt, einsylbig, ohne Akzent. Sagt Knebel z. B., die Franzosen ziehen in Rom ein. ›Hm!‹ sagt der Gott.« (Nr. 48.) Immer wieder findet man die Metaphorik der »Kälte«, des »eingeäscherten Herzens«, der »Kühle«, der »Eiskruste«, die Metaphorik einer Projektion, die Eigenschaften entdeckt, aber eben auch einer Projektion aus dem Zentrum der rousseauistischen Utopie des Konsens, die gerade entworfen ist, um sich der ursprünglichen Übereinstimmung aller wieder zu versichern gegen die Kälte eines Gesellschaftszustands »egoistischer« und gegeneinander isolierter einzelner. »Gesellschaft«, mit der noch starken Nebenbedeutung des »Geselligen« d. h. der Räume der sozialen Interaktionssituationen, das ist der Inbegriff von Kälte und Distanz. So »fremd« wie Jean Paul in Weimar der »monde« erschien, so fremd war auch Rousseau in der Salonkultur des ancien régime, in einer Kultur, die wesentlich von der Abgren-

zung, von der Differenz und der Distanz lebte. Daß solche Distanz später von Jean Paul doch nicht nur als die Kälte *aristokratischer* Distanzierung verstanden wurde, zeigt, daß Weimar gerade in dieser Hinsicht seine Optik nicht nur bestätigte. Nicht zuletzt auch durch Linda (das literarische Bild Charlotte von Kalbs) läßt er in seinem TITAN anerkennen, daß in dem, was ihm als Kälte und Distanziertheit des Umgangs erschien, auch Achtung vor der Differenz, vor der Verschiedenheit der »Innenwelt« der Individuen war. Jean Paul war vor jedem Dogmatismus gefeit; die Bekenntnisse seiner »Innenwelt« sind nie umgeschlagen in den »Verdacht« gegenüber Gesinnung anderer. Aber es ist an diesem Punkt gut, sich zu erinnern, daß dies für seinen Wahlverwandten Rousseau nicht immer gilt: Was tun mit den Dissidenten der Gesinnung nach dem Vertragsschluß?
Aber noch etwas anderes zeigt sich in dem Enthusiasmus, der Jean Paul im aristokratisch-klassischen Weimar »weltfremd« macht – und wie triumphiert dieser Enthusiasmus, als der »Gott« einmal warm wird: »Beim Himmel, wir wollen uns doch lieben.« (Nr. 48.) Vor der Emphase des Gefühls zeigt sich, daß sich die klassische Distanz zwar einer Abwehr verdankt, die durchaus um sich selbst weiß, die aber doch nicht zu genau wissen will, was sie abwehrt. Man erkennt dies besonders deutlich da, wo Jean Paul einmal Weimar seiner Perspektive anverwandeln will, an den Bildern, in denen neben die Kritik der Kälte eine fast schon nietzschesche Bewunderung für tragischen Heroismus tritt, für Schiller als »Cherubim mit dem Keime des Abfals« (Nr. 40), für Goethe, dessen olympische Distanz ihre Größe erst dadurch erhält, daß sie Spuren eines eigentlich übergroßen Opfers an Wärme zeigen muß. So viel wollten es sich die Klassiker doch nicht kosten lassen. Aber wenn auch solche Projektionen etwas zu erkennen geben, dann die Ahnungslosigkeit der Weimarer gegenüber dem Grad *ihrer* Distanz zu den »malheureux de la terre«, deren Revolution die klassische Weltfremdheit an Hofaffären festmacht, oder die sie durch ästhetische Erziehung weniger »roh« zu machen versucht.

V

Jean Paul verstand sich so und er war in hohem Maß ein Dichter der Frauen. So lesen ihn die Leserinnen des HESPERUS, und so gibt er sich auch dort zu erkennen – es macht diesen Roman zu einem der meistgelesenen seiner Zeit. In seinen Büchern spricht er die Leserin in Extrablättern an und empfiehlt ihr, die für die Männer bestimmten Passagen zu überspringen, die satirisch-humoristischen Digressionen vor allem, und wenn er Exemplare seiner Bücher an Frauen verschenkt, streicht er die Seiten an, die für sie lesenswert sind; an Charlotte von Kalb wird ihn auch das beeindrucken, daß sie sich an seine Lesehilfen nicht hält und – nach dem Bild seiner Leserin – eher »männlich« liest.

Jean Paul spricht als »Tuttiliebhaber« zu dieser Leserin, und es ist auch tatsächlich eine Form der Werbung, wenn er sich in seinen Büchern an die vielen richtet. Es gibt Widerstände, nicht nur von Charlotte von Kalb, obwohl sie den Jean Paul des HESPERUS nach Weimar einlädt, auch schon von der »Demokratin des weiblichen Geschlechts«, wie er Helene Köhler nennt, eine der Freundinnen aus der »Erotischen Akademie« in Hof. Seine Form der Werbung ist auch voller Ambivalenz, Jean Paul ist eine Virtuose in der Erzeugung von Mißverständnissen. Das betrifft beide seiner Sprachen gegenüber Frauen. »Einen Gesellschaftshausierer« nennt sich Jean Paul früh, »einen unter dem schönen Geschlecht herumirrenden Ritter«, der unter anderem deshalb so passabel dran sei, »weil er in jedem Tempel eine Schutzheilige anzubeten findet oder weil er das ungeschafne Ideal, vor dem seine Seele kniet, handhaben, drehen, drechseln, putzen kann, wie er wil, welches mit etwas Lebendigerem nicht anginge« (24. Okt. 1790, an die Postmeisterin Wirth). So die eine Sprache, und zu dieser »Simultan- und Tuttiliebe«, wie sie Jean Paul im HESPERUS nennt, gehört wesentlich die Parodie der Tuttiliebe selbst. Mit dem selbstparodistischen Geständnis des zitierten Briefs richtet er sich auch nicht nur an die Mutter einer Freundin, sondern zur »Simultan- und Tuttiliebe« gehört der Flirt mit der Mutter der Freundin, mit der Freundin, mit der Freundin der Freundin, und wenn das Eingeständnis der Tuttiliebe vor der »einen« jeweils Ernst zu machen scheint, so macht es doch auch als »Alliebe« Ernst.

Nicht weniger mißverständlich ist die Sprache, die Jean Paul seit den mittleren 90er Jahren in den Briefen an seine adligen Freundinnen bzw. Geliebten spricht. (Nur im HESPERUS und in manchen Briefen aus der Zeit der »Erotischen Akademie«, z. B. in denen an Renate Wirth, gibt es beide Tonlagen.) Die Feste der Liebe und der Vereinigung, die diese Briefe beschwören, beziehen die Intensität des Versprechens, das sie doch jeweils geben, zugleich immer aus der Unmöglichkeit der Erfüllung: auch die Liebe hat ihren Ort nicht in der Gegenwart. Dazu gehört, man hat es vielfach festgestellt, daß diese Liebesfeste Vereinigungsfeste der Seelen sind, nicht irdisch-sinnlicher Personen, und nur die Briefe an Charlotte von Kalb, die Jean Paul auch deshalb zu den »genialischen Weibern«, nicht zu den »poetischen Tugendvirtuosinnen« rechnet, unterscheiden sich darin; auch sie haben zwar das Pathos und die Metaphorik der »hohen Empfindung«, aber sie haben weniger die Metaphorik der »unsinnlichen« als der »sinnlichen Liebe«, Indiz dafür, daß es nicht nur sein Platonismus und Idealismus ist, der Jean Paul daran hindert, an die irdische Erfüllung seiner Vereinigungsfeste zu glauben.

Auch die Briefe dieser Zeit also, nicht anders als die der selbstparodistischen Tuttiliebe verlieren nicht ihre Mißverständlichkeit. Man könnte von daher auch so etwas wie das Muster der Verlaufsgeschichten von Jean Pauls Beziehungen zu Frauen entwerfen, und es stimmt auch, daß der, der mit dem Wissen um die »Ideale« und »Träume« des »weiblichen Herzens« wirbt, der in der hohen Empfindsamkeit, im »Konsens der Herzen« ihm sogar gleich zu sein scheint, sich dann doch immer wieder entzieht: »Ich bin frei, frei, frei und selig.« (Nr. 77.) Auch die Definitionen der weiblichen und männlichen Liebe im HESPERUS gehören dazu. Es zeichnet dort die weibliche Liebe aus, im Gegensatz zur männlichen den Geliebten selbst, und nicht nur die Liebe zu lieben – das ist ihre »Selbstlosigkeit« –, während die männliche Liebe die »Liebe der Liebe«, die »Tuttiliebe« ist. Gewiß ist das eine bekannte Immunisierung männlicher Wunschbilder (die sich dann doch selbst im Wege steht), aber tradiert wird hier auch die empfindsame »Aufwertung« der Frau, das Bild des empfindsam-tugendhaften Mädchens, das um seiner Tugend willen auf seine Sinnlichkeit verzichtet, »selbstlos« ist, und es ist die soziale Komponente des empfindsamen Romans und des »bürgerlichen Trauerspiels« – die Kritik an der Libertinage der Aristokratie, am aristokratischen Verführer –, die diesen Verzicht auf die Sinnlichkeit geradezu *erzwingt.* Auf eine unselige Weise verbinden sich dabei das Moment aufklärerischer Autonomie, die die *gleiche* Freiheit und Selbstbestimmung aller meint, mit dem Verzicht auf das erotische Interesse, das – denkt man an Lessings EMILIA GALOTTI – Emilia selbst für den Prinzen durchaus empfindet, während er wiederum ihre Sinnlichkeit, aber nicht ihre Autonomie meint. Von Richardson über die Moralischen Wochenschriften bis selbst zu Lessing und zu Jean Paul wird Autonomie immer wieder nur als »selbstbestimmter« *Verzicht,* als »Selbstlosigkeit« gedacht, wenn sie überhaupt, wie im bedeutenderen Trauerspiel, zur Sprache kommt; und sie kommt auch dann nur zur Sprache, um überzuleiten nicht zur Solidarität mit einem *Subjekt,* sondern zum »Mitgefühl« mit einem *Opfer,* zu der »Rührung«, die sich in der Katharsis des bürgerlichen Trauerspiels herstellen soll.

Und wie sehr hat Jean Paul diese Opferrolle des empfindsamen Mädchens gefeiert, wie sehr hat er sich mit ihm solidarisiert, nicht nur in der Kritik des aristokratischen Libertin und des bürgerlichen Ehemanns, sondern auch in erotischer Hinsicht. Es gibt schlimme Dokumente dieser Form von Solidarität, schlimm deshalb, weil sie nicht nur die Tabuisierung der weiblichen Sinnlichkeit forterbt, sondern weil sich auch das männliche erotische Interesse hinter der »Selbstlosigkeit« verbirgt und sich mit der »Rührung« vermischt. Charlotte von Kalb wird dann auch diese Bilder von einer Liebe, die die »Tragik« des Opfers und des Verzichts sentimental feiert, zu Jean Pauls »christkatholischen Jammergedanken« rechnen, während Jean Paul selbst vielfach ahnungslos bleibt gegenüber der Selbstverleugnung, die dasselbe Bild den »Tuttiliebhaber« kostet. Die empfindsamen Freundinnen Jean Pauls dagegen, Amöne Herold, Caroline von Feuchtersleben, Emilie von Berlepsch, die Jean Paul »poetische Tugendvirtuosinnen« nennt, als ihm die eigene Virtuosität verdächtig wird, spielen ihrerseits virtuos auf der Klaviatur der »Selbstlosigkeit«. Emilie von Berlepsch und selbst Charlotte von Kalb diskutieren mit ihm, welche Frau am besten für ihn passen würde, wenn sie es schon nicht selbst sind.

Emilie will ihm ein Landgut zur Verfügung stellen, auch nachdem Jean Paul schon sein Eheversprechen zurückgezogen hat; sie weiß eine Frau für ihn und sie will bei ihnen wohnen. Henriette von Schlabrendorf sagt ihm, daß sie ihn heiraten will, erst dadurch, daß sie bei seiner Verlobung mit Karoline krank wird. Jean Paul ist viel daran gelegen, aber alle bemühen sich auch um ein gutes Verhältnis zueinander, um die »Sympathie« der freundschaftlichen Empfindung, die den Eros nicht los wird und ihn dennoch nicht haben darf.

Das Ausmaß an Unklarheiten, das die erotisch motivierte »Sympathie«, das erotisch motivierte »Verständnis« für die Situation des anderen mit sich bringt, zeigt sich vielleicht am eindringlichsten darin, daß selbst Charlotte von Kalb nicht um ihrer selbst, sondern um der Selbstlosigkeit willen verzichtet. Schon nachdem Jean Paul ihren Ehewunsch endgültig abgewiesen hat, liest sie seine Briefe an die mit Otto verheiratete Amöne, von der sie glaubt, daß Jean Paul sie und sie ihn liebt, und erst jetzt verzichtet sie wirklich, vor dem Beispiel des Verzichts und der »höheren Liebe«, die sie in diesen Briefen zu finden glaubt. Es ist ein Mißverständnis, und mit verletzender Ahnungslosigkeit berichtet Jean Paul, wie betroffen sie von der Auflösung des Mißverständnisses ist: »Als ich den Irthum (über mein näheres Verhältnis mit Amöne) nahm, blikte die vorher Frohe, wie vom Schrek getroffen, lange vor sich hin.« (Nr. 79.) Und schließlich fällt hier auch die Bemerkung zu ihrer Sinnlichkeit, die sie eher als ästhetische Philosophie denn als Neigung habe.

Biographen Jean Pauls, wie der Rechtshegelianer Nerrlich, haben hier geglaubt, Jean Pauls Scharfblick bewundern zu müssen, und in dieser Hinsicht ist es nicht ohne Ironie, daß sich Nerrlich bei der risikolosen Überlegenheit sicher glaubt, die Männern hier ohnehin gratis zugestanden wird. Als Jean Paul diese Bemerkung macht, ist er in Wahrheit erleichtert, auch bei Charlotte von Kalb die Art der »Liebe« zu finden, die ihn vor ihrer Sinnlichkeit schützt und seine nicht herausfordert. Das weiß Jean Paul dann doch besser als sein Interpret, dem es hier genügt, Charlotte von Kalb zu »durchschauen«. In dem kurzen Zeitraum um 1799/1800, als der GIANNOZZO entsteht und der TITAN das Resümee »dieser Völkerwanderung durch Oerter und

Herzen« zieht, bei der nur die Poesie »erbeute« (Nr. 85), in diesem Zeitraum also findet sich machmal der Ton Giannozzos in den Briefen, der »Grimm«, der nach überallhin schlägt, auf die »genialischen Weiber« und die »Tugendvirtuosinnen«, aber auch auf die »Alliebhaber« aus »Feuchtwangen«, wie sich Jean Paul hier nennt; und so wie Theresa, eine andere Linda oder Charlotte von Kalb, Giannozzo »Giannino« nennen darf, so darf ihn auch sein Humoristenbruder Schoppe »Giannozzo, (. . .) Lämmchen« nennen, als er sein »sehr zornig verzogenes« Gesicht betrachtet. Tatsächlich ist dies die Zeit der bewußten Krisenerfahrung der »Alliebhaberschaft« Jean Pauls, auch wenn Jean Paul danach die zwar nicht mehr virtuose, aber doch noch die »einfache« *Empfindsamkeit* sucht. In der Literatur, im TITAN, hat Jean Paul dagegen ein Bild gefunden, das die Verschränkung von Sinnlichkeit und Tugendvirtuosität noch einmal komprimiert. »Lindas Fall«, wie Jean Paul an Jacobi schreibt, ihre Verführung durch Roquairol, zeigt eine Umkehrung der Konstellation des empfindsamen Romans und des bürgerlichen Trauerspiels, die Albano, der positive Held des TITAN, nur nachträglich bestätigt, indem er sich von Linda moralisch entrüstet abwendet, als sie sich als verführbar erwiesen hat. Die Umkehrung der Empfindsamkeit besteht darin, daß die Sinnlichkeit hier einmal nicht der Tugend geopfert wird. Aber beide, die Verführte und der Verführer, brauchen noch die Maske der »Unschuld« und der »Tugend«, wie es Jean Paul mit einer Szenentechnik will, die in ihrer Künstlichkeit keinem »Schicksalsdrama« nachsteht: Linda (nachtblind) hat ihren Verführer für Albano gehalten, dessen Stimme Roquairol nachahmen kann. Interpretiert man die unbewußte Schicht dieser Konstruktion (auch vom Autor, nicht nur von Roquairol aus), so zeigt sich auch ein böser Blick auf die Verführbarkeit der »sinnlichen« Linda, den Jean Paul in den FLEGELJAHREN auch Vult gibt, ein »entlarvender« Blick, weil er nicht nur die Brüchigkeit der moralischen Fassade, sondern zugleich das Selbstbewußtsein der Verführten meint, der Verführer benutzt schließlich deshalb eine Maske. Aber die Vieldeutigkeit solcher Konstruktionen will es auch nicht verhindern, daß man ihre Hoffnungen gegen ihre Absicht wendet.

Literaturhinweise

Bibliographien:
Eduard Berend, Jean Paul-Bibliographie. Neu bearbeitet und ergänzt v. Johannes Krogoll, Stuttgart 1963 (erfaßt alle Literatur von und über Jean Paul, Briefe, Briefwechsel, Wirkungsgeschichte, Bildnisse etc.); eine Fortsetzung dieser Bibliographie findet sich in: Jahrbuch der Jean Paul-Gesellschaft 1, 1966 (von Eike Fuhrmann) und 5, 1970 (von Renate Merwald)
Peter Krumme, Auswahlbibliographie, in: Text + Kritik, Sonderband Jean Paul, 1970 (sehr brauchbar für seine erste Orientierung über die Vielzahl von Arbeiten über Jean Paul; kommentiert)

Briefe
Nähere Angaben siehe bei Berend/Krogoll. Hier seien nur hervorgehoben:
Briefwechsel mit seinem Freunde Otto, Berlin, Reimer 1829–1833 (wichtig wegen der Briefe Ottos)
Wahrheit aus Jean Pauls Leben, hrsg. v. Chr. Otto und E. Förster, Breslau 1826–1833 (mit Briefen verschiedener Personen an Jean Paul)
Denkwürdigkeiten aus dem Leben von Jean Paul Friedrich Richter. Hrsg. v. E. Förster (enthält den Briefwechsel mit Emanuel, Oertel, Thieriot; Charlotte von Kalb, Emilie von Berlepsch, Josephine von Sydow, Caroline von Feuchtersleben, Karoline Mayer/Richter u. a.)
Charlotte von Kalb, Briefe an Jean Paul und dessen Gattin, hrsg. v. Paul Nerrlich, Berlin 1882
Johann Bernhard Hermann, Briefe an Albrecht Otto und Jean Paul, hrsg. v. Kurt Schreinert, Tartu (Dorpat) 1933
Briefwechsel Jean Pauls mit den Brüdern Moritz, in: Karl Philipp Moritz, Andreas Hartknopf, Faks. Druck, Stuttgart, Metzler 1968

Biographische Zeugnisse, Biographien
Eduard Berend (Hrsg.), Jean Pauls Persönlichkeit in Berichten der Zeitgenossen, Berlin 1956

(Für ältere z. T. sehr materialreiche Biographien sei wiederum auf Berend/Krogoll verwiesen; s. a. Krumme); von neueren sind zu nennen:

Günter de Bruyn, Das Leben Jean Paul Friedrich Richters, Frankfurt/Main 1976 (Lizenzausgabe, Mitteldeutscher Verlag Halle 1975)

Rolf Vollmann, Das Tolle neben dem Schönen. Ein biographischer Essay, Tübingen 1975, dtv-Ausgabe 1978 (jedem zu empfehlen, der für Jean Paul motiviert sein möchte)

Gesamtdarstellungen

Uwe Schweikert, Jean Paul, Sammlung Metzler 91, Stuttgart 1970 (ein Realienbuch mit verläßlichem Überblick über Leben und Werk und die Jean-Paul-Forschung bis 1970; mit z. T. kommentierten Bibliographien)

Max Kommerell, Jean Paul, Frankfurt 1933 (4. Auflage 1966) (trotz esoterischer Sprache und esoterischer Haltung – es gibt keine Bezüge zu Biographie, Zeit- und Sozialgeschichte – die bislang beste und folgenreichste Darstellung des Gesamtwerks. Man lese dazu: Walter Benjamin, Der eingetunkte Zauberstab. Zu Kommerells Jean Paul. in: W. B., Angelus Novus, Ffm. 1966)

Beziehung zu Frauen

(es gibt zahlreiche ältere Untersuchungen, die eher nur wegen des Materials interessant sind; s. Berend/Krogoll; von der neueren Forschung ist dieses Gebiet bisher fast völlig vernachlässigt worden, mit Ausnahme einer jüngst erschienenen Publikation:)

Ursula Naumann, Urania in Ketten. Jean Pauls »Titaniden« (mit einem Anhang: Fünf Briefe der Charlotte von Kalb), in: Jahrbuch der Jean Paul-Gesellschaft 15, 1980 (bisher wichtigste Arbeit zu diesem Thema)

Einzelaspekte

Peter von Haselberg, Musivisches Vexierstroh. Jean Paul, ein Jakobiner in Deutschland in: Zeugnisse. Th. W. Adorno zum 60. Geburtstag, Ffm. 1963 (auch in: Jean Paul, Wege der Forschung, hrsg. v. Uwe Schweikert, Darmstadt (Wissensch. Buchges. 1974).

Burkhardt Lindner, Jean Paul als J. P. F. Hasus. Verinnerlichung der Aufklärungssatire und auktoriale Selbstdarstellung im Frühwerk, in: Jean Paul, Wege der Forschung, a. a. O.
Robert Minder, Jean Paul oder die Verlassenheit des Genius, in: R. M., Hölderlin unter den Deutschen u. a. Aufsätze, Ffm. 1966
Wolfgang Harich, Jean Pauls Kritik des philosophischen Egoismus, Ffm. 1968
Volker Ulrich Müller, Narrenfreiheit und Selbstbehauptung, Spielräume des Humors im Werk Jean Pauls, Stuttgart 1979
Peter Horst Neumann, Jean Pauls »Flegeljahre«. Göttingen 1966
Peter Sprengel, Innerlichkeit. Jean Paul oder das Leiden an der Gesellschaft, München 1977
Kurt Wölfel, »Ein Echo, das sich selber in das Unendliche nachhallt«. Eine Betrachtung von Jean Pauls Poetik und Poesie, in: Jahrbuch der Jean Paul-Gesellschaft 1966
ders., Jean Paul und der poetische Republikanismus. Über das Verhältnis von poetischer Form u. politischer Thematik im 18. Jh., in: Jahrbuch 1976
Ralph-Rainer Wuthenow, Gefährdete Idylle, in: Jean Paul, Des Luftschiffers Giannozzo Seebuch, mit Jean-Paul-Aufsätzen von R. R. Wuthenow, Ffm. (it 144)
ders., Nikolaus Marggraf und die Reise durch die Zeit, ebd.

Zur Textgestalt

Unsere Ausgabe folgt in Orthographie und Interpunktion der kritischen Ausgabe von Berend. Unterschiedliche Schriftarten – von Jean Paul oft bei Personennamen, Ortsnamen, Werktiteln, fremdsprachlichen Ausdrücken verwendet – konnten nicht berücksichtigt werden. In Fällen, wo sie hervorgehoben sind, wurden sie jedoch – wie alle anderen Hervorhebungen – durch Kursivschrift wiedergegeben.
Um die Darbietung der Briefe nicht durch textkritische Anmerkungen zu überfrachten, wurde darauf verzichtet, die Art der Druckvorlage im Einzelfall anzugeben. Bei den folgenden Briefen handelt es sich nicht um Originalbriefe, sondern um von Jean Paul verfaßte Kopien: 1, 2, 10, 11, 12, 13, 14, 16, 17, 21, 33, 34, 35, 37, 43, 44, 45, 62, 63, 64, 65, 66, 67, 68, 75, 85.

Personenregister

(Die Zahlen bezeichnen die Nummern der entsprechenden Briefe)